CW01509940

Y TŴR

Y TŴR

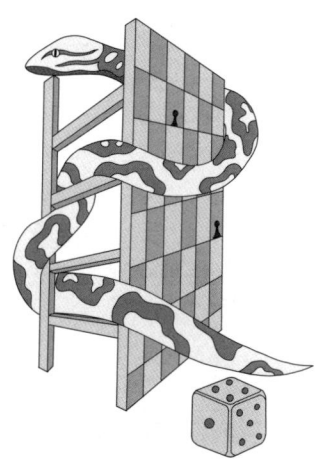

REBECCA THOMAS

sebra

Cyhoeddwyd yng Nghymru yn 2025 gan Sebra,
un o frandiau Atebol, Adeiladau'r Fagwyr,
Llanfihangel Genau'r Glyn, Aberystwyth, Ceredigion SY24 5AQ

ISBN : 978-1-835390-08-5

Llun clawr gan Efa Lois
Dyluniwyd gan Almon

Dymuna'r cyhoeddwr gydnabod cymorth ariannol Cyngor Llyfrau Cymru
Prawfddarllenwyd gan Adran Olygyddol Cyngor Llyfrau Cymru

Hollol ddychmygol yw pob cymeriad a phob sefyllfa a gaiff eu darlunio yn y nofel hon.

sebra.cymru

Argraffwyd gan wasg Gomer, Llandysul

Diolchiadau

Pleser yw cael diolch yma i'r rhai a fu'n rhan allweddol o'r broses o ysgrifennu a chyhoeddi *Y Tŵr*.

Diolch o waelod calon i Gwennan Evans a Bethan Gwanas. Braint o'r radd flaenaf oedd cael cydweithio gyda chi a gweld *Y Tŵr* yn datblygu o dan eich goruchwyliaeth.

Hoffwn ddiolch i Alaw Mai Edwards – am ei chefnogaeth ar gychwyn taith y nofel hon gyda Sebra ac am ei gwaith golygu trwyadl wrth i'r broses ddod i derfyn.

Diolch hefyd i Efa Lois am y clawr arbennig ac i Bedwyr am y gwaith dylunio.

Dechreuais ysgrifennu *Y Tŵr* yn 2021 ac mae sawl un wedi bod yn hael gyda'u hamser a'u cyngor a'u cefnogaeth ers hynny. Rwy'n ddiolchgar yn enwedig i David Callander, Llŷr Gwyn Lewis, Angharad Price a Sioned Puw Rowlands.

I David

Blwyddyn 1
SEMESTER 1

Y Cylchlythyr

Croeso i'r Tŵr! Hoffai'r Cyngor Gweithredol groesawu ein myfyrwyr a'n staff i'n campws newydd. Cofiwch alw heibio i'r Ddesg Groeso i gasglu eich pecynnau. Cliciwch <u>yma</u> i ddarllen y Llawlyfr.

1. Pwyllgor Strategaeth 3.365 Y Tŵr: Galwad am aelodau. Cliciwch <u>yma</u> am fwy o wybodaeth ac i wneud cais.

2. Y Tŵr yn ennill Gwobr Aur am gynnig cyfleon cyfartal i fenywod. Darllenwch yr adroddiad ac ymateb yr Is-Ganghellor <u>yma</u>.

3. Dyfodol gwyrdd: Cyngor Gweithredol yn lansio strategaeth newydd. Manylion ar gael <u>yma</u>.

Click <u>here</u> to read the Newsletter in English.

Roeddwn i bum munud yn gynnar felly darllenais bob un o eitemau'r Cylchlythyr yn ffyddlon a thrwyadl. Wedi gweithio i'r brifysgol am bron i bum mlynedd erbyn hyn, roeddwn i'n ddigon profiadol/sinigaidd i weld gwacter ystyr pwyntiau dau a thri. Doedd dim angen *gwneud* dim byd i ennill gwobr aur, dim ond dangos 'tystiolaeth o fwriad' i sicrhau cydraddoldeb cyfleon. Ticio bocs. Ac a oedd adleoli'r brifysgol i safle cwbl newydd heb gysylltiadau trafnidiaeth gyhoeddus rhywsut yn rhan o strategaeth werdd?! Debycach bod ambell aelod o'r Cyngor Gweithredol, y pwyllgor o bwysigion oedd yn gyfrifol am benderfyniadau o'r fath, yn llygadu'r fflatiau haf newydd a godwyd ar safle'r hen gampws.

'Rhywbeth diddorol?'

Roedd Sioned wedi cyrraedd, bum munud yn hwyr yn ôl ei harfer.

'Na…' atebais, gan barhau i sgrolio. 'Ma fe mor hir…'

'Ma nhw'n mynd yn hirach bob semester. Beth bynnag, croeso i'r TŴR.'

Chwarddais a gosod fy ffôn yn ôl yn fy mhoced. 'Tipyn o le, yn dyw e?'

Edrychodd y ddwy ohonon ni i fyny.

''Nes i golli rhywbeth yn y Cylchlythyr? Ai bancwyr ydyn ni nawr?'

'Shh…' gwingais ac edrych o gwmpas. 'Gest ti ddim yr e-bost yn dweud bod rhaid i ni ddangos "agwedd bositif" tuag at ein safle newydd?'

'HA. Na. Ti'n gwybod yn iawn mod i'n dileu'r holl crap 'ny yn syth.'

Roedd gan Sioned ei 'hagwedd bositif' unigryw ei hun. Doedd ei beirniadaeth ddim yn ddi-sail yn yr achos yma, chwaith. Doeddwn i erioed wedi gweld prifysgol oedd mor… wel, mor dal a thenau.

'Lot o wydr…' Roedd mymryn o bryder yn cymylu ei llygaid gwyrdd wrth iddi asesu'r adeilad. 'Sa i dal yn deall sut o'n nhw'n gallu fforddio hyn.'

'Toriadau staff.'

'Wel, ie… ond hyd yn oed wedyn. Faint o staff sydd rhaid eu torri i ariannu codi tŵr mawr gwydr?! Dyw ein cyflogau ni ddim mor uchel â hynny…'

Codais fy ysgwyddau. Roedd rhyw sylw am safon a thorri corneli yn gorffwys ar fy nhafod ond efallai ddim y peth mwyaf cysurus i'w ddweud wrth i ni baratoi i groesi'r trothwy am y tro cyntaf. Doeddwn i ddim yn gallu siglo'r ddelwedd o dŵr Jenga gwydr. Chwilotais am ongl bositif. 'Dim trafferth i barcio, o leiaf…'

Tro Sioned i chwerthin, ei chwrls byr pinc yn bownsio a'i sbectol yn llithro i lawr ei thrwyn. 'Gwir. Ma'r maes parcio yn fawreddog. Lwcus, gan bo' ni wedi adleoli i ganol ddim unman…'

'Ie… dim dianc am goffi semester yma. O'n i'n meddwl taw rhan o strategaeth hir dymor Y Tŵr oedd "gwasanaethu'r gymuned leol"…'

'Ei gwasanaethu trwy edrych i lawr arni,' nododd Sioned. 'O bell.'

Roedd hi'n dechrau prysuro o'n cwmpas nawr. Ambell wyneb cyfarwydd yn cynnig cyfarchiad, ond dieithriaid rhan fwyaf. Myfyrwyr y flwyddyn gyntaf: yr unig rai yn ddigon bywiog eu brwdfrydedd i gyrraedd y brifysgol cyn naw ar ddiwrnod cynta'r semester.

'Ma nhw'n mynd yn ifancach bob blwyddyn.'

'Wna i ddim datgan yr amlwg.' Teimlais fy ffôn yn crynu yn erbyn fy nghoes.

Llion: Pob lwc heddiw! xx

Lledodd gwên dwp ar draws fy wyneb wrth i'r neges chwerthinllyd o syml doddi fy stumog.

'Sa i 'di gweld ti mor hapus â hyn ers sbel,' dywedodd Sioned yn gellweirus. 'Pethau'n mynd yn dda, ydyn nhw?'

Stwffiais fy ffôn yn ôl i'm poced rhag ei llygaid busneslyd. Byddai rhaid cymryd amser i gyfansoddi'r ymateb perffaith i Llion wedyn.

'Paid dechrau cynllunio'r briodas eto,' rhybuddiais. 'Dim ond mis ni 'di bod gyda'n gilydd.'

'Ti'n cyfri…' Roedd rhywbeth yn annaturiol o addfwyn am wên Sioned. 'Falch bod ti'n hapus.'

Hapus. Roedd y wên dwp ar fy wyneb o hyd. Roedd hynny wedi dechrau digwydd yn amlach ac yn amlach dros y mis diwethaf. Adwaith estron: doeddwn i ddim yn un i wenu pan nad oedd neb arall yn edrych fel arfer.

'Dere,' dywedais yn lletchwith, 'ma'r gwarchodwr yn ein gwylio ni.'

Doedd dim hawl gennym ni i wybod enw'r gwarchodwr (*Llawlyfr y Tŵr* (Adran D.3) – roeddwn i wedi darllen y peth o glawr i glawr, a bod yn deg). Dyn o'r enw Llew arferai warchod y fynedfa i'r hen gampws. Dyn neis iawn a'i fryd ar sgwrsio am ei wyliau diweddara'r a'r pwysau iddo lwyddo eu codi yn y gampfa. Ond roedd y Cyngor Gweithredol wedi canfod Llew yn euog o fod yn rhy neis (debyg ei fod wedi cynnig coffi i'r rhai fu'n picedu'r fynedfa yn ystod y streic ddiwethaf). Llew oedd un o'r cyntaf i syrthio.

Llithrodd drysau gwydr Y Tŵr ar agor o'n blaenau i ddatgelu

cyntedd gwag iawn. Cyntedd prysur – roedd brwdfrydedd myfyrwyr y flwyddyn gyntaf yn llenwi pob cornel. Ond eto'n wag rhywsut. Llawr leino o dan ein traed, welydd gwydr i bob cyfeiriad. Ym mhen pellaf y cyntedd roedd desg enfawr blastig dryloyw gyda phedair gorsaf wedi eu dynodi gan gadeiriau plastig o liwiau gwahanol.

'Nathon nhw anghofio dodrefn,' nododd Sioned, 'neu redeg allan o arian.'

Ond roedd fy sylw i wedi ei dynnu – fel y bwriadwyd gan y penseiri, mae'n debyg – at y wal tu ôl i'r ddesg fawr, yr unig un nad oedd yn wydr. Roedd llun mawr o'r Is-Ganghellor presennol yn y canol. Doeddwn i erioed wedi gweld y dyn yn y cnawd felly anodd oedd cynnig barn ar y portread. Eisteddai tu ôl i ddesg dderw, rhesi o hen lyfrau wrth ei gefn. Ffenest i'r hen gampws. Tybed pryd câi ei ddisodli gan lun newydd gyda chefndir a weddai'n well i asetig Y Tŵr? Ar bob ochr i'r Is-Ganghellor roedd cyfres o luniau llai – cyn Is-Gangellorion, llinach frenhinol Y Tŵr.

'Ma nhw 'di gadael Susi allan,' sylwodd Sioned.

'Doedd hi ddim yn boblogaidd iawn.'

'Tra o'dd arweinyddiaeth pob un o'r dynion gwyn hyn yn llwyddiant ysgubol.'

Aeth Sioned ymlaen i orsaf rhif 3, gan fy ngadael i'n syllu ar lygaid tawedog yr Is-Ganghellor. Roedd ei olwg wedi ei hoelio ar y gofod mymryn uwchben fy mhen, fel petai'n gwybod mod i islaw ei sylw.

'Nesaf!'

Gorsaf rhif 2. Doeddwn i ddim wedi sylweddoli fy mod i mewn ciw.

'Croeso i'r Tŵr. Enw a swydd?'

'Bore da. Dr Heledd Owen, uwch-ddarlithydd yn Ysgol y Celfyddydau.'

'Diolch. Dyma'ch pecyn croeso. Bydd manylion ynddo ar sut i weithio eich cyfrifiadur a chysylltu gyda'r rhyngrwyd. Rydym ni ar Lefel 0 yma, mae yna lifftiau trwy'r drysau mawr i'r chwith. Gallwch chi wrth gwrs gymryd y grisiau, trwy'r drws bach i'r chwith pellach. Mae Ysgol y Celfyddydau ar Lefel 6.'

Stopiodd i gymryd anadl.

'Diolch—'

'Yn eich pecyn mae hefyd offer ysgrifennu swyddogol Y Tŵr, potel ddŵr, bag gliniadur a llinyn gwddf i ddal eich cerdyn staff.'

'O, grêt—'

'Fel y byddwch chi'n ymwybodol o'r llawlyfr, Adran Y.4, mae'r holl offer wedi ei werthu i chi ar ddisgownt o 50%, yn dod yn awtomatig o'ch cyflog mis yma. Nodwch ei bod hi nawr yn rhan o gytundeb gweithwyr Y Tŵr i ddefnyddio'r offer hyn, a'r offer hyn yn unig. Os ydych chi'n colli neu'n difrodi'r offer mae dyletswydd arnoch chi i brynu rhai newydd o siop Y Tŵr. Gallwch ddod o hyd i'r siop ar Lefel 1, drws nesaf i'r caffi.'

'Diol—'

'Nesaf!'

Roedd Sioned yn aros ger y drws i'r grisiau, cortyn newydd o gwmpas ei gwddf yn marchnata'r Tŵr mewn llythrennau amryliw. Datganiad o gefnogaeth i'r gymuned LHDTC+, mae'n debyg. Doeddwn i ddim wedi llwyddo i ddod o hyd i'r elfen weithredol o'r gefnogaeth yn y llawlyfr.

'Sa i'n credu bod rhain yn werth faint ma nhw'n codi,' mwmiais wrth chwilota trwy fy mag.

'Beth, ni sy'n talu?!'

'Ha, ie. Ni'n cael gostyngiad o 50% i fod. Gest ti ddim yr araith?'

'O do. Ond o'dd e'n hir a 'nes i stopio gwrando.'

Chwarddais, er bod ysmaldod Sioned yn codi ofn arna i weithiau. Heb os, y person mwyaf craff imi gwrdd â nhw erioed, byddai ei sylw yn neidio yn syth i'r bylchau rhwng geiriau'r rhcolwyr ac yn dadansoddi eu hystyr gydag effeithlonrwydd brawychus. Ond roedd hi wastad wedi bod yn un i ddiystyru'r rheolau. Os mai rheolau twp oedden nhw, yna doedd hi ddim yn mynd i wastraffu ei hamser yn eu dilyn. Roeddwn i'n edmygu ei hyder. Doeddwn i ddim yn hyderus y byddai'r Cyngor Gweithredol yn cytuno.

'Faint o gardiau coch sydd gen ti erbyn hyn…?' gofynnais wrth i ni ddringo'r grisiau.

'Wyth. 'Nes i tsieco fy waled ddigidol bore 'ma.'

'Waled… beth?'

'O! Fi'n anghofio, ti byth 'di torri rheol yn dy fywyd, nagwyt? Felly fyddet ti ddim yn gwybod.'

Doeddwn i ddim yn gallu sbario anadl i ymateb. Roedd Sioned wastad wedi bod yn fwy ffit na fi. Rhywsut roedd hi'n llwyddo i redeg cyn gwaith bob bore. Er, ddylwn i ddim fod allan o wynt ar ôl dwy set o risiau chwaith.

'Bob tro ti'n cael cerdyn coch, mae'n cael ei ychwanegu i'r waled ddigidol ar dy ffôn. Ma fe fel yr aps ti'n cael mewn siopau coffi – ti'n casglu stamp am bob coffi ti'n cael. Wel, ma pobl ddrwg fel fi yn casglu cardiau coch. Os dwi'n cyrraedd deg dwi'n cael *disciplinary*!'

'Cyffrous… iawn…' llwyddais.

'Beth ti'n ddysgu semester yma, eniwe?'

'Cyflwyniad i Lenyddiaeth, Sgiliau Cyfathrebu, Cymraeg Busnes, Cymraeg yn y Gweithle… yr holl stwff arferol. Ond dwi yn dysgu Llenyddiaeth a Phrotest hefyd, edrych ymlaen at hynny.'

'WAW!' Stopiodd Sioned a throi i syllu i lawr arna i, ryw bum gris tu ôl iddi. 'Ti'n dysgu pwnc ti'n arbenigo ynddo?! Sut?! Beth wnest ti?!'

'Bwrw mlaen â'm gwaith a dim tynnu sylw ata i fy hun. Strategaeth gallet ti drio rhywbryd,' chwarddais. 'Ac mae'r niferoedd yn iach.'

Roedd y niferoedd yn fwy na iach. Prin oedd yna fyfyriwr Cymraeg nad oedd wedi dewis fy modiwl i. Roeddwn i wastad yn teimlo'n chwithig wrth ymffrostio. Cefais fy nghyflyru i beidio, i ymddangos yn ddiymhongar a gadael i eraill asesu gwerth fy ngwaith heb ymyrraeth. Ond roeddwn i wedi dysgu dros fy ngyrfa gymharol fer mai arf oedd ymffrostio i ddynion. Arf roedden nhw'n genfigennus ohoni ac yn feistri ar ei thrin. Ac roeddwn i wedi addo addysgu fy hun yn y grefft. Felly, amdani: roeddwn i'n ddarlithydd da. Mae pob darlithydd yn disgleirio o gael y cyfle i ddysgu'r hyn maen nhw'n ei fwynhau, wrth gwrs. Ond roedd fy adborth i'n dda, yn anhygoel o ystyried fy mod i'n fenyw (weddol) ifanc (bron yn 33 oed erbyn hyn). Wrth reswm, o bryd i'w gilydd byddai myfyriwr yn penderfynu cynnig sylw ar fy ymddangosiad. Ond doedd hynny ddim yn digwydd mor aml bellach, a bod yn deg, ac roedd y fath sylwadau yn cael mynd yn syth i'r bin. Dim mod i i fod i daflu adborth i'r bin... trosedd cerdyn coch petai'r Swyddfa Ganolog yn dod i wybod.

Siglodd Sioned ei phen mewn anghrediniaeth. 'Wel, os ti'n dod ar draws rhywun sydd eisiau gwneud athroniaeth, ti'n gwybod ble i'w danfon nhw...' Chwifiodd dros ei hysgwydd a brasgamu ar draws landin Lefel 5, trwy'r drws a ddatganai YSGOL Y DYNIAETHAU (Adran Hanes ac Archaeoleg; Adran Athroniaeth a Chrefydd; Adran Gwyddorau Cymdeithas; Adran y Gyfraith). Roedd hysbysebu 'Adran Athroniaeth a Chrefydd' braidd yn gamarweiniol. Sioned oedd yr adran erbyn hyn. Wel,

Sioned ac unrhyw fyfyrwyr PhD y byddai'n gallu eu perswadio i'w helpu.

Un set boenus arall o risiau ac roeddwn i'n sefyll o flaen drws yn datgan YSGOL Y CELFYDDYDAU. Roedd y Cyngor Gweithredol wedi diddymu ein hadrannau ni yn yr ailstrwythuro diwethaf, gan fynnu ein bod ni i gyd yn ddarlithwyr 'y Celfyddydau'. Hybu 'cydweithio a chymuned glòs' oedd y bwriad yn ôl yr e-bost a gylchredwyd i staff. Roeddwn i'n amheus: yn fy mhrofiad i, y Gymraeg fyddai'r cyntaf i ddioddef yn enw'r fath bolisi.

'A quick word, Heledd?'

Doedd dim modd esgus mod i heb glywed. Rhaid eu bod nhw wedi cynllunio'r llawr yn fwriadol er mwyn gorfodi pob unigolyn i gerdded heibio i swyddfa'r Pennaeth.

'Of course.'

Oedais yn lletchwith yn y drws. Roedd gwacter i'r ystafell fawr wen, un wal yn wydr llwyr a thrwyddi roedd modd gweld y maes parcio. Eisteddai'r Pennaeth ar gadair ledr fawr tu ôl i ddesg dryloyw ag arni y sgrin gyfrifiadur fwyaf imi ei gweld erioed. Roedd cornel sgwrsio (cadeiriau esmwyth) a chornel cyfarfodydd difrifol (bwrdd a chadeiriau).

Ni estynnodd y Pennaeth wahoddiad imi eistedd yn yr un o'r cadeiriau hynny. 'One moment,' dywedodd, ei llygaid ar ei sgrin o hyd. Treuliais yr amser yn edmygu ei siwt las golau wedi ei theilwra'n berffaith, a'i gwallt melyn gloyw syth.

Pan wnes i ymuno â'r brifysgol, roeddwn i wedi gobeithio gallu dod i'w hadnabod. Er bod ymrwymiad y brifysgol i gydraddoldeb yn cael ei ddathlu bob cyfle posib, roedd y lluniau o'r Is-Gangellorion blaenorol yng nghyntedd Y Tŵr yn fwy cynrychioladol o'r sefyllfa go iawn. Peth anarferol oedd dod ar draws menyw oedd ond tua deng mlynedd yn hŷn na fi mewn sefyllfa o bŵer. Ond doedd ein llwybrau heb groesi go iawn erioed. Uchafbwynt ein perthynas oedd gwên a chyfarchiad sydyn ar y coridor.

'Heledd,' datganodd o'r diwedd, gan barhau i deipio. 'It's an exciting day, isn't it? What do you think of Y Towr?'

'It's...' chwilotais am ansoddair diogel, 'very smart.'

'Indeed,' gwenodd y Pennaeth ar ei sgrin. 'I have two things to bring to your attention. Firstly, regarding your office. You know where you're going?'

'Room 6.17, end of the corridor I'm guessing?'

'Yes, that's correct. You'll be sharing this year.'

'Oh! With whom?' Ceisiais gladdu fy siom a'r atgofion o ruthro lan a lawr coridorau'r hen gampws yn chwilio am ystafell wag i gynnal cyfarfodydd preifat gyda myfyrwyr. Er gwaetha'r toriadau staff, doedd byth digon o le yn yr adeilad hwnnw, ac roeddwn i wedi gorfod rhannu swyddfa bob blwyddyn. Ond gallai pethau fod yn waeth, wrth gwrs. Roeddwn i wedi mwynhau cwmni Llinos – roedd paned a sgwrs wastad yn seibiant braf, yn enwedig wedi i'r brifysgol drawsnewid ystafell gyffredin y staff yn 'hwb rhwydweithio' i'r myfyrwyr.

'A new lecturer in medieval English literature. Dr Ieuan Richards.'

'Oh.'

Doeddwn i ddim wedi disgwyl gweld wynebau newydd ar goridorau'r Tŵr. Yn ystod yr ailstrwythuro diwethaf, roedd y Cyngor Gweithredol wedi mynnu na fyddai'r un swydd yn cael ei hysbysebu tan fod y twll ariannol wedi ei lenwi. Ond rhaid fod Dr Ieuan Richards yn seren ddigon disglair ac yn gaffaeliad digon pwysig i'r brifysgol i ysgogi plygu'r rheol honno.

'I haven't met him myself yet, but he comes very highly recommended.' Roedd y Pennaeth wedi rhoi'r gorau i deipio ac yn edrych arna i o'r diwedd. 'He's Professor Simon Edwards' protégé. Simon wouldn't let me have a moment's peace until I offered him a job!'

Nodiais, y darnau yn syrthio i'w lle. Meddyliais am Llinos, a wnaed yn ddi-waith yn ystod ei chyfnod mamolaeth, a theimlo fflach o ddicter. Roedd y Cyngor Gweithredol wedi mynnu bod dim arian ganddyn nhw i'w chadw hi.

'Secondly, your second- and third-year module… Linear…?'

'Llenyddiaeth a Phrotest.'

'Thank you, it sounds much better when you say it! We're halving the teaching hours and assessments for that module.'

'For next year?'

'No, this year.'

Syllais arni'n syn. A oedd seiliau'r Tŵr mor sigledig nes bod y llawr yn symud o dan fy nhraed? 'But I've already prepared the teaching hours and assessments…'

'I appreciate that. But it will simply mean halving everything. It really shouldn't take too long for someone as dedicated as you.'

Gwenais yn wan. 'Can I ask why…?'

'We think that this better aligns with our students' priorities,' dywedodd y Pennaeth.

'And what will the students be doing with the extra time?'

'Oh, you've misunderstood. You'll still be teaching them, but on a new module. Employability Skills.'

'But these are Welsh Literature students!' Doedd dim modd imi gadw'r sioc o'm llais.

'I appreciate that, but the most recent satisfaction survey shows that students are increasingly worried about employability. We need to accommodate that.' Siglodd ei phen. 'There is nothing we can do about it, Heledd. They simply aren't interested in our subjects, I'm afraid.'

Roeddwn i'n anghytuno'n llwyr gyda'i barn – barn oedd hi, er gwaethaf ei chyflwyno fel ffaith. Wrth reswm, roedd y myfyrwyr yn poeni am gyflogadwyedd. Byddai'r genhedlaeth yma o fyfyrwyr yn gadael Y Tŵr i wynebu'r farchnad swyddi waethaf erioed. Ond doedd dim dwywaith bod fy myfyrwyr Llenyddiaeth Gymraeg i yn ymddiddori yn y pwnc. Ac yn dysgu sgiliau!

'So, I'll have to design this… Employability Skills… module, then?'

'Of course not, Heledd! It wouldn't have been very fair of me to spring that on you on the first day of the semester, would it?!' chwarddodd. 'No, one of my PhD students designed this module last year for our English Literature degree, and she's running classes again this semester. All the materials will be on Gateway already.'

'Yes, but…' Doeddwn i ddim eisiau datgan yr amlwg. Roeddwn i'n dechrau amau fy hun. Roedd y broblem yn un amlwg?! 'That module is in English. My students are taught through the medium of Welsh.'

'You misunderstand me, Heledd. This will be an English module.'

'But haven't we committed to provide a 100% of our teaching through the medium of Welsh for these students? Wasn't that one of the conditions of the degree programme?'

Dim cwestiynau oedd y rhain, mewn gwirionedd. Ffeithiau.

'The Executive Board isn't worrying about that, and so neither should we. To express my own opinion on the matter, studying all their modules through the medium of Welsh holds them back in terms of employability. Giving them this module in English is a good thing – we're giving them the opportunity to expand their skills.'

Roedd fy ngheg i'n wag o eiriau i'w herio. Un o'r sefyllfaoedd rhwystredig hynny lle na fyddai taw ar y geiriau wedi imi adael ei swyddfa. Byddai'r sgwrs gyda'r Pennaeth yn parhau yn fy mhen, yn fy atal rhag canolbwyntio ar fy ngwaith, yn fy atal rhag cysgu. Ond am y tro doedd gen i ddim byd i'w ddweud.

'Well, I won't keep you, Heledd.'

Roedd yr angen i osgoi lletchwithdod cymdeithasol yn gryfach na'r awydd i brotestio. Ildiais a gadael yr ystafell. Rhyw ddeg eiliad yn unig oedd gen i i ymdrochi mewn hunangasineb cyn cyrraedd drws agored 6.17 ar ben pella'r coridor. Safai dyn ifanc gyda llond pen o wallt du a sbectol ddu blastig yn gorffwys ar ei drwyn yn syllu'n bwrpasol ar silff lyfrau lawn yng nghornel yr ystafell. Cyn imi allu stopio fy hun, roeddwn i wedi cnocio ar y drws. Melltithiais fy nwrn. Fy swyddfa i oedd hon hefyd!

'A!' neidiodd y dyn a throi i'm wynebu. 'Heledd?'

'Ie,' estynnais fy llaw yn lletchwith.

'Dr Ieuan Richards, pleser i gwrdd â thi.'

Dyn dymunol iawn, ar yr argraff gyntaf. Roedd ganddo'r ddawn – anghyffredin ymysg academyddion – i ddal cyswllt llygad. Cefais fy hun yn syrthio i'r glas treiddgar, gwrid yn lledu ar draws fy mochau. A'i lais, mor sidanaidd, mor...

Na, dim y llygaid. Ei allu i siarad Cymraeg oedd wedi fy swyno.

'Ro'n i wrthi'n penderfynu sut i drefnu fy llyfrau – mae'r system yn gwneud synnwyr, rwy'n credu, yn ôl categori, ac yna yn ôl yr wyddor o fewn pob categori. Ond beth i'w wneud â'r teitlau dienw yw'r cwestiwn...' Syllodd 'nôl ar y silff, ei lygaid yn crychu'n anfodlon. 'Cymaint o deitlau dienw.'

Cymaint o lyfrau, sylwais, fy nghalon yn suddo.

'Does dim mwy o silffoedd?'

Camais i mewn i'r swyddfa gan geisio cadw pellter parchus rhyngom. Tasg anodd mewn gofod mor fach.

'Na... ni sydd wedi cael yr ystafell leiaf mae arna i ofn. Oherwydd ni yw'r aelodau o staff mwyaf ifanc a dibrofiad, mae'n siŵr.'

Fe, efallai. Roeddwn i wedi bod yma ers pum mlynedd. Brathais fy nhafod.

''Nes i adael un silff i ti... Soniodd y Pennaeth mai llenyddiaeth yr ugeinfed ganrif yw dy faes di, felly roeddwn i'n cymryd fydde dim lot o lyfrau gyda ti. Popeth ar-lein erbyn hyn, ond dyw e!'

Doedd dim angen imi ymateb yn syth. Cymerais ambell eiliad i edrych o gwmpas yr ystafell, gan obeithio dod o hyd i'r ateb perffaith – cwrtais ond cadarn – yn un o'r corneli. Ac yna sylwais ar beth oeddwn i'n edrych. Neu yn hytrach, ar beth doeddwn i ddim yn gallu ei weld. 'Dim ond un ddesg sydd yma.'

'Ie, ni'n rhannu'r swyddfa. Ro'n i'n meddwl bod y Pennaeth wedi egluro?'

'Do... Ond doeddwn i ddim yn sylweddoli...' Caeais fy llygaid am funud. Fflat bach oedd gen i. Un brif ystafell, wedi ei threfnu'n greadigol i edrych yn fwy o faint nag oedd hi. Ac er mod i'n talu trwy fy nhrwyn am ryw geblau ffansi, annibynadwy oedd y rhyngrwyd ar ei orau. Heb sôn am y frwydr i sefydlu rhyw fath o bellter rhwng bywyd gwaith a bywyd gartref.

'Wel, dwi'n credu taw'r peth hawsaf i'w wneud yw trefnu amserlen. Gall un ohonon ni weithio yn y swyddfa, y llall yn y llyfrgell.'

Nodiais yn araf. Y llyfrgell. Roedd wastad y llyfrgell.

'I ddechrau, byddai'n deg i mi gael tri diwrnod ac i tithau gael dau. Does gen i ddim lot o ddysgu y semester hwn, felly bydda i angen y ddesg yn amlach i wneud gwaith ymchwil. Gallwn ni gyfnewid semester nesaf. Ydy hynny'n swnio'n rhesymol i ti?'

Wel, yn rhesymol, efallai. Ond ddim yn deg. Teg fyddai rhannu'r wythnos ar ei hanner yn union. Ond roedd y llygaid mor dreiddgar a'r llais mor llyfn. A'r dyn hwn oedd seren newydd yr Ysgol, wedi'r cyfan. Dyn oedd wedi llwyddo i sicrhau penodiad wrth i bawb arall syrthio o'i gwmpas. Dyn y byddwn i'n rhannu swyddfa gydag e am Dduw a ŵyr faint o amser. Oedd gwerth difetha'r berthynas er lles hanner diwrnod?

Nodiais yn araf.

'Gwych. Wel, beth am i mi gael dydd Llun i ddydd Mercher, a ti dydd Iau a Gwener, 'te? Gallet ti ychwanegu dy lyfrau at y silffoedd ddydd Mercher.'

Trodd yn ôl at ei silff lyfrau gan fy ngadael i'n dresbaswr yn fy swyddfa fy hun.

* * *

Gallai pethau fod yn waeth, cysurais fy hun.

Roedden nhw wedi dinistrio'r llyfrgell, doedd dim dwywaith am hynny. Yn yr hen gampws, câi'r llyfrgell ei thrin â'r parch priodol, yn bennaf oherwydd ei gwerth i'r adran farchnata. Un o adeiladau hynaf y brifysgol gyda nenfwd uchel a ffenestri lliw ym mhob cilfach. Silffoedd a desgiau derw, carpedi moethus. Y llyfrgell oedd ar flaen pob prosbectws. Byddai'r ffotograffydd mwyaf creadigol yn cael trafferth dod o hyd i ongl ddeniadol o lyfrgell Y Tŵr. O dan ddaear, Lefel -1, dim unrhyw olau naturiol. Y muriau, y llawr a'r nenfwd (isel) yn goncrit. Silffoedd du plastig. Desgiau du plastig, y rhan fwyaf yn ddesgiau 'sefyll'.

Ond er gwaethaf y dinistr, roedd gweld y rhesi o lyfrau yn codi ysbryd. Byddai modd dod i arfer â gweithio yma. Llwyddais i fachu un o'r desgiau confensiynol prin gyda chadair – un blastig anghyfforddus, ond yn gadair o leiaf – yng nghornel bellaf y ddaeargell ryfedd hon. Wrth aros i'm gliniadur ddod i arfer â'i gartref newydd, trois yn ôl at y neges gan Llion. Byddai 'diolch' syml yn ymateb digonol, ond roeddwn i am i'r sgwrs barhau. Heb ymddangos yn rhy awyddus i'r sgwrs barhau, wrth gwrs.

> **Heledd:** Diolch! Digon chaotic hyd yn hyn...
> Gobeithio bod ti'n cael diwrnod da xx

'Heledd! Chdi sydd yna? Myfyrwyr yw'r rhai sydd fel arfer yn defnyddio'r llyfrgell fel lle i astudio'u ffonau…'

Gwingais a stwffio fy ffôn i'm poced. 'Helô, Linda! Ffeindiaist ti dy ffordd yma, 'te? Ro'n i'n meddwl falle byddet ti wedi gludo dy hun i lyfrgell yr hen gampws.'

'Wnes i ystyried gneud.'

Jôc? Doeddwn i byth yn siŵr gyda Linda. Hi oedd prif lyfrgellydd y brifysgol pan wnes i gyrraedd, a doedd hi heb newid mymryn ers hynny. Roedd ei gwallt yn gymysgedd gwyllt o ddu ac arian o hyd, a'r un sbectol ffrâm dryloyw yn pwyso'n fregus ar flaen ei thrwyn. Roedd moderneiddio wedi digwydd o gwmpas Linda. Catalogau wedi datblygu ar-lein, llyfrau wedi troi'n ddigidol, addysg wedi troi'n ddigidol. Ond roedd Linda wedi aros yr un peth, yng nghanol y corwynt. Ac eto, rhywsut, yn gwybod hyd a lled pob system ac union leoliad pob llyfr.

'Beth sy'n dod â chdi lawr fan yma beth bynnag? O'n i'n meddwl bod gynnoch chi i gyd swyddfeydd ffansi yn y cymylau?'

'Dwi ar Lefel 6, felly'n agosach at y cymylau,' gwenais. 'Ond dim "ffansi" fyddai fy ansoddair i o ddewis… A dwi'n rhannu'r swyddfa hefyd.'

'Dwyt ti ddim yn licio'r cyd-weithiwr dan sylw?'

'Na, na,' gwenais, 'ma fe'n ddigon neis.'

'Ydw i'n nabod o?'

'Na, ma fe'n newydd eleni.'

'Wwww,' pwysodd Linda yn agosach, ei sbectol yn llithro mymryn yn is. 'Ga i weld?'

Rholiais fy llygaid ac agor tudalen staff Ysgol y Celfyddydau ar fy ngliniadur. 'Dr Ieuan Richards.'

Roedd e'n edrych yn fwy trawiadol fyth yn y llun. Y goleuo, mae'n debyg. Roedd y llun yn sicr yn waith ffotograffydd proffesiynol. Eisteddai Ieuan ar gadair freichiau ledr gan edrych ar lyfr yn ei ddwylo. Roedd pentwr o lyfrau ychwanegol ar fwrdd coffi o'i flaen.

'Dydy o ddim yn darllen gwaith menywod,' nododd Linda.

Edrychais yn agosach, ond doedd y teitlau ddim yn cynnig tystiolaeth i'r gwrthwyneb. 'Neu ddim yn y llun, falle,' cynigiais yn hael. 'Roedd ganddo dipyn o lyfrau. Beth bynnag, ma fe'n ddigon neis. Ond dim ond un ddesg sydd.'

'A dyna fi'n meddwl mai holl bwynt yr adleoli oedd diffyg lle yn yr hen gampws.'

Edrychais i ffwrdd o'r chwerwder yn ei llais. Gwaith caled oedd aros yn bositif. Cyd-weithwyr – ffrindiau – yn colli swyddi; mwy, mwy a mwy o waith; adleoli i adeilad hollol hurt lle roedd popeth jyst ychydig yn waeth. Ond roedd rhaid imi drio. Os oeddwn i'n mynd i oroesi dod i'r gwaith bob dydd, roedd rhaid imi drio aros yn bositif.

'Wel, byddi di'n gweld mwy ohona i nawr!'

'Daeth un peth da o'r adleoli felly.' Llithrodd gwên Linda wrth iddi edrych o gwmpas. 'Dwi'm yn rhagweld rhyw lawer o ymwelwyr eraill. Dim o ystyried ein bod ni dan ddaear...'

Roedd yr adran farchnata wedi llwyddo i weu naratif o gwmpas cynllun llawr Y Tŵr. Y llyfrgell oedd 'seiliau'r Tŵr' yn ôl y prosbectws diweddara. Er, roedd y drydedd gampfa ar yr islawr hefyd. Duw a ŵyr beth oedd arwyddocâd hynny.

'Fedra i ofyn ffafr, Heledd?'

'Wrth gwrs!' Doedd dim rhaid i mi ofyn beth oedd y ffafr cyn cytuno. Doedd Linda erioed wedi gofyn am help gen i o'r blaen. Er fy mod i'n gofyn am help ganddi hi bron yn wythnosol.

'Pan fyddi di'n gweithio yma, galwa ambell lyfr i fyny. Rhai gwahanol bob tro.'

'Beth ti'n meddwl…' Oedais wrth edrych o gwmpas. Roedd y llyfrgell yn llai. Roedd llai o silffoedd. Doedd y llyfrau i gyd ddim yma. 'Ydyn nhw mewn stordy?'

Pwyntiodd Linda yn ddistaw at y llawr.

Gwingais gyda chydymdeimlad. Rhaid ei bod hi'n ddigon gwael gweithio dan ddaear. Ond gorfod mentro yn is eto i gyrraedd y rhan fwyaf o'r llyfrau? Arferai Linda drefnu teithiau o gwmpas y llyfrgell i fyfyrwyr newydd, gan ddangos iddyn nhw sut i ddod o hyd i lyfrau. Clodforais ei hamynedd diderfyn un tro. Gwenu yn addfwyn wnaeth Linda a datgan mai gweld myfyrwyr yn pori'r silffoedd oedd un o bleserau mwyaf ei swydd. Prin iawn fyddai'r pleser hwnnw nawr.

'Byddan nhw'n iawn am y tro. Ond bydd hi'n gymorth mawr os ti'n gallu galw rhai i fyny o bryd i'w gilydd. Er mwyn iddyn nhw gael ystadegau da.'

'Ti'n meddwl wnewn nhw drio cael gwared ar rai?'

Cododd Linda ei hysgwyddau. 'Mater o amser tan iddyn nhw benderfynu bod angen pedwaredd gampfa.'

Byddai modd protestio, wrth gwrs. Byddai modd ymateb yn anfodlon i'r arolwg i gasglu barn staff ar y strategaeth newydd. Ond rhith oedd y llais a roddwyd i ni gan y fath arolwg. Doedd y fwyell yn malio dim am farn staff.

* * *

Roedd hi'n amser cinio (o'r diwedd!) ac roeddwn i'n aros am Sioned tu allan i fynedfa'r caffi.

'Blwyddyn Academaidd Newydd Hapus, Heledd!'

Edrychais i fyny o'r neges roeddwn i yng nghanol ei theipio i'm grŵp o ffrindiau coleg ynghylch trefniadau i gwrdd dros y penwythnos. 'Ac i ti...' chwarddais.

'Ti'n aros am Sioned, fi'n cymryd?' gofynnodd Arjun gan ddod i bwyso yn erbyn y wal wrth fy ymyl.

'Wrth gwrs.'

'Wnes i brynu oriawr iddi Nadolig diwetha ond dwi erioed wedi'i gweld hi'n gwisgo fe...'

Darlithydd dros dro yn y gyfraith oedd Arjun, ac un o unig ffrindiau agos Sioned yn Ysgol y Dyniaethau. Fe'u penodwyd yn yr un flwyddyn, a doedd dim byd yn creu cwlwm cystal rhwng dau berson na mynychu cwrs hyfforddiant mewn swydd gyda'i gilydd.

'Gest ti haf neis?' gofynnais.

'O'dd e'n ocê. Nathon nhw ddim penderfynu os oedden nhw'n mynd i ymestyn fy nghontract i tan ddiwedd mis Awst, felly popeth bach yn *chaotic*.'

'Ma hynny'n ofnadwy, dwi'n sori.'

'Wedi hen arfer erbyn hyn...'

Dyma oedd y chweched estyniad i gontract un flwyddyn Arjun.

'O'n i eisiau siarad gyda ti am rywbeth, actiwli. Nath Sioned sôn bod ti'n neud yoga?'

Cochais. 'Ychydig o fideos gartref, dwi ddim yn dda iawn.'

'Wel, dwi'n meddwl dechrau clwb – rhywbeth bach ac anffurfiol iawn. Ma chwech stiwdio ymarfer corff ar Lefel 9, o'n i'n meddwl bwcio un o'r rheina. Bydde gen ti ddiddordeb?'

Nodiais yn frwdfrydig.

'Gwych, ma Sioned yn mynd i ddod hefyd. Wna i roi gwybod unwaith dwi wedi bwcio ystafell. Aha! Dim ond deng munud yn hwyr heddiw.'

'Sori, sori, sori!' dywedodd Sioned gan garlamau tuag atom. 'Awn ni? Gallwn ni dal guro'r *rush*. Ti'n dod am ginio, Arjun?'

'Na, dim heddiw. Mwynhewch!'

'Sa i'n gwybod pam ti mor awyddus,' mwmiais wrth i Sioned fy hebrwng i'r caffi. 'Ti wir yn meddwl bydd gan Y Tŵr arlwyo da?'

'Meh, siŵr o fod ddim. Ond ti'm yn gallu curo'r cyffro o drio rhywle newydd!'

Doedd dim cyffro i fi – roeddwn i wedi astudio bwydlen caffi'r Tŵr yn barod ar-lein (roedd fy ffocws wastad yn ffoi o'm gafael tua 12:15). Codi tâl troseddol am frechdanau digon arferol oedden nhw. A phrin oedd darpariaeth Y Tŵr ar gyfer llysieuwyr, felly doedd gen i fawr o ddewis o'r brechdanau digon arferol chwaith.

Ceisiais aros yn bositif wrth eistedd ar stôl uchel – roedd cynllunwyr Y Tŵr yn amlwg o'r farn mai ffasiwn semester diwethaf oedd byrddau a seddi arferol – ond roedd hi'n anodd peidio digalonni gyda'r caws plastig a'r bara sych. Nid am y tro cyntaf y diwrnod hwnnw roeddwn i'n hiraethu am yr hen gampws. Yr un brechdanau siomedig oedd yn cael eu gweini yno, wrth gwrs, ond roedd llond llaw o gaffis o fewn pellter cerdded.

'Dyna pam ma'r cyffro mor bwysig,' dywedodd Sioned yn ddoeth. 'O leia ti'n cael rhywfaint o fodlonrwydd fel 'ny.'

'Athroniaeth ofnadwy.' Siglais fy mhen i gael gwared o'r tywyllwch. Doedd dim pwynt digalonni dros frechdan.

Dychwelais at y negeseuon grŵp ac ymrwymo i'r dafarn nos Sadwrn. Er mai yng Nghaerefydd bues i'n astudio, roedd tipyn o'm ffrindiau wedi symud i'r ardal hon ac roedden ni'n llwyddo i gwrdd yn weddol rheolaidd.

PING!

Roedd myfyriwr PhD'r Pennaeth wedi cysylltu gyda manylion y modiwl Employability Skills. Ochneidiais ac estyn am fy ngliniadur.

'Beth ti'n neud?' gofynnodd Sioned.

'Gwirio Gateway ar gyfer modiwl newydd dwi'n gorfod ei ddysgu…'

Gateway. System adnoddau dysgu ar-lein a ddatblygwyd yn arbennig ar gyfer Y Tŵr. System gwbl Saesneg ei hiaith, am ryw reswm. Roedd y Cyngor Gweithredol wedi ateb y cwynion gyda sylw annelwig am broblemau technolegol.

'Modiwl newydd?! Byr rybudd…'

Nodiais yn swta.

'Beth sydd angen dysgu ar gymaint o frys?'

'Employability Skills.'

Roeddwn i wedi disgwyl sioe, ac ni siomodd Sioned. Tagodd ar gyfuniad o ddiod ysgafn a chwerthin.

'Dyw e ddim mor ddoniol â hynny…' gwgais a thynnu fy ngliniadur bellter diogel oddi wrthi, fy malchder yn deilchion. Roeddwn i'n ymwybodol iawn mai ychydig dros dair awr yn ôl bues i'n traethu am boblogrwydd y modiwl Llenyddiaeth a Phrotest. Efallai mai pechod oedd ymffrostio wedi'r cyfan.

'Ma fe *bach* yn ddoniol,' chwarddodd Sioned, 'mewn ffordd dywyll iawn. Er, swnio'n hollol shit.'

'Ydy.' Rhywbryd rhwng naw ac un o'r gloch roedd fy awydd i geisio aros yn bositif wedi cilio.

'Beth ti'n mynd i ddysgu iddyn nhw, 'te?'

'Employability Skills,' atebais yn isel.

'Unrhyw sgiliau cyflogadwyedd yn benodol?' Roedd Sioned yn gwneud ei gorau i beidio ag ailddechrau chwerthin.

'Hm. Dyna dwi'n edrych nawr. Ma gan y Pennaeth fyfyriwr PhD sy'n dysgu'r un modiwl i fyfyrwyr Saesneg. Ma'r Pennaeth eisiau i fi ddefnyddio'r un deunydd.'

'I fyfyrwyr Cymraeg...'

'Ie.' Caeais fy llygaid. 'Wna i weithio rhywbeth allan.'

Roedd gwên Sioned wedi diflannu. Roedd y ddwy ohonon ni'n gwybod yn iawn bod yna islif mwy difrifol yma. Fesul modiwl, nid fesul ton...

'A, dyma ni – ma 'da hi'r ddarlith gynta lan yn barod.'

'Www, dere fi weld, falle ca i ryw alwedigaeth newydd.'

Syrthiodd y ddwy ohonon ni'n dawel wrth i'r fideo cyntaf ddechrau:

ENG-2050: Employability Skills.
Lecture 1: Communication

Gwylion ni fenyw ifanc yn egluro pwysigrwydd cyfathrebu clir yn y gweithle gydag amynedd a brwdfrydedd gwyrthiol.

'Ma hi'n dda!' dywedodd Sioned. 'Ti'n nabod hi?'

Siglais fy mhen, fy meddwl ar sut yn union roeddwn i'n mynd i ddysgu'r modiwl i fyfyrwyr Cymraeg.

'Wel, well i ni fynd 'nôl i'r gwaith – gen ti lot i'w neud ar gyfer y ddarlith ar "communication" wedwn i.'

'Ha. Ti'n chwerthin nawr ond mater o amser fydd hi cyn i'r modiwlau hyn gyrraedd Ysgol y Dyniaethau...'

'Wnawn nhw byth ofyn i fi ddysgu myfyrwyr sut i gyfathrebu,' atebodd Sioned yn bendant. 'Dydyn nhw ddim yn fy nhrystio i ddigon.'

Chwarddais. Pwynt teg. Debyg doedd rhegi a phrotestio awdurdod ddim ar restr Y Twr o sgiliau cyflogadwyedd.

'Ti'n dod i'r parti heno, reit? O'dd yna ryw sôn yn yr e-bost am ddiodydd rhad ac am ddim.'

'Ydw. Er, dwi'n siŵr bydd rhaid i ni yfed o wydrau wedi eu brandio gyda logo'r Tŵr,' atebais.

'Dim ond bod diod, sdim ots 'da fi. Wna i weld ti am saith, 'te.'

PING! PING! PING! PING!

Pedwar e-bost gan fyfyrwyr tiwtora personol yn cwyno am Gateway. Caeais fy ngliniadur a llithro o'r gadair uchel. Roedd saith o'r gloch yn teimlo'n bell iawn i ffwrdd.

* * *

'Be dwi'n meddwl sy'n ddiddorol yw bod Gerallt Lloyd Owen ddim jest yn protestio yn erbyn y frenhiniaeth, ond mae o hefyd yn protestio yn erbyn y Cymry sy'n derbyn y frenhiniaeth.'

'Pwynt da iawn!' nodiais yn frwdfrydig.

Gwenodd Ffion yn swil a chuddio tu ôl i'w gwallt du cyrliog. Dyma oedd ei thrydedd flwyddyn yn y brifysgol, ac roeddwn i wedi cael y fraint o weld ei hyder yn tyfu gyda phob semester.

'Dwi'n credu gallwn ni gymharu gyda nofelau Rhiannon Davies Jones, *Eryr Pengwern* yn enwedig,' mentrodd, 'y ffin rhwng protestio yn erbyn y drefn, a phrotestio yn erbyn y rhai sy'n dilyn y drefn.'

'Ie!' cytunodd Ben. 'A phwy yn union yw'r bobl hyn, y rhai sy'n dilyn y drefn? Beth yn union ma nhw'n neud sy'n dilyn y drefn? Achos ma fe'n eitha *explicit* yng ngherddi Gerallt Lloyd Owen, yn dyw e? Ond ddim mor glir yn *Eryr Pengwern*?'

Ymlaciais yn fy nghadair a chaniatáu i drafodaeth fywiog myfyrwyr Llenyddiaeth a Phrotest leddfu anafiadau'r diwrnod cyntaf yn Y Tŵr. *They simply aren't interested in our subjects, I'm afraid.* Roedd un peth yn sicr: doedd y Pennaeth ddim wedi cwrdd â'm myfyrwyr i.

'Yn anffodus, mae amser yn drech na ni,' dywedais, gydag edifeirwch go iawn. Byddai'r dasg o aros yn bositif gymaint yn haws o allu dysgu'r myfyrwyr hyn trwy'r dydd, bob dydd. 'Wythnos nesaf byddwn ni'n edrych ar weithiau llenyddol yn gysylltiedig â'r ymgyrch "Nid yw Cymru ar Werth". Mae peth deunydd ar Gateway yn barod, ond mae croeso i chi fynd i chwilio am enghreifftiau eraill hefyd, ar-lein ac yn y llyfrgell.'

'Does na'm sesiwn arall ar lenyddiaeth yr ugeinfed ganrif ddydd Iau?' gofynnodd Ffion. 'Mae dwy sesiwn yr wythnos ar yr amserlen.'

Ochneidiais a gorfodi fy hun i edrych arnyn nhw.

'Dyna oedd y cynllun, ie. Ond yn anffodus mae'r amser dwi'n ei gael gyda chi ar gyfer y modiwl hwn wedi ei haneru. Am hanner arall yr amser byddwch chi'n dilyn modiwl o'r enw Employability Skills.'

Tawelwch.

'Fi fydd yn eich dysgu chi o hyd.'

'Employability Skills...' dywedodd Ffion yn araf. 'Yn Saesneg, felly?'

'Dyna yw bwriad y Pennaeth, ond nid dyna fyddwn ni'n ei wneud. Bydda i'n cyfieithu'r deunydd ac fe wnawn ni gynnal y seminarau yn Gymraeg.'

Tawelwch. Doedd fy mhrotest ddewr heb roi llawer o argraff ar y myfyrwyr. Nhw oedd yn iawn. Roedden nhw'n astudio'r Gymraeg. Ddylwn i ddim fod yn derbyn clod arbennig am eu dysgu trwy gyfrwng y Gymraeg, hyd yn oed os oedd y weithred yn erbyn gorchymyn y Pennaeth.

'Oes rhaid i ni wneud y modiwl newydd yma...?' gofynnodd Ffion o'r diwedd. 'Nathon ni ddim dewis gneud.'

'Mae'n rhan o strategaeth ehangach yr Ysgol,' atebais, gan geisio peidio â swnio'n ddigalon. 'Yn ôl yr adborth, mae myfyrwyr – yn gyffredinol, cofiwch, dwi ddim yn dweud eich bod chi eisiau hyn – eisiau mwy o hyfforddiant ar gyfer y byd gwaith.'

Tawelwch.

'Ond gallwn ni brotestio?' gofynnodd Ben.

'Wel, gallwch chi ysgrifennu at y Pennaeth…' dechreuais.

'Ma rhaid i ni!' ebychodd Ffion gan edrych ar ei chyd-fyfyrwyr. 'Ni'n astudio Llenyddiaeth a Phrotest, wedi'r cyfan! 'Dan ni 'di gweld yn barod, nid y drefn yn unig sydd ar fai – ond y rhai hynny sydd, trwy eu tawelwch, yn cefnogi'r drefn.'

Fy nhro i oedd hi i eistedd yn dawel.

'Wnawn ni brotestio,' dywedodd Ben. 'Ac yn y cyfamser gallwn ni barhau i drafod Llenyddiaeth a Phrotest yn y seminarau Employability Skills, yn gallwn? Dim ond bod ni'n dysgu rhyw fath o sgiliau cyflogadwyedd, sdim ots pa ffordd 'dan ni'n eu dysgu.'

Ai dyma sut oedd rhiant yn teimlo wrth weld eu plant yn rhagori? Sut oedd y myfyrwyr anhygoel hyn wedi llwyddo i gyrraedd lefel o ddealltwriaeth oedd gymaint yn uwch na'r Pennaeth?

'Syniad da,' gwenais. 'Tan ddydd Iau felly!'

Wnes i barhau i eistedd wrth i'r myfyrwyr bacio a gadael. Doedd gan neb yr ystafell yn syth ar ein holau ni ac roedd angen munud arna i cyn rhuthro at y peth nesaf. Roeddwn i wastad yn teimlo'n rhyfedd ar ôl gorffen sesiwn dysgu – rhyw gyfuniad o'r blinder a geir o redeg marathon (dim bod gen i brofiad personol o redeg chwe milltir ar hugain…) a pherlewyg yfed hanner potel o win neu ddau G&T (digon o brofiad personol o hynny). Doeddwn i erioed wedi deall fy nghyd-weithwyr a allai ddychwelyd yn syth at eu he-byst.

'Heledd, alla i ofyn rwbath?' Roedd Ffion wedi oedi wrth fy ysgwydd.

'Wrth gwrs!' Cyfeiriais ati i gymryd sedd.

'Ro'n i wedi gobeithio ymgeisio i wneud MA yma.'

'Syniad ardderchog! Byddai'r Ysgol wrth ei bodd yn dy gael di. Oes gen ti bwnc mewn golwg ar gyfer traethawd hir?'

'Ella...' edrychai Ffion yn nerfus. 'Dwi 'di bod yn darllen lot o ffuglen ddystopaidd yn ddiweddar. Ac ma'r gwaith ar gyfer Llenyddiaeth a Phrotest wedi gneud imi feddwl, ella bysai astudiaeth o ffuglen ddystopaidd fel ffordd o brotestio yn syniad?'

'Mae hynny'n swnio'n addawol dros ben!' Braidd allai fy nghalon ymdopi gyda'r wybodaeth bod fy modiwl arbenigol i wedi ysbrydoli myfyriwr yn y fath ffordd. 'Mae peth gwaith wedi ei wneud ar ddystopia a phrotest mewn llenyddiaeth Saesneg, ond mae angen rhagor o ymchwil sy'n talu sylw i lenyddiaeth Gymraeg. Bydd dy brosiect yn un arloesol a gwerthfawr.'

'Diolch! Fyddech chi'n hapus i weithio efo fi?'

'Byddwn i wrth fy modd! Y cam nesaf yw i ti roi cais at ei gilydd. Unwaith rwyt ti wedi cael cyfle i'w ddrafftio, gyrra air ata i a gallwn ni drafod ymhellach. Yn y pen draw, bydd y cais yn mynd at y Pennaeth am gymeradwyaeth ac yna i'r Swyddfa Ganolog. Ond dwi wir ddim yn rhagweld unrhyw broblem,' ychwanegais, wrth weld y pryder ar ei hwyneb. 'Rwyt ti'n fyfyriwr mor ddisglair ac mae gen ti syniadau mor ffres. Byddwn ni'n lwcus o dy gael.'

'Diolch, Heledd. Dwi wir am barhau i astudio'r Gymraeg yma.'

Roedd Ffion yn siarad i'w dwylo. Astudiais hi, fy nhalcen yn crychu. 'Ond?' anogais. 'Galli di rannu unrhyw bryderon sydd gen ti gyda fi, Ffion.'

'Dwi'n teimlo weithiau bod pobl yn synnu mod i'n fyfyriwr Cymraeg. Oherwydd lliw fy nghroen.'

'Oes rhywun wedi dweud hynny wrthot ti?' gofynnais yn araf, fy ngwaed yn berwi. 'Byddai modd gwneud cwyn. Alla i dy gefnogi gyda hynny.' Tu ôl i'r datganiad pendant, roeddwn i'n ansicr. Roedd gan Y Tŵr bolisi o sefyll yn erbyn hiliaeth, wrth gwrs. Ond roedd geiriau a gweithredu yn ddau beth gwahanol iawn.

Cododd ei hysgwyddau. 'Dim *outright*. Llawer o bobl yn cymryd mod i ddim yn gallu siarad Cymraeg, neu'n gofyn pryd 'nes i ddysgu... Y stwff arferol hefyd, ond ma'r stwff am y Gymraeg yn brifo cymaint achos bod o'n dod gan bobl Cymraeg eraill, a dwi wastad wedi teimlo mod i'n Gymraeg, chi'n gwybod?'

'Na... Dwi ddim yn mynd i esgus mod i'n deall dy brofiad di. Ond dwi'n wirioneddol flin. Ti yw un o'r myfyrwyr gorau i mi eu dysgu erioed, Ffion. Paid byth ag anghofio hynny.'

Roedd hi'n gwneud ei gorau i beidio crio.

'Chi yw'r athrawes orau dwi erioed wedi ei chael.'

Cochais, fy nghalon yn neidio. Dyma pam roeddwn i yma. Dyma pam roedd rhaid aros yn bositif.

* * *

Am ryw reswm twp roedd y derbyniad tu allan. Roedd hi'n sych, diolch byth, ond roedd awel fain yn cylchu, yn barod i lamu ar unrhyw un a safai'n llonydd yn rhy hir. Roeddwn i hefyd yn euog o benderfyniad twp ac wedi gwisgo'n 'ffasiynol' yn hytrach nag yn ymarferol – camgymeriad y tueddwn i'w ailadrodd ar ddechrau pob semester. Doedd gan fy nhrowsus sidanaidd a'm siaced ysgafn fawr o obaith yn erbyn yr awel.

Crwydrais trwy'r dorf i gynhesu fy nghorff ac i guddio fy

unigrwydd gyda phwrpas. *Buzz.* Neidiais yn ddiolchgar am y neges. Doedd sgrolio ddim yn twyllo neb. Gwenu a theipio neges, dyna arwydd o gysylltiad go iawn. Roedd rhywun eisiau siarad gyda fi.

> **Llion:** Gobeithio bod ti 'di cael diwrnod da! Mwynha'r noson xx

Yn bell i ffwrdd roedd llais yn fy rhybuddio i oedi cyn ymateb, i beidio ag ymddangos yn rhy awyddus, ond roedd fy mysedd eisoes yn neidio ar draws y sgrin. Roedd y geiriau syml yn haen ychwanegol yn erbyn yr oerfel ac roeddwn i eisiau mwy.

> **Heledd:** Diolch! O'dd diod am ddim i fod, ond dim arwydd eto... xx

Edrychais o gwmpas, wedi atgoffa fy hun o addewid yr e-bost. Byddai diod yn rhoi'r hyder imi beidio â phoeni am letchwithdod sefyll o gwmpas ar fy mhen fy hun. Mwy nag un ddiod ac efallai byddai gen i'r hyder i siarad gydag ambell gyd-weithiwr. Ond na, dim arwydd.

> **Llion:** Wastad diod i ti fan hyn os wyt ti eisiau ☺ xx

Chwarddais yn uchel ar hynny.

> **Heledd:** Tempting. Falle wna i alw ar y ffordd 'nôl os na fydd pethe'n gwella fan hyn... xx

Mewn ffordd, Y Tŵr oedd biau'r clod am fy mherthynas i a Llion. Roedd y Cyngor Gweithredol wedi cau drysau'r hen gampws ddiwedd mis Mehefin a'n gorchymyn i ddod o hyd i rywle arall i wneud ein gwaith nes i'r Tŵr agor ym mis Medi. Ac felly dechreuais i'r arfer o weithio mewn caffi. Arbrofais gydag ambell le cyn taro ar y caffi perffaith – coffi da, wrth reswm, WiFi, a digon o fyrddau gwag. Roedd mwy o bobl yn dod i gasglu'u coffi a gadael nag i eistedd mewn, ac roeddwn i'n mwynhau eu gwylio nhw'n mynd a dod o'm bwrdd yn y gornel. Yn raddol sylwais ar y rhai oedd yn dod yn rheolaidd – gan gynnwys dyn pen moel gydag ystod eang o grysau-t lliwgar. Coffi *decaf* oedd ei archeb bob dydd a, weithiau, cacen o ryw fath. Dechreuon ni sgwrsio, ac erbyn y drydedd wythnos roedd e wedi dechrau archebu ei goffi a'i gacen i eistedd mewn.

Edrychais ar fy oriawr. 19:06. Am faint fyddai'r derbyniad yn para? Ddim mwy nag awr, siŵr o fod. Gallwn i fod yn nhŷ Llion erbyn hanner awr wedi wyth…

Heledd: Wna i tecstio ti pan dwi'n gadel xx

Gwasgais 'anfon' cyn mod i'n cael cyfle i ailfeddwl.

Llion: Edrych mlan xx

Roedd fy stumog mewn clymau. Gwallgofrwydd llwyr. Doeddwn i ddim yn ddeunaw er mwyn Duw!

'Heia, Heledd,' cyfarchodd Ieuan.

Gwenais, gan stwffio fy ffôn i'm poced a chladdu'r cyffro. 'Helô! Wnest ti fwynhau dy ddiwrnod cyntaf?'

'Do, diolch! Dwi dal methu credu mod i'n gweithio yma. Yn troedio'r un coridorau â phobl dwi 'di bod yn darllen eu llyfrau nhw!'

Nodiais yn frwdfrydig. O'm profiad i, doedd cwrdd ag awduron eich llyfrau craidd ddim wastad yn uchelgais ddoeth. Gwers oedd ar y gweill i Ieuan, debyg.

'Diolch am wneud imi deimlo'n gartrefol yma, Heledd. Rwy'n gwerthfawrogi hynny.'

'Dim problem.' Roedd e'n ddyn digon dymunol, a bod yn deg. Pwy a ŵyr, ymhen amser efallai byddwn i'n ei ystyried yn ffrind.

'Ers faint wyt ti wedi bod yn gweithio i'r brifysgol?'

'Pum mlynedd!'

Roedd Ieuan yn fy asesu gyda diddordeb. 'Wnest ti gael y swydd yn weddol fuan ar ôl gorffen dy PhD felly?'

'Do, ychydig o flynyddoedd yn ddiweddarach… Ro'n i'n lwcus iawn.' Doeddwn i dal ddim yn gallu credu fy lwc dda. Bu grŵp gweddol fawr ohonon ni'n gorffen doethuriaethau ym maes llenyddiaeth yng Nghaerefydd ar yr un pryd, ar adeg pan oedd y sector eisoes wedi dechrau crebachu'n ddychrynllyd o sydyn. Tyngais lw i ddal ati am flwyddyn. Blwyddyn o weithio shifftiau mewn clwb nos, wrth imi ddefnyddio pob eiliad o'm hamser sbâr i gryfhau fy CV. Erbyn mis Mai, roeddwn i wedi syrthio i grafangau anobaith. Yna ces i'r cyfweliad a'r alwad ffôn wnaeth newid popeth. Bob tro byddai'r baich gwaith yn teimlo'n llethol, byddwn i'n atgoffa fy hun o'r gorfoledd a'r diolchgarwch roeddwn i wedi ei deimlo ar y diwrnod hwnnw.

'Nawr ein bod ni tu allan i oriau gwaith, ti'n gallu rhoi'r low-down i fi ar yr Ysgol? Pwy i rannu paned gyda nhw? Pwy i osgoi? Fath 'na o beth?'

Chwarddais. Cwestiwn digon diniwed. Cwestiwn fyddwn i wedi ei groesawu ddwy flynedd yn ôl. Roeddwn i a Llinos wrth ein boddau yn hel clecs. Ond yna roedd y fwyell wedi dechrau syrthio, a gyda'r fwyell, amheuaeth o bob cyd-weithiwr a ffrind. Er ein bod ni ar yr un ochr, roedd y fwyell yn glyfar ac wedi ein hannog i ofni'n gilydd. Wedi ein hannog i lochesu yn ein drwgdybiaeth o'n gilydd. Doedd dim gwerth i'r fath loches fregus ac roedd hi'n haws fyth i'r fwyell ein difa, un ar ôl llall.

'Wel, ma pawb yn tueddu i gadw i'w grwpiau pynciol,' dywedais yn ysgafn. 'Felly weli di fwy o dy gyd-ddarlithwyr Saesneg na neb arall, fydden i'n meddwl.'

'Hm. Trueni, dwi'n eitha hoff o ambell i gyd-weithiwr arall,' chwinciodd.

'Wel, fyddi di'n gweld hen ddigon ohona i!'

Roedd Ieuan yn edrych o gwmpas, crych wedi ymddangos ar ei dalcen. 'Y ddau draw fan 'na, nhw yw'r darlithwyr Cymraeg eraill, yntefe? Shwt rai y'n nhw?'

Doeddwn i methu helpu'r ochenaid wnaeth ddianc o'm gwefus. Roedd y ddau ohonyn nhw'n sefyll mewn tawelwch ychydig o fetrau i ffwrdd.

'Dim i gyd. Dydy Dr Rhian Evans ddim yma,' dechreuais gyda'r unig un oedd yn ffrind. 'Mae'n gwneud gwaith llawrydd gyda'r hwyr, felly dyw hi ddim yn gallu dod i ddigwyddiadau tu allan i oriau gwaith. Ond mae hi'n neis iawn.'

Roedd 'neis iawn' yn gwneud cam â Rhian. Angel oedd hi, wedi ei chaethiwo i'r ddaear ar ffurf darlithydd Cymraeg. Ar fy niwrnod cyntaf yn gweithio yn y brifysgol, daeth i'm croesawu wrth brif fynedfa'r hen gampws. Doedd hi ddim wedi sôn o flaen llaw, ac roeddwn i wedi fy nrysu braidd o ddeall bod yr ysgolhaig hynod o alluog a hynod o brysur am fy hebrwng am goffi. Sylweddolais yn ddiweddarach mai cyfnod prawf o ryw fath oedd y coffi. Ni ddatgelodd Rhian natur yr asesiad, ond wnes i basio. Cymerodd fi o dan ei hadain, gan weithredu fel rhyw fath o fentor answyddogol. Pan ddechreuodd y fwyell gylchu, roedd pawb wedi disgwyl mai fi fyddai'r cyntaf i syrthio. Ond aeth Rhian ati i'm hamddiffyn.

'Yr Athro Williams yw'r un hŷn yn yr anorac llwyd,' sibrydais. 'Fe sydd wedi bod yma hiraf o bawb.'

'A'r un ifancach?'

Melltithiais fy nghalon am neidio. Melltithiais fy llygaid am oedi'n rhy hir arno. Y gwallt a barf (newydd eleni) brown, y llygaid glas treiddgar, y siwmper fawr werdd, y jîns tywyll, y trainers... Dyn a lwyddai i ymddangos yn ddiymdrech o drawiadol. Diolch byth mod i wedi gwisgo'n 'ffasiynol' heddiw.

'Dr Emyr Jackson. Dwi ddim yn ei nabod e'n dda iawn.'

Celwydd llwyr. Dr Emyr Jackson ro'n i'n ei nabod orau oll.

Mynd i'w swyddfa i ymddiheuro oeddwn i, ddeuddydd wedi dathliad yn y dafarn i groesawu staff newydd. Roeddwn i wedi bod mor awyddus i wneud argraff dda – ac i wneud ffrindiau! – ac felly wedi treulio'r diwrnod cyfan yn pryderu a phoeni. Yn y chwech awr a ddilynodd, cyn bod y dafarn yn ein halltudio i'r stryd, wnes i yfed gormod a gwneud ffŵl ohonof i fy hun. Deffrais y bore wedyn gyda mosaig blêr o atgofion i'm harteithio dros y penwythnos. Cribais drwy bob un gan gasglu mai ym mhresenoldeb Emyr Jackson y gwnaethpwyd y difrod mwyaf. Roeddwn i wedi gwirioni ar y darlithydd oedd ond ychydig o flynyddoedd yn hŷn na fi ac yn dipyn o ddirgelwch i bawb; ac roedd gennym ni gymaint yn gyffredin. Roeddwn i wedi bod yn rhy gyfeillgar, yn rhy amhroffesiynol.

Ac felly, ben bore Llun, roeddwn i wedi llusgo fy hun i'w swyddfa i ymddiheuro.

Roedd Emyr wedi chwerthin. 'Does dim angen i ti ymddiheuro! Mae pawb ychydig yn nerfus yn ystod eu hwythnos gyntaf. A chred ti fi,' daeth i sibrwd yn fy nghlust, 'nid ti oedd y gwaetha, o bell ffordd...'

Roeddwn i wedi gwenu'n swil. Doedd dim rhaid i mi fod wedi treulio'r penwythnos yn poeni wedi'r cyfan. Ac roeddwn i, Heledd y darlithydd ifanc lletchwith, wedi llwyddo i wneud ffrind o un o ddarlithwyr mwyaf poblogaidd a cŵl y brifysgol.

Mwy na ffrind. Heb rybudd, eiliad yn ddiweddarach roedd Emyr Jackson yn fy nghusanu i.

Ie, Dr Emyr Jackson ro'n i'n ei nabod orau oll.

'Dr Richards! Heledd! Are you both ready for the show?'

Gwenais yn gwrtais ar y Pennaeth. Glaniodd fy llygaid ar y ffliwt siampên cain yn ei llaw. Oedd 'na siampên? Ceisiais edrych o gwmpas heb ddatgelu mod i'n edrych o gwmpas. Roedd yr e-bost wedi addo diodydd am ddim…

'I'm looking forward to seeing Y Tŵr in all its glory at night,' meddai Ieuan.

'Quite. I hope you've had an enjoyable first day, Dr Richards. I was hoping I'd get a chance to talk to you this evening. Professor Edwards has told me so much about you.'

'Simon is far too kind,' gwenodd Ieuan.

Sefais yn lletchwith ar ymylon y sgwrs.

'How did you meet him?'

'At a conference a few years ago. I'd just started my PhD and was presenting my research for the first time. Simon was in the audience and he was so encouraging. We spent most of the evening talking about my project.'

'Over a fair few pints I suspect…' chwarddodd y Pennaeth. 'On that note, I see that you don't currently have a drink. We'll rectify that, and I'll introduce you to a few people too. Follow me,' ystumiodd at y llinyn VIP o gwmpas ei gwddf.

Gwenodd Ieuan yn lled-ymddiheurol arna i wrth i'r Pennaeth ei hebrwng i gwmni gwell. Cymerais ambell gam petrus ar eu holau. Roedd rhaff goch yn pennu sgwâr fach o flaen mynedfa'r Tŵr, o dan oruchwyliaeth ddi-wên y gwarchodwr. Roedd llwyfan ym mhen pella'r sgwâr, ac arni sgrin fawr. Nodiodd y gwarchodwr yn gwrtais ar y Pennaeth ac Ieuan a chaniatáu iddynt basio i mewn i'r sgwâr. Roedd bar yno, sylwais, gyda degau o ffliwtiau siampên.

'Paid â becso, ni'n well draw fan hyn, cred ti fi.'

Sioned. Diolch byth. Roeddwn i wedi dod yn well wrth ymdopi gyda thorfeydd, ond doedd dim dianc rhag y pryder fan hyn. Roeddwn i'n gallu teimlo llygaid fy nghyd-weithwyr arna i, yn asesu fy unigrwydd.

Roedd Sioned yn gwthio ffliwt siampên i'm llaw.

'Ti'n VIP nawr?!'

'Haaaaaa, wrth gwrs ddim. Leusa sydd wrth y bar ac yn teimlo'n sori droston ni.'

Cododd Sioned ei gwydraid i gyfeiriad un o'r gweinyddion yn yr ardal VIP. Chwifiais ar Leusa a gwenu fy niolch. Rhywsut, roedd Sioned yn llwyddo i aros ar delerau da gyda phob un o'i chyn-gariadon. Ei hesiampl hi oedd yn rhannol gyfrifol am fy nisgwyliadau uchel wrth gychwyn perthynas gyda chyd-weithiwr; petai'r atyniad a'r cariad yn cilio, byddai modd parhau i gyd-weithio'n hwylus. Ond doedd fy mherthynas i a Dr Emyr Jackson heb ddod yn agos at fodloni'r fath ddisgwyliadau…

'Paid disgwyl siampên, tho. Dyw'r VIPs ddim hyd yn oed yn cael hynny.'

'Prosecco?'

'English Sparkling Wine.'

'Croeso, gyfeillion!'

'Www, dyma ni.'

Trodd y ddwy ohonon ni i wylio'r sgrin fawr. Roedd yr Is-Ganghellor wedi dod i'n hannerch.

'Mae'n bleser eich croesawu chi yma i noson agoriadol Y Tŵr.'

'Ddim yn ddigon o bleser i fod yma ei hun,' brathodd Sioned dan ei hanadl.

'Sa i erioed wedi ei weld e go iawn,' sibrydais.

'Mae newid wastad yn sialens,' roedd yr Is-Ganghellor yn parhau. 'Ond rydw i'n ffyddiog ein bod ni wedi gwneud y penderfyniad gorau wrth newid. Edrychwch ar yr adeilad arbennig hwn. Oes prifysgol arall yn y Deyrnas Unedig â champws cystal? Rydym ni yn llythrennol uwch na phob sefydliad arall.'

'Ma fe'n cymharu taldra ein tŵr ni gyda thaldra tyrau prifysgolion eraill,' nododd Sioned.

Cnois fy ngwefus i atal y chwarddiad rhag dianc.

'Rydym ni'n arloesol. Ni yw'r unig brifysgol sydd wedi gweithio gyda'i myfyrwyr i ddylunio safle newydd. Yr unig brifysgol sydd wir yn gwrando ar ei myfyrwyr. Ac wedi newid yn sgil yr hyn mae ein myfyrwyr ei eisiau.'

'Ti'n nabod y myfyrwyr hyn?' sibrydodd Sioned. 'Chafodd dim un o'm rhai i gyfle i fynegi barn ar y peth.'

Siglais fy mhen. Er, roeddwn i'n amau'r ateb. Roedd modd cuddio pob math o drosedd tu ôl i len 'grŵp ffocws'.

'Ac mae'n rhaid i ni barhau i newid.'

Suddodd fy nghalon. Newid = toriadau. Wrth fy ymyl, roedd llygaid Sioned wedi culhau.

'Mae'n rhaid i ni barhau i wrando ar ein myfyrwyr, parhau i weithredu yn unol â'u dymuniadau. Rydw i wedi cael y pleser pur o gyfarfod â nifer o'n myfyrwyr dros yr haf. Pobl ifanc, aeddfed sydd yn dod â chlod i'r Tŵr. A beth mae'r bobl ifanc, aeddfed hyn eisiau yn fwy na dim yw hyfforddiant fydd yn eu paratoi ar gyfer y byd tu hwnt i waliau'r Tŵr. Maen nhw'n gosod eu ffydd ynom ni i'w haddysgu, i sicrhau eu bod nhw'n gallu cyrraedd eu huchelgeisiau ym myd gwaith. Mae hynny'n gyfrifoldeb enfawr, ac allwn ni ddim eu gadael nhw i lawr.'

Yn anffodus, roeddwn i wedi cyrraedd gwaelod y ffliwt o'r English Sparkling Wine.

'Ac felly hoffwn gymryd y cyfle hwn i lansio Strategaeth 3.365 Y Tŵr. Y strategaeth fydd yn ein harwain dros y tair blynedd nesaf. Rydym ni'n mynd i ehangu ein darpariaeth addysg ym mhynciau STEM. Gwyddoniaeth, Peirianneg, Dylunio a

Thechnoleg. Dyma'r pynciau mae myfyrwyr eisiau eu hastudio. Dyma'r pynciau mae galw am hyfforddiant ynddynt. Dyma'r pynciau sy'n arwain at swyddi. Dyma'r pynciau byddwn ni'n eu blaenoriaethu dros y blynyddoedd nesaf.'

'Methu slipio Athroniaeth mewn?' gofynnodd Sioned, ond doedd dim ysgafnder yn ei llais.

'Y Tŵr fydd darparwr addysg STEM mwyaf y wlad, yn hyfforddi myfyrwyr ar gyfer galwedigaethau pwysig, yn hyfforddi myfyrwyr i roi 'nôl i'w cymunedau. Bydd gan bob un ohonom ei rôl i chwarae. Rydw i'n addo gweithio ddydd a nos i sicrhau cynlluniau dysgu arloesol, recriwtio, a chyfleoedd cyflogadwyedd i'n myfyrwyr. Dyna fy addewid i chi, gyfeillion. Nawr yw'r amser i ystyried beth y gallwch chi ei addo. Ymlaen â'r gwaith.'

Llyncodd Sioned weddill ei gwin mewn un. I gyfeiliant, goleuwyd Y Tŵr. Ond doedd hi ddim yn ddigon tywyll eto i weld y sioe yn ei llawn ogoniant.

'Byddi di'n iawn,' dywedais i'n dawel. 'Allan nhw ddim cael gwared ohonot ti. Does neb arall ar ôl i ddysgu Athroniaeth a Chrefydd.'

'Os na chawn nhw wared o Athroniaeth a Chrefydd yn gyfan gwbl… Ond ti mewn mwy o drwbl,' datganodd yn blwmp ac yn blaen.

Edrychais i fyny ar y coch, gwyn a glas yn fflachio ar yr adeilad hyll. Rhannu swyddfa. Modiwlau'n cael eu torri. Employability Skills. Dysgu myfyrwyr Cymraeg trwy gyfrwng y Saesneg.

'Ydw.'

Blwyddyn 1
SEMESTER 2

Y Cylchlythyr / *The Newsletter*

Blwyddyn Newydd Dda! / *Happy New Year!*

1. Cofiwch gyflwyno ceisiadau MA
    erbyn diwedd mis Ionawr.
    *Remember to submit MA applications
    by the end of January.*

2. **Swydd Marchnata.** Mae'r Tŵr yn chwilio am
    swyddog marchnata newydd gyda chyfrifoldeb
    arbennig dros recriwtio yn y gymuned leol.
    Mae'r gallu i siarad Cymraeg yn ddymunol ar gyfer
    y swydd hon. I geisio cysylltwch â jobs@ytwr.ac.uk
    *Marketing Job. Y Tŵr is looking for a new
    marketing officer with special responsibility
    for recruitment in the local community. The ability
    to speak Welsh is desirable for this position.
    To apply contact jobs@ytwr.ac.uk*

3. **Diweddariad gan y Llyfrgell.** Galwad i bob aelod
    o staff ddewis eu 5 hoff lyfr o'r rhestr yma.
    Bydd yr alwad ar agor am bythefnos.
    *Library Update. A call for staff to choose
    their favourite 5 books from this list. The call will
    be open for two weeks.*

Ychydig iawn all ysgogi'r fath deimlad o hunanfoddhad â bod ar frig eich ffitrwydd wedi'r Nadolig. Roeddwn i wedi mwynhau'r ŵyl, wrth reswm, ond roeddwn i hefyd newydd ddringo yr holl ffordd i Lefel 9 heb dorri chwys am y tro cyntaf. Sesiynau yoga Arjun – y rheswm pam roeddwn i ar Lefel 9 am hanner awr wedi wyth ar fore Llun cyntaf y semester – oedd yn bennaf gyfrifol. Roeddwn i wedi mynychu sesiwn bob wythnos y semester diwethaf, ac wedi ymuno â dosbarth ychwanegol yn y ganolfan gymunedol leol ar fore Sul. Roeddwn i'n medru brolio rhyw gyhyrau newydd rhyfedd yn fy nghoesau a doedd dim dwywaith bod fy iechyd meddwl wedi cael budd hefyd. Doeddwn i erioed wedi teimlo mor bositif ar ddechrau semester o'r blaen, mor awyddus i goncro'r heriau ar y gweill. Cyfuniad o yoga a'r ffaith imi fwynhau gwyliau. Gwyliau go iawn. Am y tro cyntaf ers amser maith roeddwn i wedi gosod ateb awtomatig ar fy nghyfrif e-bost a heb edrych arno rhwng y 24ain o Ragfyr a'r 3ydd o Ionawr.

Roedd Arjun yn y stiwdio'n barod ac wrthi'n gosod y matiau tra oedd Rhian, aelod mwyaf newydd y clwb, yn rhoi ei ffôn i wefru yn y gornel. Roedd hi wedi fy nghlywed yn canmol y sesiynau cyn y Nadolig ac wedi addo mai mynychu fyddai ei hadduned Blwyddyn Newydd. Edrychai'n ymlaciedig yn barod yn ei chrys-t a legins llac, a'i gwallt llwyd cyrliog wedi ei glymu o'i hwyneb.

'Blwyddyn Newydd Dda, Heledd!' galwodd Rhian.

'Blwyddyn Newydd Dda!' atebais gyda gwên lydan. 'Gathoch chi Nadolig neis?'

'Do, braf iawn diolch. Digon prysur…'

'Nadolig cyntaf eich wyres, yntefe?'

'Ie,' gwenodd Rhian. 'Dim ei bod hi wedi talu rhyw lawer o sylw i'r syrcas…'

'Beth amdanat ti, Heledd?' gofynnodd Arjun. 'Dyw Sioned ddim yma eto felly does dim rhaid i ti esgus bod ti'n casáu'r Nadolig...'

Chwarddais. 'Wnes i wir fwynhau.'

'Nadolig cyntaf Heledd a Llion,' eglurodd Arjun wrth Rhian.

'O, dyna braf! Beth wnaethoch chi?'

'Wel, aethon ni i'r ffair ac yfed gwin cynnes, sglefrio iâ... aethon ni am dro i weld y goleuadau bob nos bron.'

'Hoff rai?' gofynnodd Arjun.

'Tŷ mewn clos rownd y gornel o'm fflat i,' atebais heb oedi. 'Roedd ganddyn nhw goeden dalach na'r tŷ ei hun wedi ei haddurno â goleuadau arian.'

'Ww chwaethus!'

'Wnaethon ni wylio pob ffilm ro'n i'n gallu ei ffeindio gyda Nadolig yn y teitl hefyd.'

'O, dwi ymhell o'ch blaen chi gyda hynny,' dywedodd Arjun. 'Dwi'n dechrau gwylio ffilmiau Nadolig ar y cyntaf o Dachwedd bob blwyddyn.'

'Sa i'n gwybod os bydde gen i'r stamina ar gyfer hynny...' chwarddais.

'Ond fydde Llion wrth ei fodd!' dywedodd Arjun.

Gwenais wrth gofio sylwebaeth sinigaidd Llion ar y ffilmiau. *'Aha! Mae hi wedi pobi bisgedi sinsir iddo fe. Ma'r bisgedi sinsir yn mynd i ddod 'nôl ag atgofion o Nadoligau ei blentyndod, ma fe'n mynd i fynd yn grac a ghosto hi am ychydig o ddiwrnodau ac wedyn troi lan ar ei stepen drws noswyl Nadolig gyda bisgedi sinsir. Garantîd dyna sy'n digwydd...'*

Er mawr ddifyrrwch i Llion, roedd e'n gywir bron bob tro.

'Ers faint wyt ti a Llion gyda'ch gilydd bellach?' gofynnodd Rhian gyda diddordeb.

'Chwe mis!'

'Bydd rhaid i fi gyfarfod ag e rhywbryd.'

'Dyma fe,' dywedais gan estyn am fy ffôn i ddangos llun iddi. Cochais wrth wneud. Ond roedd gwên Rhian yn gwbl ddiffuant. Ymatebais gyda gwên swil fy hun. Doeddwn i erioed wedi trafod Emyr gyda hi, ond roeddwn i'n amau ei bod hi'n gwybod rhywfaint o'r hanes…

'Sori sori sori!' byrstiodd Sioned i mewn i'r stiwdio. 'Blwyddyn Newydd Dda ac yn y blaen.'

'Gest ti Nadolig braf?' gofynnodd Arjun gyda gwên oedd yn rhy ddiniwed o lawer.

'Ti'n gwybod yn iawn sut dwi'n teimlo am Nadolig. Dwi'n cael fy ngorfodi gan hysbysebion siopau i feddwl am beth sy'n bwysig—'

'Ie ie, cyfalafiaeth, ni'n gwybod.'

'Ond wedyn 'nes i dderbyn y neges o Flwyddyn Newydd Dda gan yr Is-Ganghellor a nawr rwy'n byrlymu yn llawn gobaith a chyffro am y dyfodol.'

Rholiodd Arjun ei lygaid a chyfeirio atom i gymryd ein lle. Wrth iddo ein harwain trwy gyfres o symudiadau cychwynnol cripiodd y bodlonrwydd i bob cwr o'm corff. Erbyn diwedd yr hanner awr roeddwn i'n llwyr grediniol y byddai modd i mi agor fy ngliniadur ac ymateb i e-byst mewn ffordd bwyllog ac ymlaciedig. Efallai bod amser am goffi cyn cychwyn hyd yn oed.

'Ti'n mynd i siarad 'da Ieuan heddiw?' gofynnodd Sioned wrth i ni ddychwelyd y matiau.

'Ydw.'

'Wyt ti?'

Roedd Sioned yn fy adnabod yn rhy dda.

'Nac ydw,' mwmiais.

'Pam ddim?'

Roeddwn i'n ymwybodol iawn bod Arjun a Rhian wedi stopio eu sgwrs ac yn gwrando.

'Fyddai'r sgwrs ddim yn werth yr ymdrech.'

'Mae e werth e, Heledd,' dywedodd Sioned yn amyneddgar. 'Mae dy amser di yr un mor werthfawr ag amser Ieuan.'

Ochneidiais. 'Dwi'n gwybod.'

'Beth oedd pwynt gwneud y cwrs *self-assertion* neu beth bynnag oedd e os ti ddim yn mynd i ddefnyddio'r sgiliau?'

Roeddwn i'n difaru sôn wrth Sioned am y cwrs. Roedd hi wedi chwerthin a chwerthin ac yna fy meirniadu i'n hallt wedi clywed y swm roeddwn i wedi ei wario ar y peth. Ond roedd ganddi bwynt: fy mharatoi ar gyfer y math yma o sefyllfa oedd pwrpas y cwrs...

'Beth sy'n bod?' gofynnodd Rhian yn ofalus.

'Ar ddechrau'r flwyddyn academaidd, nath Ieuan ddweud y bydde fe'n cael y swyddfa am dri diwrnod yr wythnos yn semester 1, a bydde Heledd yn cael y swyddfa am dri diwrnod yr wythnos yn semester 2.'

'Ti'n poeni fydd e wedi anghofio?' gofynnodd Rhian yn ddiplomataidd.

'Ydw,' ochneidiais.

'Mae'r fath sgyrsiau yn gallu bod yn lletchwith, rwy'n gwybod. Ond mae'n bwysig eu cael nhw.'

'Yn union!' dywedodd Sioned yn uchel. 'Beth bynnag, ma fe'n foi digon neis, yn dyw e. Beth yw'r gwaethaf galle fe neud?'

* * *

'Bore da!' Pwysodd Ieuan 'nôl yn ei sedd a chodi ei ddwylo tu ôl i'w ben. 'Gest ti Nadolig neis?'

'Do! Er, ath e'n rhy gyflym...'

'Cytuno! Methu aros tan yr wythnos ddarllen.'

'Gen ti semester prysur?'

'Oes, oes – digon o dargedau ymchwil...' Doedd e ddim yn edrych arna i, ond yn syllu'n bwrpasol ar ei gyfrifiadur. Na, ein cyfrifiadur, atgoffais fy hun.

'O'n i eisiau cael sgwrs am y swyddfa,' dywedais yn gyflym, gan geisio mabwysiadu hyder Sioned.

'Wrth gwrs!' gwenodd Ieuan yn gynnes. ''Nes i wneud nodyn i'm hatgoffa bod rhaid i ni drafod hynny.'

Trafod. Suddodd fy nghalon. Beth oedd i'w drafod?

'Felly, ar gyfer semester yma, beth am i ti gael dydd Llun a dydd Mawrth, wedyn fi dyddiau Mercher, Iau a Gwener?' cynigiais yn bwyllog.

Rhedodd Ieuan ei law trwy ei wallt, yn edrych ar y pentyrrau blêr o lyfrau o'i gwmpas, gydag artaith yn cymylu ei wyneb. 'Mae'n wironeddol flin gen i Heledd, ond dyw hynny ddim yn mynd i fod yn bosib.'

'O?' Llyncais y 'dim problem' a fu bron â dianc o'm ceg.

'Ma trefniadau wedi newid rhywfaint ers i ni siarad semester diwethaf... ti'n gweld. Dwi'm yn neud braidd dim dysgu semester yma nawr.'

'O, reit. Pam?'

'Ti'n gyfarwydd â'r Athro Simon Edwards?'

'Ydw.'

'Wel, fe yw'r Cyfarwyddwr Ymchwil—'

'Rwy'n gwybod.' Roeddwn i wedi bod yma am bum mlynedd wedi'r cyfan...

'Ges i gyfarfod Datblygu Ymchwil gyda fe dros y gwyliau,' parhaodd Ieuan fel petai heb fy nghlywed, 'ac ma fe wir yn credu bydd fy llyfr i'n gyfraniad mawr i'r Asesiad Cenedlaethol nesaf. Gath e air gyda'r Pennaeth ac maen nhw wedi trefnu bod rhywun arall yn cymryd fy nosbarthiadau semester yma fel mod i'n gallu canolbwyntio'n llwyr ar orffen y llyfr.'

Roeddwn i'n teimlo'n benysgafn. Y swyddfa. Roedd rhaid aros ar y swyddfa. Ond…

'Ydw i wedi colli rhyw e-bost? Does neb wedi sôn am gyfarfod Datblygu Ymchwil wrtha i…' Roeddwn i'n ymestyn am fy ffôn. Roedd gen i gymaint o syniadau i'w datblygu ac yn dyheu am y cyfle i'w rhannu. Beth os oedd hi'n rhy hwyr? Melltithiais fy hun am esgeuluso fy e-byst dros y gwyliau. Ddylwn i fod wedi edrych o bryd i'w gilydd, i sicrhau nad oeddwn i ddim yn colli dim byd pwysig.

'O na, paid â becso!' rhuthrodd Ieuan. 'Bydd pawb yn cael e-bost unigol. Fi oedd y cyntaf, rwy'n credu, achos mod i'n newydd. A rhyngot ti a fi,' pwysodd tuag ata i, er mai dim ond y ddau ohonom oedd yn y swyddfa a'r drws ar gau, 'roedd fy nghyfarfod i yn anffurfiol dros ben – cyfarfod mewn tafarn nathon ni. Ma Simon a fi'n hen ffrindiau, ti'n gweld.'

Gorfodais fy hun i anadlu ac i dawelu'r rhuo yn fy nghlustiau. Roedd popeth yn iawn. Un ar ddeg diwrnod, dyna faint o amser wnes i dreulio i ffwrdd o'm cyfrifiadur. A'r rhan fwyaf o'r diwrnodau hynny yn wyliau swyddogol. Doedd dim angen imi arteithio fy hun.

'A, ocê, diolch byth!'

'Gen ti lot o waith ar gyfer yr Asesiad?'

Codais fy ysgwyddau. 'Ambell beth. Dod o hyd i'r amser sy'n galed.'

Gwenodd Ieuan gyda chydymdeimlad. 'Yn union. Dyna pam dwi mor ddiolchgar i'r Pennaeth. Ma hi wedi bod mor gefnogol. Beth bynnag, gan mod i'n canolbwyntio ar ymchwil yn bennaf semester yma, a fyddai modd i ni gadw at y trefniant gwreiddiol – mod i'n cael tri diwrnod, ti'n cael dau?'

Am ryw reswm, roeddwn i'n nodio.

'Diolch, Heledd. Wir yn gwerthfawrogi. Nath y Pennaeth roi mynediad i dy amserlen di i fi hefyd. Ydy e'n iawn mod i'n defnyddio'r swyddfa pan rwyt ti'n dysgu?'

Unwaith eto roeddwn i'n nodio. Cais digon rhesymol, a bod yn deg – fyddai'r swyddfa'n wag wedi'r cyfan, felly pam lai? Ond cais oedd braidd yn iasol ei natur. Roedd gan y Pennaeth fynediad at fy amserlen... Doeddwn i ddim wedi sylweddoli hynny. Roedd gan y Swyddfa Ganolog, wrth gwrs. Ond y Pennaeth? Gwingais wrth feddwl amdani'n edrych dros fy ysgwydd. Ac Ieuan yn gwmni iddi nawr, mae'n debyg.

'Grêt. Wel, diolch iti, Heledd, ma hynny'n help mawr.'

Nodiais eto.

'Gallet ti siarad 'da'r Pennaeth?' cynigiodd Ieuan, ei lais a'i wyneb yn annioddefol o frwdfrydig. 'Dwi'n siŵr bydde hi'n hapus i drefnu mai ti sy'n cael y cyfarfod nesaf gyda'r Athro Edwards.'

'Syniad da,' dywedais yn fecanyddol.

'Byddwn i'n gwneud,' parhaodd Ieuan. 'Mae hi'n rhesymol iawn yn fy mhrofiad i. Bydd hi'n hapus iawn i helpu os yw hi'n gweld dy fod ti eisiau datblygu dy broffil ymchwil – ma hynny'n rhan o strategaeth ehangach y brifysgol wedi'r cyfan.'

Strategaeth ehangach y brifysgol. Tra mod i'n gwneud fy nghwrs 'adeiladu hyder', debyg i Ieuan fod wrthi yn dysgu ieithwedd arbennig Y Tŵr.

'Syniad da.'

'Diolch am dy ddealltwriaeth, Heledd. Wir yn gwerthfawrogi. Bydd e'n gymaint o hwb i 'ngyrfa i os alla i orffen y llyfr eleni.'

'Dim problem.' Roedd Sioned yn eistedd ar fy ysgwydd yn fy melltithio.

'O! 'Nes i bron ag anghofio! Nath y rhain gyrraedd bore 'ma.

Dwi'n cymryd mai i ti, nid fi...' Roedd Ieuan yn cyfeirio at dusw mawr o flodau lliwgar yn gorffwys ar ochr bella'r ddesg.

Llwyddodd y lliwiau i dorri rhywfaint ar y cwmwl oedd wedi disgyn o'm cwmpas. Oren, melyn, porffor, gwyrdd. Byddai'r lliwiau annhymhorol wedi ennyn beirniadaeth sawl un efallai. Ond roedd Llion yn gwybod mod i'n ffeindio tywyllwch y gaeaf yn galed, ac wedi dod o hyd i ffordd i fywiogi'r ystafell.

'Maen nhw'n hardd iawn!' nododd Ieuan. 'Rwy'n hapus i ti adael nhw fan hyn os hoffet ti. Dy'n nhw ddim yn y ffordd.'

'Diolch.' A fyddai'r bywiogrwydd yn goroesi tan ddydd Iau? Gorfodais fy hun i beidio â meddwl am hynny a chanolbwyntio ar y teimlad cynnes yn fy stumog. Roedd e wedi anfon blodau. Doeddwn i ddim yn cofio'r tro diwethaf i rywun anfon blodau ata i. Oedd rhywun erioed wedi anfon blodau ata i? Byddai Sioned yn chwerthin, eto, ac yn fy nghyhuddo o gydymffurfio â normau rhywedd gwenwynig. Ond roedd rhywbeth yn gysurus o wybod bod rhywun tu hwnt i furiau'r Tŵr yn meddwl amdana i heddiw. A beth oedd ffeminyddiaeth os nad y gred bod gen i ddewis, a bod dim angen egluro un ffordd na'r llall.

'Dy gariad nath eu hanfon?'

'Rwy'n cymryd,' chwarddais. 'Os nad oes gen i edmygwr cyfrinachol...'

Cododd Ieuan nodyn o ganol y blodau. 'Llion?'

'Ie, 'na ni.'

'Ers faint ydych chi gyda'ch gilydd?'

'Chwe mis! Mae'n mynd yn dda,' ychwanegais, heb wybod pam. Er bod Rhian wedi gofyn yr un cwestiwn, roedd e wedi taro'n wahanol yn llais Ieuan.

'Neis iawn,' gwenodd Ieuan. 'Dwi erioed wedi llwyddo i gynnal perthynas am fwy na mis,' dywedodd, yn lled-hiraethus.

'Ma pob cariad dwi 'di cael wedi cwyno mod i ddim yn talu digon o sylw iddyn nhw.'

'Wel, dyma wers i ti,' chwarddais gan gyfeirio at y blodau. 'Ma Llion wedi gwneud yn dda fan hyn.'

'Ond faint o amser nath e dreulio yn dewis y blodau, tybed? Na, does gen i ddim amser ar gyfer cariad. Yn yr amser byddwn i'n ei dreulio yn rhedeg ar eu holau bydda i wedi gorffen 'yn llyfr i!'

Gwenais yn wan, y blodau'n ymddangos yn llai bywiog rhywsut. 'Wel,' gorfodais sioncrwydd i'm llais, 'wna i ddim dy gadw di rhag dy lyfr am fwy o amser!'

* * *

Suddais i ddiogelwch cynefin, gan adael i arogl llwydni – doeddwn i erioed wedi gallu dod o hyd i'r twll – esmwytho fy nerfau. Roedd y defnydd treuliedig yn gynnes o dan fy nghluniau, ac roedd rhywbeth yn rhyfeddol o gysurus o allu astudio fy hun yn y drych heb orfod poeni am eraill yn fy meirniadu. Roedd hi'n hen bryd i mi gael car newydd. Roedd y wal garreg tu allan i'r tŷ wedi gadael ei ôl ar y paent, roedd yr injan yn mynnu gwyliau weithiau, a thâp oedd yn dal y drych ar yr ochr dde yn ei le. Ond roedden ni wedi bod trwy gymaint gyda'n gilydd, fi a'r car bach glas. Y car oedd wedi tystio pob emosiwn tywyll, y car oedd wedi gweld y dagrau roeddwn i wedi eu cuddio rhag pawb arall.

Y car oedd nawr yn fy nghofleidio'n anfeirniadol wrth i mi ffonio fy nghariad am gymorth emosiynol.

Dim ond yn ddiweddar roeddwn i wedi dechrau trystio Llion gyda'm problemau. Roedd Y Tŵr wedi ein dysgu i amau pawb, ac roedd rhannu problem yn weithred mor bersonol. Y perygl o'i yrru i ffwrdd oedd wedi codi'r ofn pennaf arna i. Beth os na fyddai'n hoffi'r fenyw tu ôl i'r mwgwd? Byddai ei ddiosg yn golygu dangos y rhannau hyll o 'mywyd yn eu llawn ogoniant, a datgelu bod yna elfen o anwiredd i'r bodlonrwydd bûm yn ei weu pan oeddwn yn ei gwmni. Ni fyddwn wedi ei feio am ffoi o 'mywyd anniben.

Ond roedd e wedi aros. Ac roedd ein perthynas wedi mynd o nerth i nerth. Doeddwn i erioed wedi teimlo'n agosach at rywun. Roedd diosg y mwgwd yn weithred mwy personol o lawer na diosg dillad.

Atebodd ar y trydydd caniad. 'Gweld eisiau fi'n barod?'

Chwarddais. 'Wrth gwrs. Sut ma dy fore di?'

'Wel, dwi ond 'di bod yn gwaith ers ryw hanner awr…'

'Sori,' gwingais, 'dwi ddim eisiau amharu.'

'Ma'n ocê. Does neb yma'n deall Cymraeg. Alla i esgus mod i ar alwad fusnes bwysig.'

Gwenais. Roedd swydd Llion yn swnio mor hamddenol. Gweithio i ryw gwmni dylunio cyfrifiadurol oedd e. Er bod y teitl swydd yn swnio'n cŵl, a'r swyddfa hefyd – roedd ganddyn nhw bêl-droed-pen-bwrdd yn yr ystafell gyffredin – treuliai y rhan fwyaf o'i amser yn stryffaglu gyda mathemateg cymhleth.

'Diolch am y blodau!'

'Oeddet ti'n licio nhw?'

'O'n,' gwenais. 'Aros eiliad. Allwn ni wneud galwad fideo? Dwi eisiau gweld dy wyneb di.'

Clywais Llion yn chwerthin ac yna ymddangosodd ei wyneb ar y sgrin. Roedd e'n gwisgo clustffonau mawr glas.

'A beth wyt ti'n neud yn y car?' gofynnodd yn syth.

'Cael seibiant.'

'Ti'n osgoi neud rhywbeth, yn dwyt ti?'

Ochneidiais. 'Nath Ieuan gael cyfarfod Datblygu Ymchwil

dros y Nadolig. Dwi ddim yn siŵr a ddylwn i ofyn i'r Pennaeth am un…'

'Pryd oedd y tro diwethaf i ti gael un?'

'Sa i'n credu mod i wedi cael un erioed…'

Siglodd Llion ei ben mewn anghrediniaeth. 'Dylet ti yn sicr fynd i siarad gyda'r Pennaeth, 'te!'

Ochneidiais. 'Dwi'n deall,' dywedodd Llion yn amyneddgar. Dyna roeddwn i'n ei licio amdano – un o'r pethau – roedd e wastad mor amyneddgar. 'Mae'n anodd gofyn i bobl am bethau. Ond mae hawl gen ti. Mae dy amser di yr un mor werthfawr â'u hamser nhw. Ti'n wych, Heledd. Yn wirioneddol wych. A ti'n gallu neud hyn.'

Ymdrochais yn y gefnogaeth a suddo ymhellach i'r sedd, gan ddychmygu breichiau Llion o'm cwmpas. Roeddwn i wastad wedi gallu troi at Sioned am gymorth, ond roedd cefnogaeth Llion yn wahanol. Sioned oedd yr un i roi pregeth lem imi ac yna fy ngorchymyn i wneud yr hyn roeddwn i eisoes yn gwybod bod rhaid imi wneud. Byddai Llion yn fy mherswadio mod i'n gallu gwneud yr hyn roedd rhaid imi wneud.

'Diolch, Llion.'

'Dim problem. Wna i weld ti heno, ocê? Ma gwin yn y ffrij.'

'Nathon ni ddweud dim yfed tan nos Wener…'

'Rhag ofn…'

Chwarddais a gosod y ffôn i lawr. Na, doedd rhannu problemau ddim yn beth gwael o gwbl.

* * *

Wrth lwc, roedd drws y Pennaeth ar agor. Roedd hi'n eistedd yn y gornel sgwrsio, coffi ar y bwrdd o'i blaen a thabled o ryw fath yn ei chôl. Cnociais yn ysgafn.

Edrychodd i fyny gyda gwên gyfeillgar a ddisodlwyd gan ddryswch wrth fy ngweld i.

'Oh good morning, Heledd. How can I help? I don't have much time, so if you could keep it brief…'

Doedd hi ddim wedi fy ngwahodd i i mewn ond doeddwn i ddim ychwaith eisiau galw fy nghais ar draws y swyddfa, felly cymerais ambell gam yn agosach.

'I was wondering if I could arrange a Research Development meeting. Ieuan was telling me that he had one over Christmas.'

'Ah yes,' dywedodd y Pennaeth, wedi colli diddordeb a dychwelyd at sgrolio ei thabled. 'Professor Simon Edwards is rolling those out this semester. He's planning on meeting everyone individually. A little ambitious in my view, but who am I to curb his enthusiasm!'

Chwarddais yn gwrtais.

'Have a word with Eva. She'll sort it for you.'

'Thank you, that's much appreciated.'

Arhosais am eiliad ond roedd y Pennaeth yn amlwg o'r farn bod ein cyfarfod ar ben. Er mod i wedi cael yr hyn oeddwn i ei eisiau – sêl bendith y Pennaeth ar gyfer cyfarfod Datblygu Ymchwil – roeddwn i'n teimlo'n fflat. *'Dyna pam dwi mor ddiolchgar i'r Pennaeth.'* Roedd Ieuan wedi dweud. *'Ma hi wedi bod mor gefnogol.'* Ochneidiais a symud ymlaen at swyddfa Efa drws nesaf.

'Haia, blwyddyn newydd dda! Gest ti Nadolig neis?'

Edrychodd ysgrifenyddes y Pennaeth i fyny o'i chyfrifiadur gyda gwên gyfeillgar.

'Ac i chditha hefyd! Do, braf iawn diolch. Dolig tawel, blwyddyn newydd wyllt – fel dylai fod!'

Chwarddais gyda chytundeb ffug. Doeddwn i heb fod allan ar nos Galan ers fy nyddiau prifysgol. Roedd Llion wedi ceisio fy mherswadio i fynd gydag e a'i ffrindiau ac roedd un o'm ffrindiau coleg wedi trefnu parti, ond wnes i ddal fy nhir a pharhau gyda'r traddodiad o wylio ffilm a chyfnewid negeseuon gyda Sioned.

'Dwi newydd siarad gyda'r Pennaeth. Nath hi ddweud byddet ti'n gallu trefnu cyfarfod Datblygu Ymchwil i fi gyda'r Athro Simon Edwards.'

'Aha! Rhywun yn awyddus i ddechrau 'nôl ar y gwaith.'

'Yn gwmws, addunedau ac yn y blaen...'

Gwenodd Efa wrth deipio. 'Dydd Mercher nesaf yn siwtio?'

'Bydd hynny'n wych!'

'Grêt, wna i bwcio chdi mewn.'

'Diolch, Efa!'

Hwyliais i lawr i'r llyfrgell ar don ogoneddus o hunan falchder. Roeddwn i wedi clywed am gyfarfod Ieuan a mynnu un fy hun.

Heledd: Diolch! 'Nes i neud e 😊 x

Llion: Wrth gwrs 'nest ti x

* * *

PING! PING! PING! Er mod i wedi tewi'r cyfrifiadur, arhosai'r PING! yn hollbresennol fyddarol. Ras oedd hi. Fi yn erbyn y PING! PING! Deg eiliad i ymateb. PING! arall. Roeddwn i'n arbed amser trwy fflagio rhai e-byst yn negeseuon 'pwysig', i ddelio â nhw yn ddiweddarach. Ond ychydig o gysur a geir gan sgrin yn llawn negeseuon 'pwysig'. Y PING! fyddai'n ennill y ras. Y PING! oedd wastad yn ennill y ras. Byddwn i'n clywed y PING! yn y bedd siŵr o fod.

Ond heddiw, doedd gen i fawr o ots mod i'n colli. Dawnsiai fy mysedd ar draws y bysellfwrdd ac roeddwn i'n hanner hymian o dan fy anadl. Roeddwn i'n meddu ar y cyfuniad prin, sanctaidd hwnnw o effeithlonrwydd a hunanhyder llwyr. Ymgreiniai'r e-byst o'm blaen wrth ddysgu nad oedd ganddynt bŵer drosta i. Ni chafodd neges led-ymosodol gan yr Athro Williams effaith ar fy nhymer, hyd yn oed. Gallwn i ddod o hyd i'r hiwmor yn ei dueddiad i ddadlau ynghylch y pethau mwyaf pitw.

'Diwrnod prysur?' Roedd Linda wedi crwydro i sefyll wrth fy ysgwydd.

'Dydd Mawrth… pawb wedi deffro.'

'Dim lawr fan hyn.'

Roedd hi'n iawn. Oni bai am un myfyriwr yn eistedd ar ddesg gyfagos, roedd y lle'n wag.

'Ond mae rhywbeth yn wahanol heddiw,' parhaodd Linda, gan bwyso'n agosach i'm hastudio. 'Dydy dy dalcen di ddim yn crychu fel mae'n arfer neud pan wyt ti'n ateb e-byst.'

'Do'n i ddim yn sylweddoli mod i'n rhan o ryw astudiaeth ymddygiad!' ebychais, gan ennyn gwg y myfyriwr.

'Ti'n edrych yn rhyfeddol o fodlon. Beth ddigwyddodd?'

'Dim byd! Hapus i fod yn y gwaith, dyna i gyd.'

'Pethau'n mynd yn dda efo'r cariad sydd gen ti?'

Gwridais. Doedd 'mynd yn dda' ddim yn dod yn agos at gyfleu sut oeddwn i'n teimlo am fy mherthynas i a Llion. Neithiwr roeddwn i wedi cyrraedd ei dŷ a darganfod swper tri chwrs gogoneddus a photel arbennig o neis o win yn aros amdana i. *'Beth yw'r achlysur?'* gofynnais mewn penbleth. Roedd e wedi gwenu a phwyso ar draws y bwrdd i'm cusanu. *'Lan i ti,'* dywedodd yn chwareus. *'Gallen ni ddathlu ein bod ni'n caru'n gilydd? Os wyt ti'n teimlo'r un peth, wrth gwrs.'* Roedd hynny wedi teimlo'n braf. Ddim yn foment ysgytwol fel yn y rhan fwyaf o ffilmiau. Doeddwn i ddim wedi teimlo'r ddaear yn symud o dan fy nhraed, nac wedi teimlo bod fy mywyd ar fin newid am byth. Na, roedd y geiriau wedi teimlo'n naturiol, bron yn anochel. Roedd e'n fy ngharu i ac roeddwn i'n ei garu e.

'Ti'm yma efo fi mwy, nag wyt?'

'Sori... Dwi 'nôl nawr. Unrhyw newyddion gen ti?'

Petrusodd Linda, ei llygaid yn neidio i'r myfyriwr ar y bwrdd arall. 'Na. Wela i chdi wedyn.'

Dychwelais at fy e-byst heb feddwl rhyw lawer am ei hymddygiad rhyfedd. Un felly oedd Linda. Debyg ei bod yn aros am amser ac amodau penodol cyn rhannu ei newyddion. Parhaodd i grwydro'r silffoedd trwy'r bore, ond er iddi basio'n agos sawl gwaith gyda'i breichiau'n llawn llyfrau, ni oedodd am sgwrs arall.

Llion: Sut mae'n mynd? x

Heledd: Iawn! Jyst ateb e-byst. Ti? x

Llion: Wedi diflasu. Edrych mlan at 5... x

Heledd: Bydd rhaid i fi aros ychydig yn hwyrach heno. Wna i ddod draw erbyn 7? x

Llion: Dim problem. Wna i sorto bwyd erbyn hynny x

Chwalwyd tawelwch cysglyd y llyfrgell gan sŵn datgysylltu gliniadur a sip yn agor a chau. Llithrodd fy sylw o'r e-bost roeddwn i'n ei gyfansoddi i longyfarch Ffion ar ennill lle ar y cwrs gradd meistr. Roedd y myfyriwr ar y bwrdd cyfagos wedi penderfynu rhoi'r gorau iddi. Sylweddolais gymaint roedd fy llygaid i'n brifo. Rhaid mod i wedi bod yn syllu'n ddi-baid ar y sgrin am ddwy awr o leiaf. Ymestynnais yn ôl yn fy sedd ac ochneidio. Yn sydyn roedd Linda wedi dod i eistedd gyferbyn â fi.

'Falle af i am dro. Ti'n fodlon cadw golwg ar fy stwff i?' Dim bod unman i fynd am dro o gwmpas Y Tŵr. Ond gallwn i gerdded lan a lawr y grisiau sawl gwaith i ymestyn fy nghoesau o leiaf.

'Aros!' dywedodd Linda yn ddifrifol. 'Mae gen i rywbeth dwi isio trafod efo chdi.'

'Beth sy'n bod?'

'Wnest ti weld y nodyn yn y Cylchlythyr yn gofyn i staff ddewis eu pump hoff lyfr?'

'Do do, wnes i ddim clicio ar y linc – o'n i'n cymryd mai rhyw fath o ymgyrch cyfryngau cymdeithasol oedd e.'

'Na... Maen nhw'n casglu gwybodaeth. Bydd y llyfrau mae'r staff yn eu dewis yn aros yn y llyfrgell, bydd popeth arall yn cael ei roi ar restr goch.'

'Rhestr goch?'

'Subject to assessment...'

'Ond... ni ond yn cael dewis pump llyfr!' Rhaid fy mod i wedi camddeall. Roedd yr oriau o ateb e-byst wedi cymylu fy meddwl. 'Mae cannoedd o filoedd o lyfrau. Does dim cymaint â hynny ohonon ni!'

'Maen nhw'n gobeithio cael gwared o ryw 500,000 o lyfrau yn y pendraw.'

Syllais arni'n fud. Roedd y llyfrgell wastad wedi bodoli mewn rhyw lecyn trothwyol yn strategaeth Y Tŵr. Seiliau'r Tŵr ar yr un llaw, adnodd anhygoel i'w ddathlu mewn prosbectysau ac ar ddiwrnodau agored. Ond yn gostus, hefyd. Er gwaethaf addewidion y Cyngor Gweithredol, doedd bygythiad y fwyell erioed wedi cilio, ddim go iawn.

Ond doeddwn i ddim wedi rhagweld newid mor eithafol a sydyn â hyn.

'Dyna pam ma rhaid i chi fod yn strategol,' eglurodd Linda yn bwyllog. 'Peidiwch dewis yr un llyfrau. Peidiwch dewis y llyfrau poblogaidd mae myfyrwyr yn eu hoffi, peidiwch dewis y llyfrau sydd ar restrau darllen. Bydd rheiny'n cael eu cadw. Dewiswch lyfrau mwy anhysbys.'

Tyfodd fy edmygedd o gymeriad Linda y funud honno. Roedd ei byd yn chwalu o'i chwmpas ond doedd dim panig, dim dicter, dim ond sicrwydd bod rhaid gweithredu i'w achub.

'Bydd rhaid i fi basio'r neges ymlaen at staff eraill,' dywedais yn araf. 'Gallwn ni gael rhyw fas data neu rywbeth, i ddangos beth mae pawb wedi dewis.'

'Yn union,' nodiodd Linda. 'Dwi ddim yn cael ymyrryd yn y broses, dwi ddim i fod i siarad efo chdi am y peth.'

Eisteddais 'nôl yn fy sedd, PING yr e-byst yn parhau yn ddistaw yn y cefndir. Pa lyfrau byddwn i'n eu dewis? Yn sydyn roedd fy meddwl yn hollol wag. Doeddwn i ddim yn gallu meddwl am yr un llyfr. Efallai mai dyna oedd y bwriad.

'Wna i fynd i siarad gyda Sioned nawr,' dywedais. 'Neith hi helpu hefyd.'

'Diolch,' estynnodd Linda a gwasgu fy llaw. 'Mae'n braf gwybod bod rhywun yn poeni.'

'Mae llawer ohonon ni'n poeni,' protestiais. 'Mae'r llyfrgell yn bwysig i waith cymaint o'r staff.'

'Wrth gwrs.' Doeddwn i erioed wedi clywed llais Linda mor chwerw o'r blaen. 'Dwi wedi gwrando ar staff yn mynegi eu hanhapusrwydd efo'r ffordd mae'r Cyngor Gweithredol yn trin y llyfrgell mewn sawl cyfarfod. Ond faint ohonoch chi sydd wedi cymryd yr amser i weithredu?'

Roedd rhaid i mi edrych i ffwrdd.

* * *

'Ti 'di clywed beth ma nhw'n meddwl neud i'r llyfrgell?'

Doedd byth angen gwastraffu geiriau ar gyfarchiadau ym mhresenoldeb Sioned.

'Yr holl "dewiswch eich hoff lyfr" shit?' cynigiodd Sioned heb edrych i fyny o'i chyfrifiadur. 'Rhyw fath o ploi marchnata newydd o'n i'n cymryd.'

'Na!'

Datganais fy mwriad i gael sgwrs hir trwy eistedd ar y bean-bag du roedd Ysgol y Dyniaethau wedi penderfynu byddai'n gwneud i fyfyrwyr ymlacio yn ystod goruchwyliadau (ac felly yn cynyddu sgôr boddhad yr Ysgol). Er mawr syndod i neb, doedd yr un o fyfyrwyr Sioned erioed wedi defnyddio'r peth – byddai'n golygu eistedd rhyw fedr yn is na hi, ac roedd y deunydd plastig-aidd yn gwneud sŵn lletchwith gyda phob mân symudiad. Ond roedd Sioned wedi cadw'r bean-bag ac yn cyfeirio ato'n dyner fel 'cadair Heledd'.

'Ma nhw'n mynd i gael gwared o unrhyw lyfrau sydd ddim yn cael eu dewis.'

'Ffyc!' Poerodd Sioned de dros ei chyfrifiadur. 'Sori sori...' parhaodd mewn llais is, gan ymestyn am y rolyn o bapur cegin oedd ar ei desg ar gyfer yr union fath o argyfwng.

'Ma Linda'n dweud bod rhaid i ni fod yn strategol, neud yn siŵr bod neb yn dewis yr un llyfrau.'

'Ie ond hyd yn oed gyda hynny,' dywedodd Sioned yn araf, 'ti'n sôn am... be, rhyw 30 aelod o staff gyda chi, rhyw 40 gyda ni?! 350 llyfr...'

Ffracsiwn pitw o'r llyfrau ar y silffoedd ar hyn o bryd.

'Dwi'n gwybod. Ond ma'n rhaid i ni neud rhywbeth.'

'Falle dylen ni gysylltu gyda'r Cyngor Gweithredol.' Pwysodd Sioned 'nôl yn ei sedd yn feddylgar. 'Ma nhw'n amlwg yn ceisio gwthio hyn trwyddo'n gyflym, ond dyle fod rhyw drafodaeth...

Dwi'n eitha siŵr bod yna reolau i amddiffyn y Llyfrgell yng nghyfansoddiad y brifysgol.'

'Ie, syniad da. Beth am i ni—'

PING! Ymestynnais yn reddfol am fy ffôn. Fy mhenderfyniad gwaetha erioed oedd lawrlwytho'r cyfrif e-bost symudol. Roeddwn i'n gwybod hynny'n iawn. Ond heb wneud dim i adfer y sefyllfa.

'O.'

'Beth?' Roedd llygaid Sioned wedi goleuo, yn synhwyro clecs.

'Dwi wedi cael e-bost gan yr Athro Simon Edwards.'

'Waw, yn dwyt ti'n lwcus...'

Anwybyddais ei sylw coeglyd a gwneud yr hyn roeddwn i wastad yn ei wneud gydag e-byst pwysig: ei hanner ddarllen yn gyflym, fy llygaid yn neidio o un gair arwyddocaol i'r llall, yn chwilio am unrhyw eiriau negyddol.

'Iawn?'

'Ydy!'

'Beth ti 'di neud i haeddu e-bost gan rywun mor bwysig?' Roedd Sioned wedi llithro ei sedd ar draws y llawr i bwyso dros fy ysgwydd.

'Roedd Ieuan 'di cael cyfarfod gyda Simon Edwards i drafod ei waith ymchwil ar gyfer yr Asesiad Cenedlaethol nesaf. Wnes i ofyn a allen i gael cyfarfod.'

'Waw! Ti'n dechrau sefyll lan drostat ti dy hun, chwarae teg.'

'Dim ond cael gair gydag Efa wnes i.' Ond er yn ddiymhongar fy mhrotest, roedd fy nghalon yn chwyddo â balchder. 'I am very much looking forward to meeting you and to discuss how we can best utilize your work for the next National Assessment,' darllenais. 'Ma fe wedi anfon rhestr o gwestiynau i mi feddwl amdanyn nhw o flaen llaw.'

'Trystio ti i fynd yn gyffrous am gyfarfod...'

Gwenais heb edrych i fyny o'm ffôn. Roedd gen i ddigon o amser i baratoi yn union beth roeddwn i am ei ddweud. Byddai rhaid ymffrostio, yn sicr – pwysleisio llwyddiant fy llyfr diwethaf, a natur arloesol yr un arfaethedig. Pwy a ŵyr, efallai byddai modd ei berswadio i roi cefnogaeth ariannol imi!

'Nag oeddet ti'n dysgu am ddau o'r gloch?'

Neidiais o'r bean-bag, yn llawer mwy gosgeiddig nag arfer – yr yoga siŵr o fod – a rhuthro o'r ystafell.

* * *

'Pawb wedi gwylio'r fideo am gasglu a dadansoddi gwybodaeth ar Gateway?' gofynnais i'r myfyrwyr.

Pump ohonyn nhw oedd gen i heddiw. Roedd niferoedd wedi disgyn yn sylweddol wedi i'r Pennaeth wrthod eu protestiadau yn erbyn y modiwl Employability Skills gorfodol. Roeddwn i'n amau mai safon fy nysgu i fyddai'n cael y bai, er bod pymtheg yn dal i fynychu'r seminarau Llenyddiaeth a Phrotest yn rheolaidd.

'Gwych! Mae gen i ymarfer i chi ei wneud heddiw fydd yn dipyn o hwyl, rwy'n credu, a bydd angen i chi ddefnyddio'r sgiliau gafodd eu cyflwyno yn y fideo.'

Roedd chwarddiad ar wefus Ben a llygaid Ffion yn disgleirio. Roedd fy myfyrwyr wrth eu boddau gyda'n hymdrechion i dwyllo'r system.

'Chi wedi dod ar draws Echo o'r blaen, yn dydych chi?'

Tawelwch. Roedd ambell un ohonynt yn cilwenu.

'Wel, ydyn...' dywedodd Ffion. ''Dan ni 'di clywed amdano fo.'

'Ond fydden ni fyth yn defnyddio fe fel cyfrwng cymdeithasol ein hunain,' datganodd Ben. Roedd gwneud y pwynt hwnnw'n gwbl ddiamwys yn amlwg yn bwysig iddo...

'Dyw e ddim yn cŵl?' gofynnais.

'Ym... wel, dyw e ddim wir yn thing nawr...'

'Mae rhai pobl yn dal i'w ddefnyddio,' dywedodd Ffion yn frysiog gan bwnio Ben yn ysgafn.

'Wel,' dywedais, wedi i bawb stopio chwerthin, 'byddwn ni'n edrych ar enghreifftiau o echos heddiw. Dwi wedi casglu archif ohonynt at ei gilydd i chi eu hastudio. Mae rhai o'r bobl yn enwog, eraill ddim, rhai'n cyfeirio at eu hunain fel gweithredwyr neu arbenigwyr, eraill yn cynnig dim mwy nag enw. Maen nhw i gyd yn ymwneud mewn rhyw ffordd neu'i gilydd â phrotestio yn erbyn newid enwau lleoedd Cymraeg. Dwi eisiau i chi sortio drwyddyn nhw a dadansoddi'r cynnwys, gan gadw dau gwestiwn mewn cof. Yn gyntaf, faint ydyn ni'n gallu ymddiried yn yr wybodaeth ym mhob echo. Yn ail, dwi am ichi feddwl am natur yr echos hyn fel protest – sut maen nhw'n creu achos a phwy maen nhw'n ceisio eu perswadio. Hen ddigon i'ch cadw chi'n brysur am awr!'

Trois y bocs ben i waered a gwasgaru pentwr o gardiau bach ar draws y bwrdd, echo gwahanol wedi ei brintio ar bob un.

'Mae'r un yma'n effeithiol,' myfyriodd Ffion. 'Mae'n cynnwys map OS gydag enghraifft, a dolen at ddeiseb.'

'Eithaf dibynadwy, 'te. A byddwn i wedi fy mherswadio, rwy'n credu,' cytunodd Ben.

'Ond dim yr un yma. Mae'n fwy cyffredinol, yn sôn am ymdrechion i ddisodli iaith hynaf Prydain.'

'Trio dwyn perswâd trwy emosiwn,' cynigiodd Ben. 'Ma hynny'n gallu bod yn effeithiol – os ni'n meddwl 'nôl i gerddi Gerallt Lloyd Owen.'

'Dwi'm yn siŵr sut bydde fe'n teimlo o'th glywed di'n cymharu ei waith e gydag Echo,' gwenais. 'Ond rwy'n deall y pwynt.'

'Ond does dim unrhyw alwad i weithredu mewn unrhyw ffordd arbennig fan yma,' ystyriodd Ffion. 'Jest rhyw fath o ddatganiad o anhapusrwydd.'

Roedd geiriau Ffion yn gyfarwydd. Yn aralleiriad bron o ddadansoddiad chwerw Linda o agwedd staff tuag at y llyfrgell.

Llwyddodd y sylweddoliad ysgytwol i'm tewi am weddill y sesiwn. Doeddwn i heb feddwl wrth roi'r archif o echos at ei gilydd mai fi fyddai â'r mwyaf i ddysgu yma. Roedd y gwersi caled am natur protest yn dechrau corddi rhyw deimlad anghyfforddus yn fy stumog. Byddai rhaid imi ddychwelyd i siarad gyda Sioned. Roeddwn i wedi rhuthro i ffwrdd cyn penderfynu ar strategaeth i brotestio'r toriadau i'r llyfrgell.

'Wel, dyna ni am heddiw,' datganais, gyda rhywfaint o ryddhad euog. 'Wythnos nesaf byddwn ni'n edrych ar ffyrdd o drefnu gwybodaeth.'

'Gyda deunydd gwahanol gobeithio,' sibrydodd Ben. 'Fydden i ddim yn ffansïo rhoi trefn ar yr echos...'

Neidiais yn ddiolchgar ar yr hiwmor i'm tynnu o'm heuogrwydd a chwerthin yn uchel. Parheais i wrando arnyn nhw'n parablu ar y ffordd allan. Rhywbeth am ofyn i'w rhieni os oedden nhw'n defnyddio Echo...

Arhosodd Ffion wrth fy nghadair.

'Llongyfarchiadau eto!' dywedais yn gynnes. 'Er, doedd byth amheuaeth byddet ti'n cael dy dderbyn ar gyfer gradd meistr.'

'Diolch! Dwi wir yn edrych ymlaen.'

Astudiais Ffion yn agosach. Roedd ei geiriau'n anarferol o fecanyddol. 'Ond?'

'Ond mae yna un peth,' oedodd Ffion ac edrych ar ei hesgidiau.

'Rhyw fanylyn yn y cytundeb yn anghywir?' cynigiais. Yn fy mhrofiad i, doedd Y Tŵr byth yn cael y manylion yn iawn tro cyntaf.

'Ia, ma nhw 'di rhoid Dr Jackson i lawr fel fy ngoruchwyliwr,' baglodd Ffion.

Caeais fy llygaid. Roedd Ffion yn dal i astudio'r llawr felly doedd dim rhaid imi guddio fy siom. Camgymeriad, efallai. Ond efallai ddim…

'Wel, dyw hynny ddim yn broblem!' gorfodais fywiogrwydd i'm llais. 'Mae Dr Jackson yn dda iawn, falle mai fe fyddai orau…'

Ond roedd Ffion wedi codi ei llygaid o'r diwedd ac yn siglo ei phen yn bendant. 'Byddai'n well gen i eich bod chi'n fy ngoruchwylio i.'

'Iawn,' dywedais, gan geisio cadw fy llais yn wastad. Doedd dim syniad ganddi gymaint oedd hynny'n ei olygu. 'Wna i gysylltu gyda'r Swyddfa Ganolog a'u gofyn i newid y manylion ar y system.'

'Ond mae o wedi cysylltu efo fi yn barod i drefnu cyfarfod cychwynnol… dwi fod i fynd i'w weld o rŵan.'

Ochneidiais. Doedd hyn yn sicr ddim yn gamgymeriad, felly. Beth oedd gêm Emyr, tybed? 'Beth am imi ddod gyda ti i drafod gyda Dr Jackson?'

Roedd Ffion yn nodio'n frwdfrydig cyn imi orffen y frawddeg.

Roedd cerddoriaeth yn chwarae'n ysgafn o swyddfa Emyr, ac yn cymysgu â'r gwresogydd electrig cyn taro fy synhwyrau. Oedais wrth y drws agored. Roedd rhywbeth mor gysurus am ei swyddfa. Y ffordd roedd e wedi llwyddo i orchuddio pob wal namyn un â llyfrau, ond eto wedi lleoli pob llyfr unigol yn daclus. Ac er mai dodrefn arferol Y Tŵr oedd ganddo, ymddangosent yn llai corfforaethol yma, bron fel petaent wedi eu treulio'n fwriadol ar ôl eu derbyn. Roedd Emyr ei hun yn eistedd wrth ei gyfrifiadur ar goll mewn rhyw erthygl, heb sylwi arna i.

'Emyr?' gofynnais yn uchel.

Edrychodd i fyny a neidio i ddiffodd y gerddoriaeth. 'O… helô… Heledd… Dere mewn.'

'Diolch!' Cymerais sedd a chyfeirio at Ffion i wneud yr un peth. Doedd dim pwynt aros am wahoddiad yn swyddfa Emyr. Nid am ei fod yn anghwrtais ac eisiau i ni sefyll. Na, roedd e wastad i'w weld wedi drysu pan fyddai rhywun yn ymddangos wrth ei ddrws heb wahoddiad – neu hyd yn oed gyda gwahoddiad weithiau – ac yn colli ei afael ar arferion cymdeithasol. Dyna fyddai ei ymateb bob tro imi ymweld â'i swyddfa. Hyd yn oed pan oedden ni gyda'n gilydd.

Oedden ni erioed gyda'n gilydd go iawn? Bu cyfnod o rai misoedd lle roeddwn i dan yr argraff ein bod ni. Wedi'r gusan yn y swyddfa, roedden ni wedi ymddwyn fel cwpwl newydd – mynd allan am ddiod; mynd allan am fwyd; rhyw. Roedd yr holl beth yn gyfrinach, wrth gwrs. Cytunon ni mai ffôl fyddai caniatáu i'n cyd-weithwyr wybod – doeddwn i yn sicr ddim am fod yn destun sibrydion. Roedd Emyr yn dod draw i'm fflat i'n aml, ond byth i aros dros nos. Dylwn i fod wedi sylweddoli bryd hynny bod rhywbeth ddim yn iawn. Dim ots pa mor hwyr – neu gynnar – oedd hi, roedd e wastad yn dychwelyd adref. A doedd byth gwahoddiad i mi ymuno ag ef. Llwyddais i berswadio fy hun mai pwyllog oedd e – doedd e ddim eisiau rhuthro ein perthynas. Tan i mi ddigwydd clywed sgwrs rhyngddo fe a Rhian yn y coridor un bore. Roedd hi'n ei holi am ei wraig.

Doeddwn i heb ddatgelu mod i wedi clywed sylwedd y sgwrs yn syth – roeddwn i wedi gwenu, cyfarch y ddau ohonynt ac esgus bod dim wedi newid. Am bump, gwisgais yr un wên ffals a mynd i gwrdd ag ef yn ei swyddfa. Roedd cynllun swyddfa Emyr yn yr hen gampws ychydig yn wahanol. Yn ogystal â'r silffoedd llyfrau ar bob wal namyn un, roedd e wedi 'benthyg' silff lyfrau ychwanegol o rywle a'i gosod rhwng ei ddesg a'r drws. Os oedd pwy bynnag a ddeuai i'r drws yn digwydd bod yn gymharol fyr – fel fi – roedd rhaid iddynt sefyll ar flaenau eu traed i'w weld.

'*Amser gen ti am ddiod?*' roeddwn i wedi galw dros ben y silff lyfrau.

Roedd Emyr wedi edrych i fyny arna i gyda'i ddryswch arferol.

'*Ydw i'n gallu dod draw atat ti heno?*' roeddwn i wedi parhau. '*Does gen i ddim dŵr poeth...*'

'*Dyna gyd-ddigwyddiad! Ro'n i wedi bwriadu dod i aros gyda ti heno gan fod dim dŵr poeth gyda fi... Gwaith yn yr ardal falle?*'

Cyd-ddigwyddiad yn wir. Ro'n i wedi gwrthod gadael y swyddfa nes ei fod wedi cyfaddef y gwir.

'Sut alla i helpu?' holodd Emyr, gan dorri ar draws fy atgofion.

'Fel rwyt ti'n gwybod, mae Ffion wedi cael ei derbyn i wneud gradd meistr.'

'Ydy! Llongyfarchiadau, Ffion! Mae'r prosiect yn edrych yn un da.'

'Diolch,' atebodd Ffion yn swil.

'Ond rwyt ti wedi dy restru fel goruchwyliwr,' parheais, 'sy'n gamgymeriad. Dwi wedi trafod y prosiect gyda hi yn barod ac mae'n agosach i'm maes i.'

Roedd Emyr yn fy astudio gyda'r un llygaid difynegiant a gadwai'n arbennig ar fy nghyfer. Ei ffordd e o'm cadw i hyd braich, mewn bocs ar wahân i'n cyd-weithwyr eraill. Tybed a wyddai gymaint roedd hynny'n brifo. 'Os taw dyna mae'r system yn ei ddweud, debyg mai dyna mae'r brifysgol yn meddwl sydd orau...'

'Ti'n gwybod dydy hynny ddim yn wir,' ochneidiais. 'Bydd yn rhesymol, Emyr. Mae'n rhaid i ni ddweud wrthyn nhw bod camgymeriad wedi bod.'

Tawelwch. Syllais arno, sialens yn fy llygaid.

'Ffion, alli di aros tu allan am funud, os gweli di'n dda?'

Ni allai Ffion adael yr ystafell yn ddigon cyflym. Wrth reswm, roedd y myfyrwyr i gyd yn gwybod am ein hanes.

'Gad i fi gael yr un hyn, Heledd,' dywedodd Emyr yn dawel. 'Plis.'

Roedd e wedi ymbil arna i fel hyn y noson honno yn y swyddfa. Mewn sgwrs a barodd ddwy awr, doedd e ddim wedi ymddiheuro unwaith. Dychwelodd eto ac eto at yr un cais. *Allwn ni gadw hyn yn gyfrinach, Heledd? Plis? Plis, paid dweud wrthi hi.* Roeddwn i wedi sylweddoli bryd hynny mai perfformiad fu ei gariad. Ac roedd y perfformiad wedi dod i ben.

Rhwbiais fy nwylo chwyslyd ar fy jîns.

'Pam?'

'Oherwydd does gen i ddim digon o fyfyrwyr. Pan ddaw'r ailstrwythuro nesaf, fi fydd o dan y fwyell.'

Doeddwn i ddim wedi disgwyl y fath onestrwydd gan rywun oedd braidd wedi torri gair â mi ers torri fy nghalon. 'Emyr...'

'Fi fydd y nesaf i fynd, Heledd, ti'n gwybod hynny'n iawn.'

'Emyr, alla i ddim...'

Roedd e'n pwyso ymlaen yn ei sedd nawr, y llygaid difynegiant wedi diflannu. Ac yn eu lle... rhyw addfwynder... 'Os wyt ti'n teimlo rhywbeth – unrhyw beth – amdana i o hyd—'

'Paid gwneud hyn Emyr. Mae fy nheimladau i'n amherthnasol.'

Os oeddwn i am fod yn hollol onest gyda fi fy hun, roeddwn i *yn* teimlo rhywbeth o hyd. Roeddwn i wedi treulio cymaint o amser yn ceisio ailadeiladu fy hun ar ôl y noson honno yn y swyddfa. Roeddwn i wedi colli wythnos i'r gwely ac wedi cerdded trwy wythnos arall yn fy nghwsg. Gyda'r drydedd wythnos roeddwn i wedi gwneud ymdrech eithriadol gyda fy ymddangosiad ac wedi mynd ati i berfformio difaterwch. *Mae fy mywyd i'n well heb Emyr.* Adroddais yr un mantra o flaen y drych bob bore. Wedi cwrdd â Llion, roeddwn i o'r diwedd wedi dod i gredu hynny.

Ond yn gwbl afresymegol roedd dal cornel fach iawn o'm calon wedi ei chadw ar gyfer Emyr.

Edrychais arno'n ofalus. Yr addfwynder yn ei lygaid… Oedd e'n teimlo rhywbeth hefyd? Na. Siglais fy mhen. Doedd hyn ddim amdanon ni.

'Mae'n rhaid i ni wneud y gorau dros Ffion. Mae'n rhaid i ni ddweud wrth y Swyddfa Ganolog eu bod nhw wedi gwneud camgymeriad.'

'Ti eisiau'r gorau i Ffion?' dywedodd Emyr yn ddig, gan bwyso 'nôl yn ei sedd. 'Wel, gallwn ni adael iddi hi benderfynu.'

'Alli di ddim rhoi myfyriwr ar y sbot yn ein canol ni,' brathais, ond roedd e'n barod ar ei ffordd i'r drws.

'Ffion, dere mewn.'

Eisteddodd Ffion i lawr, ei llygaid yn neidio rhwng y ddau ohonon ni. Gwingais. Debyg bod hyn yn brofiad gwaeth nag unrhyw arholiad llafar.

'Mae dy brosiect di o ddiddordeb i'r ddau ohonon ni, ac mae gan y ddau ohonon ni'r gallu i'th oruchwylio,' dechreuodd Emyr yn felys, heb edrych arna i. 'Felly rydyn ni'n credu mai'r peth gorau fyddai i ti benderfynu pwy hoffet ti gael fel goruchwyliwr.'

Tawelwch. Roeddwn i'n gwneud fy ngorau i ladd Emyr gyda'm llygaid.

'Hoffwn i i Heledd fy ngoruchwylio,' atebodd Ffion mewn llais bach.

Syllodd y ddau ohonon ni arni'n syn. Roeddwn i'n gwybod mai dyna oedd hi ei eisiau yn barod wrth gwrs. Ond doeddwn i ddim wedi disgwyl iddi fod â'r hyder i fynegi hynny i wyneb Emyr Jackson. Roedd e'n gymeriad… wel, yn gymeriad mawr. Ac yn boblogaidd o fewn yr Ysgol hefyd – câi sawl un ei siomi ar yr achlysuron hynny pan fyddai Rhian yn sôn yn uchel am ei wraig. Ni fyddai unrhyw fyfyriwr hanner call yn dewis Heledd, y darlithydd ifanc dihyder, lletchwith a thrwstan, drosto fe. Ond roedd Ffion wedi fy newis i. Gwenais arni.

'Iawn, 'te.' Roedd y gorchymyn i adael yn glir yn llais Emyr. 'Wna i e-bostio'r Swyddfa Ganolog felly.'

'Diolch,' oedodd Ffion. 'Dwi wir yn gwerthfawrogi bod gan y ddau ohonoch gymaint o ddiddordeb yn fy ngwaith i.'

'Dim problem,' atebodd Emyr yn gynnes. 'Fel dwi'n dweud, mae'r prosiect yn un cyffrous. O'r seminarau Llenyddiaeth a Phrotest gest ti'r syniad dwi'n cymryd?'

'Ia.'

'Modiwl poblogaidd.'

'Mor ddiddorol ac amrywiol,' roedd llais a llygaid Ffion yn llawn brwdfrydedd. 'Ac mae Heledd yn ddarlithydd mor dda.'

'Trueni eich bod chi'n gorfod neud modiwl Employability Skills am hanner yr amser,' dywedodd Emyr.

Gwelais y fagl ennyd yn rhy hwyr i atal Ffion rhag syrthio iddi.

'O, mae'n iawn,' chwarddodd. 'Ma Heledd 'di newid y modiwl Employability Skills fel ein bod ni'n dal i wneud deunydd Llenyddiaeth a Phrotest.'

Roedd cysgod gwên yn dawnsio ar wefus Emyr. 'Ffodus iawn.'

Wnes i esgus gwirio e-byst ar fy ffôn tra bod Ffion yn codi ac yn sortio ei bag a'i chot, ac yna ei dilyn am y drws gan alw 'diolch' sydyn dros fy ysgwydd.

'Aros am funud, Heledd.'

Trois i edrych arno. Roedd e wedi codi i sefyll tu ôl i'w ddesg, yn pwyso yn erbyn y sìl ffenest, ei ddwylo yn ei bocedi. Roedd ei lygaid, unwaith eto, yn hollol ddifynegiant.

'Roeddwn i o dan yr argraff mai gorchymyn y Pennaeth oedd dysgu'r modiwl Employability Skills yn ei gyfanrwydd.'

Codais fy ysgwyddau. 'Mae hynny rhwng fi a'r Pennaeth.'

Chwarddodd Emyr. 'Wna i aralleirio. Rwy'n gwybod mai gorchymyn y Pennaeth oedd dysgu'r modiwl Employability Skills yn ei gyfanrwydd.'

'Sut?'

'Achos wnaeth hi yrru e-bost ata i ddechrau semester diwethaf yn gofyn i fi enwebu rhywun i wneud.'

Ac roedd y dyn hwn wedi penderfynu, heb ymgynghori, mai arna i y byddai'r baich yn syrthio. Wrth gwrs. Doedd yr addfwynder yn ddim mwy na thwyll.

'Iawn 'te,' brathais. 'Mae hi am imi ddysgu'r modiwl yn ei gyfanrwydd. Ac yn Saesneg. Rwyt ti'n cytuno gyda hynny, wyt ti?'

Cododd ei ysgwyddau. 'Fawr o ots beth dwi'n ei feddwl. Dim 'y marn i sy'n bwysig.'

Gorfodais fy hun i droi i ffwrdd, fy nghalon yn suddo.

* * *

Cymerais anadl ddofn. Ac un arall. Diwrnod Ieuan oedd hi i gael y swyddfa ac roeddwn i'n loetran yn y tŷ bach ar Lefel 6. Er mod i'n gwybod yn iawn mai pum munud yn unig a gymerai i gerdded o'm car yn y maes parcio i fyny i Lefel 6, roeddwn i wedi gadael pymtheg munud rhag ofn. Ac felly roeddwn i wedi treulio'r deng munud diwethaf yn sefyll yn y tŷ bach yn syllu arna i fy hun yn y drych.

Roeddwn i wedi gwneud ymdrech arbennig heddiw. Dim mod i byth yn rolio allan o'r gwely yn syth i'r gwaith. Na, roeddwn i wastad yn lân, fy nillad wedi eu golchi a'u smwddio, a cholur sylfaen a chuddiwr yn gweithio'n arwrol i lyfnhau a bywiogi fy wyneb. Ond roeddwn i wedi mynd i bellteroedd newydd heddiw. Neilltuais awr gyfan neithiwr i ddewis y wisg berffaith. Doedd heddiw ddim yn ddiwrnod ar gyfer yr un jîns tywyll allai basio am drowsus a siwmper anhynod. Roedd heddiw yn ddiwrnod ar gyfer ffrog smart, esgidiau gyda rhywfaint o sawdl, a siaced. Efelychu steil y Pennaeth oeddwn i, gan obeithio mai dyma oedd y wisg i feithrin llwyddiant.

Doeddwn i ddim yn gwybod rhyw lawer am y dyn oedd yn gyfrifol am gyfarwyddo gwaith ymchwil yr Ysgol, yr Athro Simon Edwards. Roeddwn i wedi gweld ei wyneb mewn cyfarfodydd, ond doedd ein llwybrau erioed wedi croesi go iawn. Roeddwn i wedi treulio awr arall neithiwr yn pori'r we am unrhyw fanylion a allai fod o ddefnydd. Roedd e gryn dipyn yn ifancach nag oeddwn i wedi ei ddisgwyl – efallai o gwmpas ei hanner cant? Ond roedd ganddo dudalennau a thudalennau o gyhoeddiadau pwysig mewn amrywiol feysydd. Doeddwn i erioed wedi dod ar draws rhywun oedd wedi cyhoeddi mor eang.

Daeth criw o fyfyrwyr i mewn i'r tŷ bach a doedd gen i ddim yr hyder i barhau i syllu arna i fy hun yn y drych. Roeddwn i ryw funud yng nghynt na'r disgwyl. Doedd hynny ddim yn amharchus o gynnar, nag oedd?

Cnociais.

Hedfanodd y drws ar agor. Edrychai Simon Edwards fel petai wedi camu yn syth o'i lun proffil ar y we. Nid gwaith y ffotograffydd oedd y cyferbyniad trawiadol rhwng ei groen gwelw a'i wallt sgleiniog du moethus.

'Heledd?'

'Ie,' estynnais fy llaw gyda gwên ffug-hyderus.

Anwybyddodd fy llaw a gwasgu fy ysgwydd. 'Pleasure to meet you properly. I've been following your work with much interest.'

Roeddwn i'n amau hynny'n fawr iawn. Roedd fy ngwaith i yn perthyn i un o'r ychydig feysydd celfyddydol nad oedd Simon Edwards wedi cyhoeddi ynddo – anodd cyhoeddi ar lenyddiaeth Gymraeg heb fedru'r Gymraeg. Ac er ein bod ni i gyd yn mynnu diddordeb yn ymchwil ein cyd-weithwyr, ychydig iawn o bobl oedd â'r amser i bori trwy waith eraill. Yn sicr ddim Simon Edwards, gyda'r holl gyfrifoldebau a ddeuai gyda swydd mor bwysig. Ond gallwn i werthfawrogi'r ffug-ddiddordeb a'r teimlad cynnes braf a ddilynai.

Ceisiais gadw trefn ar fy nerfau wrth iddo fy ngwahodd i mewn i'w swyddfa.

Am swyddfa.

Doeddwn i yn sicr ddim yn Y Tŵr bellach. Roedd silffoedd llyfrau derw addurniadol yn ymestyn o'r nenfwd i'r llawr, fel petaent yn rhan o'r wal. Sut lwyddodd i'w gludo i mewn i'r adeilad, i fyny chwech set o risiau, a thrwy'r drws bach?! Neu a adeiladwyd Y Tŵr o gwmpas swyddfa'r dyn pwysig hwn? Roeddwn i'n falch iawn mod i wedi gwisgo ychydig yn fwy smart heddiw.

'Please, take a seat.'

Am sedd. Roeddwn i wedi dod i arfer â seddi plastig neu, os oeddwn i'n lwcus, seddi swyddfa lledr ffug gydag olwynion coll. Doeddwn i heb ddod ar draws soffa ledr – go iawn – yn swyddfa neb o'r blaen. Eisteddais mor ysgafn â phosib i osgoi tarfu ar y dodrefnyn drud yr olwg. Cymerodd Simon Edwards sedd yn y gadair esmwyth drws nesaf i'r soffa, y silffoedd yn gefndir iddo.

'I'm glad you got in touch, Heledd. I was reviewing your work on the portal last week and there's a lot of great material there. You'll be making an excellent contribution to the next National Assessment.'

Cochais. Dros y degawd diwethaf roeddwn i wedi dysgu i ymfalchïo yn fy ngwaith – bron yn galetach na'r gwaith ei hun oedd yr ymgais i goncro'r gred mai twyllo pawb oeddwn i. Ond er bod y balchder hwnnw bellach yn weddol sicr, roedd dal angen ei anwesu weithiau. Roedd clod eraill yn dal i ysgogi gwefr.

'I particularly liked your piece on the female body in twentieth-century prose works. Very exciting stuff.'

'Thank you,' atebais yn swil. Debyg nad ffug oedd ei ddiddordeb wedi'r cyfan! Roedd e yn gallu darllen Cymraeg ac wedi darllen fy ngwaith i! Dyna roeddwn i ei eisiau yn fwy na'r clod – pobl i ddarllen ac ymateb. Roedd e'n waith unig fel arall.

Syrthiodd tawelwch rhyngon ni oedd fymryn yn lletchwith. Er bod fy nghoesau wedi eu croesi yn anghyffordddus, feiddiwn i ddim symud rhag ofn i'r lledr wichian. Ddylwn i ddweud rhywbeth? Roedd gen i fy rhestr o atebion i'w gwestiynau wedi eu paratoi. Ond roedd Simon Edwards yn syllu'n ddwys arna i a doedd dim ffordd imi ffurfio geiriau synhwyrol o dan y fath archwiliad.

'Although we have some time until the National Assessment, I don't think you need to produce anything else, you've done more than enough already,' dywedodd o'r diwedd.

'Oh… I have an ongoing book project, that could be finished…' Straffaglais am fy syniadau ond roedd Simon Edwards yn barod yn siglo ei ben.

'There's no point rushing additional pieces now. Consolidation. That's the key.'

Consolidation? Nodiais yn frwdfrydig, er doeddwn i ddim wir yn siŵr beth oedd hynny'n ei olygu.

Roedd Simon Edwards ar ei draed. Cerddodd tua'r ffenest a syllu allan, ei ddwylo yn ei bocedi.

'There is one thing that you can do to consolidate your work, Heledd. Too much of your current work is in Welsh.'

Roedd e wedi troi 'nôl ata i nawr, ei lygaid yn fy serio i i'm lle.

'Oh?' Llwyddodd yr un gair fflat i guddio'r tyndra yn fy ngwythiennau.

'It makes it hard for us to assess internally – limits the amount of people who can read it you see,' chwarddodd. 'And of course it's not helpful for our strategy of increasing links with English universities.'

Er iddo oedi ac edrych arna i'n ddisgwylgar, doeddwn i ddim yn gwybod beth i'w ddweud. Roeddwn i eisiau bod yn ddewr, eisiau egluro yn amyneddgar bod y fath ddatganiad yn hollol wallgof, eisiau ei atgoffa mai llenyddiaeth Gymraeg oedd fy maes i. Ond roedd yr aer wedi tewhau ers imi eistedd i lawr yn swyddfa Simon Edwards bum munud yn ôl ac yn teimlo'n drwm yn fy nghlustiau. Roeddwn i'n cael trafferth canolbwyntio.

'You can still write some things in Welsh, of course. But if you want a piece to have a great impact, then it's probably best to write it in English.'

Edrychais 'nôl i lawr ar fy nwylo. Roedd rhaid imi ddweud rhywbeth. Roedd rhaid imi brotestio.

'I don't mean to upset you.' Roedd y llais yn agosach nawr. 'I simply want to make sure that you reach your full potential.'

Gwichiodd lledr y soffa. Roeddwn i'n gallu teimlo ei anadl yn gymysg â'r aer tew ar fy moch. Doeddwn i ddim yn meiddio edrych arno. Roeddwn i'n beryglus o agos at ddagrau. Petawn i'n troi i edrych, efallai byddai'r argae'n torri.

'It'll be better for your career if more people can read your work.'

Cliriodd y dagrau, a chiliodd yr aer trwchus mewn braw o weld y newid a ddaeth drosta i. Roedd e'n gorfodi ei ragfarn arnaf *er fy lles i.* Fe wnaeth y datganiad nawddoglyd doddi'r triog a fu'n caethiwo fy nhafod. Agorais fy ngheg.

Ac yna ei gau eto. Roedd ei law yn gorffwyso'n ysgafn ar fy nghoes.

'We'll set that as your target for this year, and we can have another meeting next year to see how you're getting on,' parhaodd, ei fys bawd yn gwneud cylchoedd ar fy nglin. 'I can do some number crunching with the metrics, to see how much more of an impact you're having.'

Nodiais yn frysiog a chodi gan sibrwd rhyw ddiolch dan fy anadl.

'It was lovely to meet you, Heledd. Hopefully I'll see you around.'

Nodiais eto a gorfodi gwên. Roedd llais di-air yn sgrechian arna i i adael, i esgus fy mod heb sylwi. O ble daethai'r gorchymyn, doeddwn i ddim yn gwybod. Roedd gen i ryw frith atgof o glywed y llais o'r blaen, ond byth mor fyddarol â hyn. Dyma oedd y tro cyntaf imi deimlo'r llais yn dyrnu fy mhenglog fel petai am ddianc ei hun. Sibrydais ffarwél a cherdded yn bwyllog o'r ystafell. Parheais ar hyd y coridor, fy nghalon yn neidio i'm gwddf cyn suddo eto gyda phob cam. Roedd pob modfedd o'm corff yn diferu â chwys, ac roeddwn i'n gallu teimlo'r colur y treuliais oes yn ei baentio ar fy wyneb yn troi'n llanast dyfrllyd. Roeddwn i wedi buddsoddi cymaint o ymdrech ac egni er mwyn ceisio gwneud argraff dda. Wedi gwisgo'n arbennig, wedi gwneud fy ngwaith cartref. Ond rhywsut roedd yr holl beth wedi mynd mor, mor anghywir.

Neidiais am ddrws fy swyddfa a chymryd anadl ddofn.

'Erm, Heledd?'

Syllais ar Ieuan yn syn. Wrth gwrs. Dim fy niwrnod i. Roedd fy mochau'n fflamau erbyn hyn. 'O sori…' Roeddwn i eisiau troi i adael ond am ryw reswm roedd fy nghoesau'n gwrthod symud.

Pwysodd Ieuan 'nôl yn ei sedd a chwerthin. 'Ti newydd gael cyfarfod gyda Simon, yn dwyt?'

'Ydw…'

'Amlwg wedi mynd yn dda! Ti methu aros i ddechrau ar y gwaith ymchwil.'

Chwarddais yn wan.

'Paid becso, dwi'n deall. Ma fe mor neis a chefnogol, yn dyw e? Ti wir yn teimlo bod unrhyw beth yn bosib ar ôl cyfarfod gyda Simon.' Edrychodd Ieuan 'nôl ar ei gyfrifiadur a siglo ei ben mewn rhwystredigaeth. 'Er, dyw'r geiriau dal ddim yn ysgrifennu eu hunain yn anffodus…'

Awgrym digon anghynnil a lwyddodd i ddeffro fy nghoesau. Baglais 'nôl i'r tŷ bach. Yn wyrthiol, roedd y lle yn wag. Eisteddais yn y ciwbicl. *Paid crio. Paid crio.* Roedd y chwys yn parhau i lifo, a'm gwallt yn glynu i gefn fy ngwddf. Roedd y ffrog yn teimlo'n dynn ac anghyfforddus, a'r sodlau twp yn gwasgu fy nhraed. Pwysais fy mhen yn erbyn wal y ciwbicl wrth i rywun arall ddod i mewn i'r tŷ bach. Dihangodd un deigryn i lawr fy moch wrth i'r person yn y ciwbicl nesaf biso.

Arhosais nes clywed sŵn y tap, y sychwr, ac yna'r drws yn cau'n glep cyn imi godi'r ffôn.

Atebodd Llion yn syth. 'Sut aeth y cyfarfod?'

'Ddim…' dechreuais, 'ddim…' Ond yna roedd yr un deigryn wedi troi'n llif.

'Heledd? Ti'n ocê?'

'Na,' sibrydais. Ond doeddwn i ddim yn gallu dweud mwy. Roedd y cywilydd yn ormod i oddef. Roeddwn i wedi treulio'r penwythnos cyfan yn neidio o gyffro i bryder i gyffro eto. Roeddwn i wedi traethu a thraethu a thraethu am fy nghynlluniau ymchwil. Doeddwn i ddim yn gallu egluro wrtho beth oedd wedi digwydd.

'Ti moyn dod adre? Galla i ddod i nôl ti nawr,' roedd pryder yn lliwio pob sillaf, gan wneud imi deimlo'n fwy euog eto.

Plis, ynganodd y llais yn fy mhen. Ond doeddwn i ddim yn gallu stopio crio am ddigon o amser i ateb.

'Heledd?'

'Na... sdim... angen...' herciais o'r diwedd. 'Dwi'n... iawn...'

'Ti'n siŵr?'

'Ydw... Wyt ti'n gallu... dod... i nôl fi... am bump?'

'Wrth gwrs, ond os ti eisiau i fi ddod yn gynharach, jyst rho wybod, ocê? Galla i ddod unrhyw bryd.'

'Llion?'

'Ie?'

'Ti'n... fodlon... jyst... aros... ar y ffôn... am... ychydig...?'

'Wrth gwrs. Dwi'n dy garu di shwt gymaint. Ma popeth yn mynd i fod yn iawn.'

Roedd y llaw a ddaliai fy ffôn yn crynu. Doeddwn i ddim yn haeddu y fath gariad di-gwestiwn. Efallai dylwn i ddweud y gwir wrtho. Ond yna agorodd y drws.

'Rhaid i fi fynd,' sibrydais, gan ddod â'r alwad i ben heb roi cyfle i Llion ymateb.

Arhosais yno am fwy o amser nag oedd yn barchus. Agorodd a chaeodd y drws. Dechreuwyd y tap. Stopiwyd y tap. Weithiau anghofiwyd stopio'r tap. Clywais ambell un yn oedi i botsian gyda'u colur o flaen y drych. Ambell i sgwrs. Codais fy nhraed o'r llawr rhag ofn i rywun weithio allan pwy oedd biau'r esgidiau twp fu'n mynnu'r ciwbicl trwy'r bore.

Yn anffodus, doedd dim modd aros yno am byth. Roeddwn i wedi colli pob teimlad yn fy nghoesau, ac roedd fy ngwddf mewn poen barhaus. Roedd pob gronyn o ddŵr wedi gadael fy nghorff ar ffurf dagrau neu chwys.

Doeddwn i erioed wedi bod mor ddiolchgar am ddrws

agored Sioned, er bod sŵn y chwerthin a lithrai'n araf allan i'r coridor yn brifo fy nghlustiau. Oedais yn y drws. Arjun oedd yn eistedd ar ochr arall y ddesg.

'Heledd!' galwodd Sioned. 'Coffi? Dwi newydd neud pot.'

'Diolch,' sibrydais gan suddo i'r bean-bag.

Crychodd talcen Sioned wrth iddi arllwys cwpan sylweddol o goffi a'i wthio i'm dwylo.

'Ti'n ocê?' gofynnodd Arjun.

Siglais fy mhen yn fud. Agorais fy ngheg. Caeais fy ngheg eto. Beth os oeddwn i'n gorymateb? Doeddwn i ddim eisiau ymddangos yn fyfïol. Roedd Sioned yn hoyw ac wedi dechrau ar y broses o fabwysiadu plentyn gyda'i phartner. Roedd Arjun yn ddeurywiol, o dras Indiaidd, a'i rieni yn fewnfudwyr. Doedd dim amheuaeth eu bod nhw wedi gorfod delio gyda gwaeth.

'Ti newydd gael dy gyfarfod gyda Simon Edwards, yn dwyt ti?' gofynnodd Sioned, mewn llais gwahanol iawn i Ieuan.

Nodiais yn araf.

'Beth ddywedodd e?'

'Nath e ddweud bod rhaid i fi gyhoeddi llai yn Gymraeg.'

Edrychodd Sioned a Arjun ar ei gilydd heb unrhyw syndod amlwg. Dechreuodd Sioned chwerthin.

'Dwi 'di cael hynny o'r blaen – 'nes i ddweud wrth 'yn Cyfarwyddwr Ymchwil ni i ffycio reit bant – ond ti… ti'n gweithio ar lenyddiaeth Gymraeg?!'

Dylwn i fod wedi dweud wrth Simon Edwards i 'ffycio reit bant' 'fyd. Ond doedd gen i erioed hyder Sioned.

'Beth wnest ti ddweud?'

'Do'n i ddim yn gallu dweud dim byd.' Syllais ar fy nwylo. Doeddwn i ddim eisiau dweud mwy. Roeddwn i wedi bod mor dwp. Roedd Sioned yn sicr wedi sylwi ar fy ngwisg anarferol. Sioned a phawb arall imi eu pasio ar y coridor. Byddai pawb wedi clywed sŵn y sodlau. Byddai pawb wedi gweld fy wyneb clownaidd. Digon hawdd fyddai i ambell un holi pam mod i wedi gwneud ymdrech eithriadol gyda fy ymddangosiad heddiw. Digon hawdd fyddai i ambell un gasglu mai fi oedd wedi ymddwyn yn anaddas.

Ond roedd Sioned yn parhau i'm gwylio, ei llygaid yn gweld gormod. 'Beth nath e?' gofynnodd, ei llais yn beryglus o isel.

'Dim rhyw lawer,' sibrydais, yn dal i syllu ar fy nwylo.

'Beth?'

'Nath e roi ei law ar fy nghoes.'

Tawelwch.

Mentrais edrych i fyny. Doedd dim byd yn ysgafnfryd am yr olwg ar wyneb Arjun nawr. Ac roedd Sioned wedi codi o'i chadair, ei bryd yn amlwg ar ruthro i roi pryd o dafod – neu waeth – i Simon Edwards. Ond dod draw ata i wnaeth hi, a 'ngwasgu yn ei breichiau. 'Dim dy fai di yw e,' sibrydodd i'm gwallt.

'Dwi jyst yn teimlo mor dwp. O'n i'n edrych mlan shwt gymaint i'r cyfarfod, o'n i moyn i bopeth fynd yn dda.'

'Dim dy fai di,' ailadrodd Sioned yn bendant. 'Ma rhai dynion jyst yn shits.'

'A'n anochel, y rhai sy'n shits yw'r rhai sydd mewn sefyllfaoedd o bŵer,' nododd Arjun.

'Mae gyda ni restr yn Ysgol y Dyniaethau,' dywedodd Sioned gan wasgu'm hysgwydd a dychwelyd i'w sedd. 'Gwell cymryd y grisiau os yw'r dyn yna yn y lifft…'

'Falle bod angen rhestr debyg arnoch chi…' dywedodd Arjun.

Nodiais yn fud.

'Dere, awn ni lawr llawr i gael paned a chacen.'

Eisteddais yn dawel yn y caffi wrth i Sioned ac Arjun gyfnewid straeon am wahanol ddynion oedd wedi achosi helynt iddyn nhw yn y gorffennol. Canolbwyntiais ar orfodi rhyw deimlad i'm bysedd trwy wasgu'r cwpan poeth yn dynnach.

Aeth Arjun i ddysgu, ond arhosodd Sioned gyda fi yn rhyw fân siarad. Ces i glywed am ei brwydr gyda'r landlord dros dwll yn y to, sylwadau amhroffesiynol un o'r biwrocratiaid oedd ynghlwm â'r broses fabwysiadu, a gwaith Cathy yn y banc bwyd lleol. Doedd Sioned byth yn trafod ei bywyd personol fel arfer. Ffrindiau gwaith oedden ni, dyna roedden ni wastad wedi bod. Cymdeithasu yn y gwaith a siarad am y gwaith. Ymdrech arbennig oedd hon i dynnu fy sylw, gan ddatgelu hefyd gymaint roedd hi'n poeni amdana i. Wedi iddi redeg allan o stêm, archebodd goffi arall i'r ddwy ohonon ni ac agor ei gliniadur i ymateb i e-byst a diweddaru deunydd ar Gateway. Eisteddon ni mewn rhyw led-dawelwch am weddill y prynhawn, gyda Sioned yn archebu bwyd yn achlysurol a fi'n esgus darllen llyfr. Petai fy ngheg yn medru ffurfio geiriau, byddwn wedi mynegi cymaint yr oeddwn yn ei charu hi.

Ac felly wnes i oroesi tan bump o'r gloch. Roedd Llion yn aros amdana i tu allan i'r brif fynedfa, yn sefyll ar bwys y gwarchodwr na wyddwn ei enw.

'Heledd?' camodd ymlaen i'm cofleidio. 'Ti'n ocê?'

'Ydw,' sibrydais i'w ysgwydd. 'Diolch am ddod i nôl fi.'

'Heledd!' galwodd rhywun y tu cefn imi. 'I'd like a quick word before you leave, please.'

Trois yn araf i weld y Pennaeth ac Emyr yn cyd-gerdded tuag atom.

'Dr Jackson tells me that you've changed the Employability Skills module.'

Ceisiais lunio ateb, ond roeddwn i mor flinedig. Roeddwn i'n ymwybodol iawn o Llion yn sefyll tu ôl i mi. Llion oedd yn gwybod gymaint roeddwn i'n caru fy ngwaith. Llion oedd nawr yn dyst wrth imi gael stŵr am beidio â gwneud y gwaith hwnnw'n iawn.

'Well?'

O gornel fy llygaid gwelais Llion yn cymryd ambell gam i ffwrdd ac yn troi i gyfeiriad arall, ei freichiau wedi plethu.

'Oh not much,' dechreuais, fy mochau'n fflamgoch. 'I've just been tailoring the module to suit the interests of my students. They want—'

'There is no need to tailor anything, Heledd,' torrodd y Pennaeth ar fy nhraws. 'As I explained last semester, my PhD student has worked very hard to create a comprehensive and effective module. Her efforts on that front need to be appreciated and respected.'

Nodiais i fy esgidiau.

'I'll be sending someone to sit in on your sessions next week,' parhaodd y Pennaeth. 'I expect to hear that you're teaching the module as instructed. And in English, of course. You have been teaching them in English, haven't you?'

'Yes,' mwmiais, ond yn ansicr ac eiliad yn rhy araf.

'I certainly hope so,' dywedodd y Pennaeth yn dawel. 'Because when I tell you to do something, there is good reason behind it. We need to move with the times, all of us.'

Er gwaethaf y blinder, er gwaethaf y digalondid, dechreuodd fy ngwaed ferwi. Edrychais i fyny o'r llawr a dal llygaid Emyr. Dyma oedd canlyniad ei air bach yng nghlust y Pennaeth. Roedd ganddo'r synnwyr i edrych yn anghyfforddus. 'Rhaid i mi fynd,' meddai gan droi i ffwrdd.

'Have a good evening, Emyr.' Ochneidiodd y Pennaeth a throi 'nôl ata i. 'I hope you don't think me unreasonable, Heledd, but I can't afford to have any members of staff going *off-piste*.'

Symudodd ei sylw i'r dyn a safai ychydig o gamau y tu ôl imi. 'I'm guessing that he's your lift?'

'Yes, my partner.'

'If I could give you one last piece of advice, Heledd,' dywedodd, mewn llais oedd yn rhy isel i Llion glywed. 'I'd strongly advise keeping your work and personal life separate.' Trodd am y maes parcio heb aros am ymateb.

Arhosais yn hollol lonydd a chyfri i ddeg. Roeddwn i wedi cyrraedd y gwaelod nawr. Doedd dim gwaeth i ddod. Roeddwn i'n mynd adref. Doedden nhw ddim yn gallu fy nghyrraedd i yno. Trois i edrych ar Llion o'r diwedd. Rhywsut byddai rhaid imi ymdopi gyda'i siom, dirmyg hyd yn oed.

'Beth ffyc oedd hwnna amdano?' Doeddwn i erioed wedi ei glywed mor ddig.

'Gwahaniaeth barn rhyngo fi a'r Pennaeth ynghylch sut i redeg modiwl,' dywedais yn flinedig.

'Dyw hi ddim yn gallu jyst taflu cyhuddiadau o gwmpas yn y maes parcio ar ôl oriau gwaith! Dylet ti fynd at adnoddau dynol i gwyno.'

'Yn sicr ddim! Dyw e ddim yn bwysig.' Ac yng nghyd-destun pob dim arall oedd wedi digwydd heddiw, doedd e ddim yn bwysig. 'Dere, awn ni.'

'Ti'n mynd i ddweud wrtha fi beth ddigwyddodd heddiw?' gofynnodd Llion wrth i ni gerdded am y car.

Ble i ddechrau? Roedd heddiw wedi bod yn ddiwrnod mor hir. Suddais i'm sedd a chau fy llygaid. Clywais Llion yn agor y drws ac yn cymryd ei sedd wrth fy ymyl. Ond ni ddilynodd sŵn yr allwedd yn tanio'r injan. Agorais fy llygaid. Roedd Llion yn syllu ar draws y maes parcio, at ble oedd y Pennaeth yn eistedd yn ei char yn siarad ar y ffôn. Ochneidiais. Os oedd tafod siarp y Pennaeth wedi ei ddigio cymaint, sut fyddai'n ymateb i'r hyn a ddigwyddodd yn swyddfa Simon Edwards? Na. Doedd dim ffordd allwn i byth gyfaddef y gwir.

'Dyw e ddim yn bwysig,' ailadroddais yn flinedig.

Trodd Llion i edrych arnaf i. 'O'dd e'n swnio'n bwysig gynne. O'n i wir yn poeni amdanat ti.'

'Sori, o'n i'n gorymateb. Dwi jyst moyn anghofio am heddiw. Awn ni?'

Er i Llion nodio'n araf, ni symudodd. Parhaodd i edrych i fyw fy llygaid, ei bryder a'i siom yn ceisio torri trwy fy amddiffynfeydd. Edrychais i ffwrdd.

* * *

Yn groes i'm harfer, cyrhaeddais gyfarfod y grŵp Cymraeg ychydig o funudau wedi'r awr. Roedd Rhian wedi tecstio i ddweud ei bod hi'n rhedeg yn hwyr, a doeddwn i yn sicr ddim yn disgwyl i'r un o'r ddau arall fod ar amser. Chwilotais am fwrdd arferol yn y caffi – doedd hyn ddim yn sgwrs ar gyfer y byrddau uchel – a thalu am goffi. Roeddwn i wedi dychwelyd i wisgo jîns a siwmper anhynod – y siwmper fwyaf anhynod imi allu dod o hyd iddi yn fy nghwpwrdd. Roedd y ffrog a'r esgidiau wedi mynd yn syth i siop elusen. Er, roeddwn i wedi teimlo'n euog wedyn o basio deunydd llawn atgofion drwg i rywun arall.

Doeddwn i ddim wedi gallu stopio meddwl am fysedd Simon Edwards. Er i mi weu ffantasi o wneud cwyn lwyddiannus – byddai'r Swyddfa Ganolog yn beirniadu ei gamymddygiad yn hallt, byddai menywod eraill yn fy stopio yn y coridor i edmygu fy newrder – doedd dim siawns bod hynny'n mynd i ddigwydd. Doeddwn i ddim eto wedi dechrau cymysgu rhwng ffantasi a'r byd go iawn.

Doeddwn i ddim yn unigryw, beth bynnag. Ddim o bell ffordd. Roedd ymateb Sioned ac Arjun wedi dangos hynny'n glir. Doedden nhw ddim wedi eu synnu. Nac ychwaith wedi argymell cwyno. A nhw oedd y bobl gyntaf i herio awdurdod fel arfer. A beth yn union oedd Simon Edwards wedi ei wneud? Rhoi ei law ar fy nghoes. Byddai'r Swyddfa Ganolog yn chwerthin yn fy wyneb i, neu'n fy ngheryddu am wastraffu eu hamser. Petawn i'n arbennig o lwcus ac yn digwydd cael cyfarfod gyda swyddog cydymdeimladol efallai bydden nhw'n cael gair gyda Simon. Ond dim mwy na gair. Byddai'n rhaid imi barhau i weithio gyda fe. A doedd dim amheuaeth pwy fyddai testun pob sibrwd ar y coridorau wedyn.

Ac felly, wrth i'm dychymyg dreulio sawl diwrnod braf yn ymdrochi yn y ffantasi, trodd fy isymwybod at ystyried gweithgarwch mwy ymarferol. Roedd Simon Edwards wedi fy argymell i gyhoeddi llai yn Gymraeg. Roedd y Pennaeth am imi ddysgu myfyrwyr yn Saesneg. Roedd y rhain yn faterion i'w trafod gydag eraill.

Yr Athro Williams oedd y cyntaf i gyrraedd, ddeng munud wedi'r awr fel roeddwn i wedi disgwyl. Gwnaeth sioe o edrych o gwmpas y caffi yn anfodlon, fel pe bawn i yn bersonol ar fai am benderfyniad Y Tŵr i atal staff rhag bwcio ystafelloedd cyfarfod.

'Beth sydd rhaid i ddyn wneud i gael coffi fan hyn?' llwyddodd i rwgnach wrth gymryd ei sedd, heb dynnu ei anorac llwyd.

'Chi'n gorfod archebu ar eich ffôn,' dywedais yn amyneddgar. Roeddwn i yn sicr wedi ei weld e yn y caffi o'r blaen.

'Hm. Dydw i ddim yn cario ffôn.'

Wnes i fy ngorau i beidio â rholio fy llygaid ac estyn am fy ffôn fy hun i archebu coffi iddo fe. Roedd y clymau yn fy stumog yn tynhau. Doeddwn i erioed wedi mwynhau perthynas agos iawn gyda'r Athro Williams. Ond doedd y dyn hwn heb gyhoeddi gair yn Saesneg yn ei fywyd. Bydden ni'n gynghreiriaid heddiw.

Ac yna roedd Emyr yn cymryd sedd gyferbyn â mi. 'Heledd!' cyfarchodd gyda gwên ffals. 'Braf dy weld di. Shwmai?'

'Helô, Emyr. Iawn diolch.' Gwenais yn felys arno. 'Trueni am y sgwrs gyda'r Pennaeth. Roeddwn i'n teimlo bod ei gorchymyn ynghylch y modiwl Employability Skills yn afresymol tu hwnt. Beth oedd dy feddwl di o'r sgwrs?'

Cododd Emyr ei ysgwyddau a mwmian rhyw eiriau yn rhy isel i neb glywed.

'Wel, doeddwn i ddim yn hapus,' dywedais yn uchel wrth i Rhian ruthro draw i ymuno â ni. 'Roeddwn i wedi teilwra'r modiwl i sicrhau ei fod yn gweddu i fyfyrwyr Cymraeg, ac roedd y myfyrwyr yn ddigon bodlon. Ond am ryw reswm, dydy hynny ddim yn bodloni'r Pennaeth. Mae hi am imi ddysgu'r modiwl fel y mae, yn Saesneg.'

'Beth?!' ebychodd Rhian wrth gymryd sedd, ei llygaid yn fflachio. Doedd hi ddim wedi trafferthu tynnu ei chot. 'Dyma'r tro cynta i mi glywed am hyn!'

'A fi,' ychwanegodd yr Athro Williams gan edrych rhyngof fi ac Emyr.

'Ges i orchymyn gan y Pennaeth i haneru oriau'r myfyrwyr Llenyddiaeth a Phrotest, a dysgu Employability Skills yn ei le,' dywedais yn wastad. 'Ond mae'n debyg bod Emyr yn gwybod mwy na fi. Fe oedd yn gyfrifol am y trefniadau.'

Trodd pawb i edrych ar Emyr. Teimlais wefr ryfedd o bŵer o'i weld yn gwingo. 'Doeddwn i ddim eisiau eich trwblu chi i gyd gyda hyn… Ymateb i arolwg myfyrwyr. Roedden nhw eisiau modiwl sgiliau cyflogadwyedd. Gwnaeth y Pennaeth ofyn i mi ddewis modiwl i'w gyfnewid. Wnes i awgrymu haneru modiwl yn lle. Llenyddiaeth a Phrotest oedd yr un amlwg i ddewis gan fod yr holl fyfyrwyr yn astudio hwnnw.'

Er gwaethaf yr annhegwch, roeddwn i'n teimlo mymryn bach o barch tuag at Emyr. Roedd e wedi bargeinio gyda'r Pennaeth.

'Tro nesaf dylet ti ein trwblu,' dywedodd Rhian yn araf. 'Dylen ni fod yn trafod materion fel hyn. Falle eu bod nhw wedi cael gwared o'n hadran, ond rydyn ni'n gyd-weithwyr ac yn dysgu'r un pwnc o hyd.'

Am y tro. Roedden ni i gyd yn gwybod i ba gyfeiriad y chwythai'r gwynt. Nid hap a damwain oedd cael gwared o'r adran a dechrau cyfeirio atom fel y 'grŵp Cymraeg'. Mater o amser cyn i'r Tŵr droi cefn ar arbenigedd pynciol a'n hailfrandio yn ddarlithwyr cyfrwng Cymraeg. Pwy a ŵyr beth fyddai disgwyl imi ei ddysgu wedyn. Persbectif celfyddydol ar bynciau STEM siŵr o fod.

'Rwy'n gwybod, mae'n ddrwg gen i.'

Astudiais Emyr gyda diddordeb. Roedd e wedi newid yn y chwe mis diwethaf. Roedd y sicrwydd wedi cilio, rhywbeth neu rywun wedi tynnu'r gwynt o'i hyder. Ni fyddai'r hen Emyr wedi cyfaddef camgymeriad i'r grŵp. Byddai'r hen Emyr wedi cuddio tu ôl i e-bost.

'Bydd rhaid i ni gwyno wrth y Swyddfa Ganolog.'

Syrthiodd tawelwch dros y grŵp. Roedd pawb yn gwybod pa mor ddifrifol oedd datganiad Rhian.

'Dwi wedi gwneud ymholiadau answyddogol gyda ffrind yn y Swyddfa Ganolog yn barod,' dywedodd Emyr yn dawel. 'Roedd e'n cydymdeimlo, wrth gwrs. Ond doedd e ddim yn credu byddai'r Swyddfa Ganolog yn cynnal y gŵyn. Gan fod dysgu yn cael ei drefnu ar lefel Ysgol, mae gan y Pennaeth yr hawl i wneud penderfyniadau heb ymgynghori, yn enwedig ar sail adborth myfyrwyr.' Taflodd olwg sydyn i'm cyfeiriad. 'Ac mae'r Pennaeth wedi gwneud ei barn yn glir.'

'Yn glir iawn...' ategais.

'Beth am i fi fynd i siarad gyda hi?' dywedodd Rhian yn araf. 'Wna i esgus mod i'n cytuno gyda hi. Wna i esgus mod i wirioneddol o blaid dysgu sgiliau cyflogadwyedd ac fy mod i'n awyddus i ddylunio modiwl newydd sbon ar y pwnc i fyfyrwyr Cymraeg.'

'Ddylen ni ddim fod yn gorfod dysgu'r fath rwtsh,' mwmiodd yr Athro Williams.

'Na ddylen. Ond dydw i ddim yn credu bod modd ennill y frwydr honno yn anffodus. Gallwn ni o leiaf sicrhau ein bod ni'n parhau i ddysgu yn Gymraeg.'

Doedd yr un ohonom yn deilwng o fod ym mhresenoldeb Rhian. Menyw oedd wedi rhoi degawdau o'i bywyd i'r brifysgol, heb gydnabyddiaeth na diolch. Menyw a weithiai ddwy swydd ar ben gofalu am rieni bregus, ond a oedd serch hynny wedi cynnig llunio modiwl cwbl newydd, modiwl doedd hi ddim eisiau ei ddysgu, er mwyn achub ein pwnc.

'Wna i helpu,' addewais. 'Rwy'n gyfarwydd â'r modiwl Employability Skills yn barod. Ac efallai byddai modd i ni ddysgu'r peth fel tîm hefyd? Rhannu'r baich.'

Gwenodd Rhian yn gynnes a nodiodd y ddau arall, yr Athro Williams yn llai brwdfrydig.

'Wel, mae'r e-byst yn galw,' datganodd Emyr.

'Mae gen i fater arall i'w godi,' dywedais yn gyflym. 'Yn deillio o gyfarfod ges i gyda'r Athro Simon Edwards.'

'Y Cyfarwyddwr Ymchwil?' gofynnodd Rhian, ei llygaid yn culhau.

'Ie…' Gorfodais fy hun i wthio'r atgof o'i fysedd i'r naill ochr. 'Cododd e rywbeth yn y cyfarfod oedd yn peri pryder i mi. Dywedodd wrtha i mod i'n cyhoeddi gormod yn Gymraeg, bod rhaid i mi ganolbwyntio ar gyhoeddi'n Saesneg os oeddwn i'n mynd i wneud cyfraniad i'r Asesiad Cenedlaethol nesaf.'

Tawelwch. Y math o dawelwch a geir cyn storm.

'Wyt ti'n siŵr mai dyna ddywedodd e?' gofynnodd Emyr yn ofalus.

'Ydw!'

'Ti'n siŵr bod ti ddim wedi camddeall? Dyw e erioed wedi dweud dim byd o'r fath wrtha i.'

'Emyr!' brathodd Rhian. 'Os mai dyna mae Heledd yn dweud ddigwyddodd, dyna ddigwyddodd.'

Gwenais yn ddiolchgar arni. Ond doedd Rhian heb orffen.

'Ac rwy'n gobeithio nad oes rhaid imi egluro wrthot ti pam fod Heledd yn derbyn y gwaethaf o ragfarnau Simon Edwards tra dy fod ti erioed wedi derbyn gair croes ganddo?'

Syllodd y ddau ohonynt ar ei gilydd tan i Emyr ostwng ei lygaid i'r bwrdd.

'Mae hyn yn hollol annerbyniol.'

Gwenais, er gwaethaf y sefyllfa. Dyma oedd y brotest haearnaidd roeddwn i wedi gobeithio amdani gan yr Athro Williams.

'Ydy. Felly beth ydyn ni'n mynd i'w wneud?'

'Mae'n rhaid i ni fod yn ofalus,' dywedodd Emyr yn dawel. 'Dydyn ni ddim eisiau corddi Simon Edwards. Bydd perygl i'n pwnc ni os wnawn ni hynny.'

'Mae perygl i'n pwnc ni'n barod,' dywedodd Rhian yn swta.

Siglodd Emyr ei ben. 'Maen nhw'n gallu cael gwared ohonon ni mor hawdd, Rhian. Pedwar ohonon ni sydd ar ôl. A dydy'r fwyell ddim wedi mynd, ddim go iawn. Pedwar toriad arall a fydd dim dyfodol i'n pwnc ni yma.'

A'r bwgan yn y gornel oedd bod Rhian a'r Athro Williams yn agosáu at oedran ymddeol hefyd. Dau ohonon ni fydd ar ôl wedyn. Gwaith hawdd i'r fwyell wancus. Ac felly eisteddon ni mewn anobaith tawel. Wedi ein parlysu gan ofn. Siglais fy mhen. Sut fyddai fy myfyrwyr Llenyddiaeth a Phrotest wedi dehongli ein diffyg gweithredu?

'Beth am ryw fath o wrthryfel tawel, 'te?' Braidd allwn i gredu'r geiriau a ddeuai o'm ceg.

'Beth sydd gen ti mewn golwg?' gofynnodd Rhian. Arwydd da nad oedd hi wedi diystyru'r syniad yn syth.

'Gwenu a chytuno i'r rhan fwyaf o ofynion Y Tŵr. Ond chwarae'r system. Gwneud i'r system weithio i ni. Dyna roeddwn i'n ei wneud gyda'r Employability Skills. Parhau i ddysgu Llenyddiaeth a Phrotest oeddwn i mewn gwirionedd, ond ar ei newydd wedd.'

Roedd Rhian yn nodio'n frwdfrydig, a doedd Emyr na'r Athro Williams ddim yn dangos anghytundeb amlwg, o leiaf.

'Yn achos ymchwil, bydd rhaid i ni feddwl am strategaethau i hyrwyddo'n gwaith ni tu hwnt i'r Tŵr,' parheais, yn fwy sicr nawr. 'Os ydyn ni'n creu digon o sŵn, os yw'r ymchwil yn cael effaith ar lefel cenedlaethol, bydd hi'n anoddach i Simon Edwards ei ddiystyru – a chwyno am y cyfrwng.'

'Syniad da,' dywedodd Rhian. 'Gallwn ni drefnu cyfarfodydd wythnosol i drafod syniadau.'

Gwenais. Fesul darn roedden ni'n ailadeiladu'r adran.

'Ond os yw hyn yn mynd i weithio, bydd rhaid i ni weithio gyda'n gilydd,' dywedais, gan ddal llygaid Emyr. 'Amddiffyn ein gilydd.'

Roedd y syniad yn un radical, roeddwn i'n gwybod hynny. Roedd gennym ni hanes cymhleth, y grŵp Cymraeg. Doedd yr Athro Williams erioed wedi talu fawr o sylw i fi, ond roedd e fel petai'n ofni Rhian, am ryw reswm. Ac roedd gen i ac Emyr ein hanes anniben ein hunain.

Ond roedd y tri ohonyn nhw'n nodio. A gyda hynny, roeddwn i'n teimlo mymryn o obaith.

Gyda'r gwrthryfel wedi ei gynllunio, datganodd Emyr ei fod am ddychwelyd i'w e-byst, a mwmiodd yr Athro Williams rywbeth am ddod o hyd i ddiod gryfach na choffi. 'Aros eiliad,' sibrydodd Rhian yn fy nghlust. Oedodd nes bod y ddau arall wedi mynd yn ddigon pell. 'Diolch am alw'r cyfarfod heddiw, Heledd.'

'Diolch i chi am wrando a helpu,' atebais yn gynnes.

'Mae'n ddrwg gen i na alla i fod yn fwy o gymorth,' dywedodd Rhian yn araf. Roedd geiriau ychwanegol yn llechu yn ei llygaid.

'Mae'ch cefnogaeth yn ddigon,' atebais yn ysgafn, heb wybod sut i ymateb i'r geiriau a aeth heb eu dweud.

'Byddwn i'n awgrymu cadw pellter oddi wrth Simon Edwards,' dywedodd, ei llygaid yn parhau i siarad geiriau ychwanegol.

'Mae'n anodd,' sibrydais, y geiriau'n glynu i'm gwddf, 'gan mai fe yw'r Cyfarwyddwr Ymchwil… dydw i ddim eisiau gwneud gelyn ohono fe.'

'Rwy'n gwybod,' oedodd Rhian a syllu ar draws y caffi, ei thalcen yn crychu. 'Beth am hyn… y tro nesaf y byddi di'n cael cyfarfod efo fo, rho wybod i fi. Wna i ddod hefyd.'

'Chi'n meddwl bydd e'n caniatáu hynny?'

'Fydd ganddo ddim dewis,' datganodd Rhian, haearn yn ei llais. 'Fel dy fentor, mae'n ddefnyddiol i mi fod yn bresennol yn ystod y fath gyfarfodydd.'

Ceisiais orfodi'r dagrau oedd wedi ymgasglu yn fy llygaid i aros yno. Gobaith, mymryn o obaith. Arhosais yn y caffi am ychydig wedi i Rhian adael ac archebu coffi ychwanegol i ddathlu bod y cyfarfod wedi mynd yn well na'r disgwyl.

> **Llion:** Gobeithio bod ti'n cael diwrnod ok.

Hanner ffordd trwy deipio neges syml o ddiolch ces i'm dal gan awydd sydyn i weld ei wyneb. Atebodd Llion yr alwad fideo yn syth.

'Ti'n ocê? Oes rhywbeth yn bod?'

'Na, dim byd yn bod. Dwi'n iawn.' Ac roeddwn i'n iawn, sylweddolais. 'O'n i jyst eisiau gweld ti.'

Ymlaciodd Llion. Roedd e'n gweithio o adref heddiw ac yn eistedd wrth fwrdd y gegin. Gan mod i wedi dechrau trin tŷ Llion fel ail gartref, roedd tipyn o'm stwff i o gwmpas y lle – gan gynnwys rhai o'm llyfrau mewn pentwr tu ôl iddo.

'Wyt ti wedi tacluso fy llyfrau i?' gofynnais yn amheus.

'Ambell un falle, jyst er mwyn neud yn siŵr bod y gweithle'n dilyn rheolau iechyd a diogelwch… Sut mae pethau fan 'na?'

'Iawn,' dywedais. 'Ges i gyfarfod da gyda'r criw Cymraeg. Ni'n mynd i wneud mwy o gydweithio.'

'Grêt. Ydy hynny'n meddwl bydd gen ti lai o waith?'

Chwarddais am hynny, ond roedd Llion yn gwbl ddifrifol. 'Annhebygol,' ochneidiais. Doeddwn i ddim yn gallu cyfaddef wrtho mai mwy o waith fyddai canlyniad cynllun y grŵp Cymraeg… 'Ond bydd e'n gwneud y gwaith yn haws. Bydd e'n gwneud gweithio yn Y Tŵr yn haws.'

'Wel, ma hynny'n rhywbeth…'

'Oes rhywbeth yn bod?' gofynnais.

'Fi'n poeni amdanat ti, Heledd.'

'Fi'n gwybod… Fi'n sori.'

'Paid… paid ymddiheuro.' Pwysodd Llion ymlaen fel petai am ymestyn trwy'r fideo i afael yn fy llaw. 'Jyst cofia mod i yma. Ti'n gallu siarad gyda fi – am unrhyw beth.'

Nodiais, ond ar y funud honno gwelais e-bost gan Ieuan yn fflachio ar draws fy sgrin. 'Rhaid i fi fynd. Wna i siarad gyda ti heno.'

Blwyddyn 2
SEMESTER 1

The Newsletter

1. *Calling all students! Therapy sessions on Level 8: an opportunity to play with your lecturers' least favourite books.*

2. *Weekly competition: vote for your favourite lecturer. One lucky student will win a voucher to spend in Catering@YTŵr!*

3. *All staff meetings to be recorded and uploaded to Gateway.*

4. *All Central Office staff to attend induction on Wednesday. Book your place <u>here</u>.*

Y Cylchlythyr

1. Fyfyrwyr! Sesiynau therapi ar Lefel 8. Dewch i chwarae gyda cas lyfrau eich darlithwyr.

2. Cystadleuaeth wythnosol: pleidleisiwch dros eich hoff ddarlithwyr. Taleb i wario yn Catering@YTŵr i un myfyriwr lwcus sy'n pleidleisio.

3. Rhaid recordio pob cyfarfod staff a'i uwchlwytho i Gateway.

4. Mae disgwyl i staff y Swyddfa Ganolog fynychu sesiwn anwytho ddydd Mercher. Cliciwch <u>yma</u> i archebu lle.

Roedd hi'n un o'r diwrnodau hynny a deimlai'n llawn potensial. Roedd sychder crasboeth yr haf wedi cilio, ond doedd hi ddim eto yn ddigon oer i alw am fwy na siaced ysgafn. Hyd yn hyn, roedd yr haul wedi llwyddo i osgoi'r ambell gwmwl tila a ddaethai'n agos. Roedd pawb a phopeth yn dal eu hanadl, yn disgwyl. Tymor y Gwanwyn sy'n cael ei gysylltu gydag adfywio fel arfer. Ond i mi, roedd rhywbeth cyfareddol am y math yma o ddiwrnod ym mis Medi. Doeddwn i ddim yn meindio aros tu allan i'r fynedfa ar gyfer Sioned (oedd yn hwyr, wrth reswm).

Gan ein bod ni bellach yn byw gyda'n gilydd ac yn ymgeisio i fod yn wyrdd (ac arbed arian), y cynllun oedd i Llion fy ngollwng i yn y gwaith bob bore cyn mynd ymlaen i'w swyddfa. Am y tro cyntaf erioed yn fy mywyd fel oedolyn, roedd person arall yn rhan annatod o'm trefn feunyddiol. Roedd rhaid imi ddysgu rhannu fy mywyd. Ac am y tro cyntaf ers amser maith, roedd Y Tŵr yn gorfod cystadlu am fy sylw.

Ac efallai – efallai, efallai, efallai – byddai modd imi 'symud trwy' (ymadrodd gwell na 'symud ymlaen' yn ôl sesiynau therapi ar-lein yr haf) ddigwyddiadau anffodus y semester diwethaf. Osgoi Simon Edwards, dyna i gyd oedd rhaid imi ei wneud. Ni ddylai'r dasg brofi'n arbennig o anodd chwaith: cymerodd bum mlynedd o weithio yn yr un sefydliad ag e i'n llwybrau groesi go iawn. Ac roedd digon o bethau positif eraill i dynnu fy sylw. Roedd y grŵp Cymraeg wedi mynd o nerth i nerth dros yr haf. Roedden ni, bob un, wedi cadw at ein haddewid i helpu Rhian i lunio modiwl 'Sgiliau Cyflogadwyedd' newydd sbon, hyd yn oed yr Athro Williams. Ac roedd cyfarfod wedi ei bennu i drafod strategaethau ar gyfer hyrwyddo ein gwaith ymchwil. Annhebygol y bydden ni fyth yn ystyried ein hunain yn grŵp clòs o ffrindiau, ond am y tro cyntaf ers amser maith roeddwn i'n teimlo bod gen i gyd-weithwyr. Cyd-gynllwynwyr, hyd yn oed.

'Sori, sori! O'dd rhieni Cathy'n aros gyda ni dros y penwythnos, felly *chaos* llwyr bore 'ma.'

'Dim problem,' chwarddais. 'Dwi ddim ar frys i gyrraedd y cyfarfod staff yn gynnar.'

'Nath Llion ollwng ti?'

'Do. Cynllun newydd ar gyfer semester yma. Gewn ni weld sut eith hi.'

'Oes angen imi brynu het eto?'

'Na,' pwniais hi'n ysgafn. 'A byddet ti byth yn gwisgo het beth bynnag.'

'Ma'r proffil Echo'n gwneud yn rili dda,' datganodd Sioned wrth inni gerdded i mewn.

'O, wnes i ddim edrych bore 'ma. Sawl un wedi darllen dros y penwythnos?'

Ymestynnodd Sioned am ei ffôn ac agor yr ap. Ffrwyth gwaith yr haf oedd ein proffil Echo 'O'r cyrion.' Y syniad oedd ysgrifennu pytiau bywgraffiadol am gyn-fyfyrwyr oedd wedi cyfrannu i gymdeithas mewn amrywiol ffyrdd, gan ganolbwyntio ar unigolion a gâi eu tangynrychioli mewn llyfrau hanes fel arfer. Roedden ni'n rhyddhau un bob dydd Gwener er mwyn ceisio denu darllenwyr dros y penwythnos. Roeddwn i'n arbennig o falch o gynnyrch yr wythnos hon: proffil un o'n cyn-fyfyrwyr yn yr adran gyfraith oedd wedi hyfforddi fel bargyfreithwraig ac wedi brwydro sawl achos dros hawliau pobl traws.

'Dros bum mil wedi darllen!' datganodd Sioned. 'Ma hynny'n dda iawn am gyfrif academaidd Cymraeg, wedwn i.'

Nodiais yn frwdfrydig, er doedd dim syniad gen i mewn gwirionedd. 'Unrhyw ymateb?'

Sgroliodd Sioned trwy'r ymatebion. 'Pobl yn trafod un o'r

achosion yn eithaf manwl. Ambell i… hm. Ambell i sylw atgasol a rhagfarnllyd. Ni'n cael ein cyhuddo o ledu propaganda adain chwith. Dylai Echo fod yn tynnu'r rheiny lawr yn awtomatig.'

'Dyw e ddim bob tro'n gweithio. Yn enwedig os yw'r sylwadau yn Gymraeg.'

'Dwi di reportio nhw beth bynnag.'

Roedd ein hymgiprys â'r ellyllon wedi dod â ni i Lefel 5.

'Amser i weld beth sydd yn yr arfaeth ar gyfer y semester yma!'

'Pob lwc… wela i di yn yoga.'

Rhedais i fyny'r set olaf o risiau er mwyn cyrraedd y cyfarfod mewn pryd. Gwasgais i mewn i swyddfa orlawn y Pennaeth.

'Thank you all for coming,' roedd hi'n datgan – fel petai dewis gennym ni – o'i sedd tu ôl i'r ddesg. 'Are we waiting for anyone?' gofynnodd i Efa, oedd yn sefyll wrth ei hochr dde.

'One or two.'

Dim bod lle i un neu ddau arall. Ers i'r Tŵr ddiddymu ein hadrannau a chreu 'Ysgol y Celfyddydau' roedd ein cyfarfodydd wedi chwyddo a chwyddo nes bod y label 'cyfarfod' yn dwyllodrus braidd. Doedd dim ffordd y byddai gan bawb gyfle i fynegi barn. Na, darlithoedd oedd y cyfarfodydd i bob bwrpas. A'r sgript, wrth gwrs, yn dod oddi uchod. Ond yn nyddiau'r hen gampws roedd ystafell ddigon mawr ar gael, o leiaf, i gynnwys pawb yn gyfforddus – yn gorfforol, os nad yn feddyliol. Nid felly swyddfa'r Pennaeth yn Y Tŵr. Lle i sefyll yn unig i bawb ond y Pennaeth.

'We have quite a bit to get through today, so we'd better get started. Make a note of absences, Eva. And start the recording.'

Fflachiodd camera ar y wal yn goch. Gwingais a cheisio symud yn llechwraidd tu ôl i gyd-weithiwr talach. Mesur newydd wedi ei gyflwyno semester yma. Yn ôl y Cylchlythyr, er lles hyfforddi penaethiaid Ysgol oedd y recordio, gan roi cyfle hefyd i'r Swyddfa Ganolog asesu ym mha ffyrdd y gellid gwella cyfarfodydd. Hyd y gwelwn i, lleihau awydd staff i fynegi barn oedd y canlyniad amlwg.

'There is an update on the library on today's agenda, but that's not terribly urgent at present so we'll come back to it in a future meeting. The next item concerns social afternoons!'

'That sounds like an item that we can all get behind.' Wnes i fy ngorau i beidio ag edrych i gyfeiriad y llais.

'Thank you, Simon, I quite agree. The Executive Board is eager to see further integration within Schools. In other words, all of us in the School of Arts should get to know each other better and hopefully pursue more collaborative work. Every Friday afternoon we will now have social sessions. No other meetings or teaching will be scheduled for this slot, it will be marked in the timetable as a time for us to all gather and chat.'

Roedd sibrwd yn lledu ar draws yr ystafell. Roedd hynny'n swnio fel rhywbeth lled-bositif?

'If I may briefly interject?'

'Of course, Simon, the floor's all yours.'

Llithrais ymhellach tu ôl i'm cyd-weithiwr tal.

'As some of you are aware, I've been holding one-to-one Research Development meetings over the past few months. One of the recurring issues that I've come across is that we simply don't know enough about each other's work. These social afternoons are consequently crucially important, and anyone who wants to make a contribution to the next National Assessment should ensure that they attend.'

'Thank you, Simon, for underscoring the value of the social afternoons,' dywedodd y Pennaeth. 'I'd like to take this opportunity too to thank you for your hard work in conducting the one-to-one meetings. I know I speak for many of us when I say that it has been hugely valuable to have the space to reflect on our research with a critical friend.'

'Hear hear,' dywedodd rhywun. Ieuan, efallai?

'Moving on to our next item. The Executive Board have come to the realisation that Heads of School are overburdened. I can't say that I disagree with them… They have consequently introduced the role of Assistant Head of School. I am very pleased to announce that Dr Ieuan Richards will be taking up the position of Assistant Head for the School of Arts. An email will follow with the details about Dr Richards' portfolio, but for now continue to send your queries to Eva, she'll direct you to the correct person.'

Wrth edrych heibio i fy nghyd-weithiwr tal gallwn weld Simon Edwards yn ymestyn draw i glapio Ieuan ar ei gefn. Sut oedd Ieuan wedi llwyddo i godi trwy'r rhengoedd mor gyflym?! Teimlais fflach o genfigen cyn cysuro fy hun bod y swydd 'Pennaeth Cynorthwyol' yn swnio'n fwy o gosb na dim byd arall…

'Our third item—'

'Could I just interrupt you for one moment?' Roedd Ieuan wedi camu i sefyll o flaen desg y Pennaeth yn wynebu'r dorf.

'By all means,' atebodd y Pennaeth yn serchog.

'I would like to express my gratitude to our wonderful Head of School for all her hard work. If you want to see what dedication looks like, she's sitting right behind me! I can't wait to assist her in any way I can in my new role.'

'Wonderful,' gwenodd y Pennaeth. 'My thanks, Ieuan. Your support will be invaluable. Our last item concerns student satisfaction. As you likely know, our performance has suffered in recent end-of-semester surveys. That isn't unexpected: we have seen very significant changes recently, changes to the campus and to our subject units. It will take time for students to become accustomed to the changes. And we shouldn't worry that this is only a problem in Arts either – the statistics aren't looking particularly good for any School.'

Er gwaethaf agwedd ddi-hid y Pennaeth, roeddwn i'n weddol sicr bod y sgoriau boddhad isel yn cael eu trin fel mater difrifol gan y Cyngor Gweithredol. Ac yn weddol sicr hefyd y byddai'r bai yn syrthio ar y staff yn y pen draw.

'The Executive Board is introducing a new initiative to combat this. Starting this week, students will be giving their lecturers a score out of ten at the end of every teaching session.'

Rhywsut, llwyddai'r Tŵr i'm synnu yn barhaus. Doeddwn i ddim wedi disgwyl i'r strategaeth o symud y bai i'r darlithwyr fod mor... llawdrwm. Ac nid fi oedd yr unig un. Doedd y sibrwd ddim yn gadarnhaol tro hwn.

'This will help us to track progress. You'll be able to see what techniques work, what doesn't, where you can improve and so on. I really do think this is an excellent opportunity for us to reflect on our teaching methods.'

Adlewyrchu: un o hoff eiriau rheolwyr Y Tŵr a'u bwyell. Er ein bod yn cael ein hannog i 'adlewyrchu', ni oedd gwrthrych yr 'adlewyrchu' yn amlach na pheidio.

'But the Executive Board is also keen for this to be a fun exercise – for students and staff. And so, an interactive table will be set up outside my office. It'll update automatically at the end of every day, so everyone will be able to see who is on top. And who knows, perhaps there'll be a prize for whoever tops the table at the end of the semester...'

Chwarddodd y Pennaeth i gyfeiliant chwerthin rhai o'r

ffyddloniaid. Roedd y rhan fwyaf ohonon ni wedi ein rhyfeddu i dawelwch.

'The details of this new scheme are on the sheet I'm passing around,' dywedodd Efa. 'Keep it handy in case you get students asking how to vote.'

Roedd y cyfarwyddiadau uniaith Saesneg yn hirfaith. Roedd rhaid lawrlwytho ap (wrth gwrs!) ond neidiodd fy llygaid i'r troednodiadau ar waelod y dudalen.

1. The three bottom placed lecturers at 5pm on Friday will be called to a meeting with the Assistant Head of School at 9am on Monday to discuss performance improvement.
2. Three consecutive bottom placed rankings will result in a disciplinary hearing.

Ychydig iawn o 'hwyl' oedd i'w gael o'r gystadleuaeth hon. Edrychais o gwmpas ond doedd neb arall yn talu sylw i'r daflen. Roedd sawl un yn llygadu'r drws, yn awyddus i ddianc.

'That's it for today. Enjoy the semester!'

Sgathrodd pawb am y drws. Gorfodais fy hun i sefyll yn erbyn y llif ac edrych eto ar y daflen. Rhaid mod i wedi camddeall. Roeddwn i wedi dechrau fel darlithydd ar yr union adeg pan benderfynwyd mai dadansoddi ac ymateb i adborth myfyrwyr oedd y ffasiwn diweddaraf yn y sector addysg uwch. Roedd gan adborth ei le, wrth reswm – roeddwn i wedi datblygu cymaint ar y modiwl Llenyddiaeth a Phrotest yn sgil sylwadau fy myfyrwyr. Ond roedd y rhan fwyaf ohonon ni'n deall bod angen trin adborth gyda gofal. Dyna pam roedd yr holiaduron a gynigai sylw ar fy ngwisg yn mynd yn syth i'r bin.

'Heledd?'

Roedd y Pennaeth yn sefyll o'm blaen. Llyncais. Dyma oedd fy amser. Roedd rhaid i mi ddweud rhywbeth.

'They want to see you in the Media Office on Level 18.' Roedd y cyfeillgarwch y bu'n ei pherfformio yn ystod y cyfarfod wedi diflannu.

'Oh? Why?' Er gwaethaf ei thôn ddifrifol, teimlais gwlwm o gyffro yn fy stumog. Doeddwn i erioed wedi cael fy newis am sgwrs gyda'r cyfryngau o'r blaen.

'I don't know the details. But the reports I've heard are not good.'

Trodd y cyffro yn llosg anghyfforddus. Agorais fy ngheg ond cododd y Pennaeth ei llaw i'm tawelu.

'It seems that I'm constantly giving you advice these days, Heledd… Try to keep to your own School. Come to the social sessions on Friday afternoon. Find people to collaborate with in this School. There really is no need to work so much with colleagues in the School of Humanities. We are all one big family here in the School of Arts. You have to make more of an effort to commit to your family.'

Cymaint o eiriau a chysyniadau chwerthinllyd o broblematig. Ond roedd fy meddwl wedi ei hoelio ar un casgliad byr o eiriau. *Colleagues in the School of Humanities.* Sioned.

* * *

Roedd Sioned wedi cyrraedd Lefel 18 o'm blaen, ac yn eistedd mewn cadair blastig oedd ag un goes yn gam. Roedd gen i ryw frith atgof o weld yr un gadair mewn cilfach ar goridor yr Adran Gerddoriaeth yn yr hen gampws. Doedd yr holl arian a wariwyd ar Y Tŵr ddim wedi ymestyn i ddarparu celfi newydd i neb tu hwnt i'r pwysigion. Ac felly roedd y gadair wedi teithio gyda ni. Ond y gilfach oedd cartref y gadair i'm meddwl i; roedd hi wedi perthyn yno. Ymddangosai'n chwithig yma, fel petai'n gwybod ei bod wedi goroesi'r adran y bu'n ei gwasanaethu. Am gysyniad sentimental! Siglais fy mhen a throi fy sylw at Sioned. Roedd hi'n tapio ei hewinedd amryliw ar ochr y gadair ac yn sgrolio trwy ei ffôn gyda'r llaw arall.

'Ni mewn trwbl.'

'Mewn sawl ffordd,' ochneidiodd Sioned. 'Geloch chi gyflwyniad i'r gystadleuaeth newydd hefyd?'

'Do…'

'Ma'n waeth yn ein hysgol ni. Ma nhw 'di dweud—'

'Sioned? Heledd?' Roedd dyn mewn siwt wedi ymddangos yn y drws gyferbyn â'n seddi. 'We're ready for you now.'

Fe'n hebryngwyd ni i swyddfa ryfedd dros ben. Cynyddodd yr argraff bod pob drws yn Y Tŵr yn agor i fyd arall. Roedd yna sgrin fawr ar y wal bellaf, yn fflachio sawl dolen o gyfryngau cymdeithasol gwahanol atom, a chamera tebyg i'r un yn swyddfa'r Pennaeth yn fflachio'n goch yn y gornel. Doedd dim desg gan y dyn, na seddi chwaith. Yn hytrach, roedd y llawr wedi ei orchuddio gyda bean-bags lliwgar. Bean-bags o safon uwch na 'chadair Heledd' yn swyddfa Sioned yn sicr, ond bean-bags oeddent serch hynny.

'Take a seat.'

Edrychodd Sioned a fi ar ein gilydd ac yna ar y bean-bags. Er gwaethaf difrifoldeb y sefyllfa, roedd gen i awydd ofnadwy i chwerthin. Dewisodd Sioned bean-bag glas ac eisteddais i ar yr un drws nesaf iddi, a ddigwyddai fod yn goch. Roedd menyw ifanc wedi dod i eistedd ar bean-bag yn y gornel i gymryd nodiadau. Gwenodd Sioned a chwifio arni – roedd hi wedi gwneud tipyn o waith gyda'r cyfryngau yn y gorffennol ac yn adnabod y tîm yn dda. Arhosodd y dyn ar ei draed, yn syllu i lawr arnom.

'We wanted to discuss your recent public engagement activities.'

'Hoffen ni gael y cyfarfod hwn yn Gymraeg,' dywedodd Sioned yn fflat.

Am eiliad, dryswyd y dyn. Ond yna cofiodd ei fod yn deall y gair 'Cymraeg'.

'I'm afraid that's not possible. Our Welsh-speaking press officer is part-time and doesn't work Mondays. Requests for Welsh-speaking appointments need to be made beforehand.'

'Mae Kate yn eistedd yn y gornel! Gallwn ni siarad gyda hi,' mynnodd Sioned.

Doedd dim geiriau cyfarwydd yma. Trodd at Kate.

Edrychodd hi arnon ni'n nerfus. 'Maen nhw wedi newid fy mhortffolio i yn ddiweddar, yn anffodus. Dwi'n gweithio'n uniongyrchol iddo fe nawr.'

'A phwy yw e?' gofynnodd Sioned.

'Pennaeth newydd y Swyddfa Cyfryngau.'

'Ond ble mae Carys?' Roedd llygaid Sioned wedi culhau.

'Wedi gadael…'

'O na! Doeddwn i heb glywed ei bod hi'n bwriadu gadael!'

'Wel, doedd hi ddim wedi bwriadu…' taflodd Kate olwg sydyn i gyfeiriad y camera. 'Mae'r dyn hwn yn dod o Lundain ac mae ganddo brofiad estynedig o weithio yn addysg uwch,' gorffennodd yn frysiog.

Edrychodd Sioned rhyngddi a'r camera. Roedd gwichian y bean-bag yn llenwi fy nghlustiau. Arhosais yn llonydd, braidd yn anadlu.

'Fe drefnodd y cyfarfod,' dywedodd Sioned o'r diwedd. 'Gall e drefnu ei fod yn digwydd yn Gymraeg.'

'My secretary will make a note of your complaint,' torrodd y dyn ar draws, yn amlwg yn teimlo ei fod wedi gwneud digon o ymdrech i'n bodloni. Ni thalodd sylw i'r addewid o ddial yn llygaid Sioned.

'Your recent public engagement activities have come to our attention.'

Tawelwch.

'Our Echo profile?' gofynnais, pan ddaeth yn amlwg nad oedd Sioned yn mynd i dorri gair arall ag e.

'That's right. Your profile has been gaining a lot of traction online.'

'That's good news,' dywedais yn ysgafn. 'There were several thousand views when we checked this morning.'

'In a manner of speaking, yes,' ochneidiodd y dyn a syllu'n ddwys arna i, wedi penderfynu mai fi oedd yr un rhesymol. Teimlai rhywbeth yn frwnt am hynny. 'The problem is, it's not the correct type of attention, not the type of attention that we want to draw to Y Towr.'

'The account highlights the contributions of individuals connected to Y Tŵr,' atebais yn araf, yn ymwybodol o Sioned yn cythruddo wrth fy ymyl. 'It has received nothing but a positive response so far. And it's excellent publicity for the university! It showcases the achievements of our graduates.'

'The idea is admirable, and I do commend you for linking your research activity to our marketing strategy. However,' oedodd, a gadael i ni aros am ychydig o eiliadau cyn darganfod ein trosedd, 'the political and controversial nature of certain posts has caused some unease among the Executive Board.'

'What posts exactly?'

Roedd Sioned wedi penderfynu torri ei thawelwch. Roedd y ddwy ohonon ni'n gwybod yn union at beth oedd e'n cyfeirio, ond roedd Sioned yn bwriadu ei orfodi i chwysu, ei orfodi i ddatgelu ei ragfarnau. Teimlais yn fryntach fyth. Doedd hi ddim wedi ymddiried ynof i ddigon i lywio'r sgwrs. Roedd hi'n amau a fyddwn i wedi codi fy llais. Ac roeddwn i'n amau hynny hefyd.

'Your profile of a certain activist on Friday evening.'

'And how exactly was that profile "political and controversial" in nature?'

Ochneidiodd Mr Cyfryngau. 'I'm not going to play this game, Sioned. You know exactly what I'm talking about. I'm not saying I personally was offended by the post – I wasn't. But we want to avoid anything that could cause controversy, anything that could turn away prospective applicants. When it comes to establishments like ours, you have to remember that *not* all press is good press.'

Roedd Sioned yn dawel – am ddigon o amser i Mr Cyfryngau feddwl ei fod wedi ennill a throi at Kate. 'If we might decide on some action points—'

'I thought Y Tŵr supported the trans community? Isn't that what these multicolour lanyards represent?'

'Of course we do,' dywedodd Mr Cyfryngau yn araf, yn amyneddgar. 'But there is a time and place for showing such support. Now, this is not a debate,' parhaodd wrth i Sioned agor ei cheg eto. 'This is what is going to happen. I'm going to suspend your Echo profile for a while – until all this quietens down. And from now on, you run every public engagement initiative through the Media Office first. That's what we're here for, after all, to help you.'

'Hoffwn i wneud cwyn arall,' dywedodd Sioned.

Anwybyddodd Mr Cyfryngau hi. 'I suggest you go away and have a think about what I've told you today. Perhaps we can have another meeting once you've had some time to cool down. I can see if the Welsh-speaking press officer is available at some point.'

Os cymodi oedd ei fwriad, cafodd ei siomi. Roeddwn i'n gallu teimlo'r stêm yn codi oddi ar Sioned.

'I should say that I worked hard to ensure that this was a friendly debrief. The Executive Board wanted to jump straight to a disciplinary. That would have been such a shame. Especially considering how many red cards you already have, Sioned.'

Roedd y ddwy ohonom yn dawel yr holl ffordd i lawr wyth set o risiau. Roeddwn i'n gallu synhwyro Sioned yn troi'r sgwrs yn ei phen, ac yn cynllunio beth i'w wneud nesaf. Doedd dim trefn o'r fath ar fy meddyliau i. Er mod i hefyd yn troi'r sgwrs yn fy mhen, roedd y brawddegau yn ddarnau gwasgaredig, ambell air ofnadwy yma, ambell air ofnadwy arall acw. Doeddwn i erioed wedi cael cerydd swyddogol o'r blaen. A doeddwn i heb wneud dim i haeddu'r cerydd chwaith! Yn sydyn roedd dagrau yn fy llygaid. Fe'u caeais nhw am eiliad, a bron â cholli gris. Y bean-bags lliwgar. Doeddwn i ddim yn gallu cael gwared ar y ddelwedd o'r bean-bags lliwgar. Ond roedd rhywbeth mwy sinistr am y bean-bags lliwgar nawr eu bod nhw yn fy mhen yn hytrach nag o flaen fy llygaid.

'Defnyddiwn ni blatfform arall,' dywedodd Sioned wrth i ni gyrraedd Lefel 10. 'Mae hen ddigon o safleoedd cyfryngau cymdeithasol gallen ni ddefnyddio. Ma Echo yn eitha hen ffasiwn erbyn hyn beth bynnag. Symudwn ni mlan i rywbeth arall.'

'Ydy hynny'n synhwyrol?' gofynnais yn ofalus. 'Glywest ti fe. Ro'n ni'n agos at gyfarfod disgyblu.'

'Felly ti'n awgrymu dylen ni jyst aros yn dawel?' brathodd Sioned. 'Gadael iddyn nhw ennill.'

Roedd y cywilydd yn troi'n chwys o gwmpas fy nghlustiau. Ond doedd y cywilydd ddim yn ddigon anghyfforddus i fy ngwthio i gyfeiriad mwy dewr. Roedd plygu'r rheolau wrth ddysgu'r modiwl Employability Skills yn un peth, chwarae'r rheolau wrth gynllunio'r modiwl newydd gyda'r grŵp Cymraeg hefyd. Ond doeddwn i erioed wedi chwalu'r rheolau'n ddiamwys o'r blaen, erioed wedi mynd ati i wneud yr union beth i rywun mewn awdurdod fy ngwahardd rhag gwneud. Beth petawn i'n dechrau cael enw fel aelod trafferthus o Ysgol y Celfyddydau? Beth os oeddwn i eisoes wedi dechrau cael yr enw hwnnw?

'Meithrin sgiliau beirniadol 'dan ni'n ei wneud yma. Herio. Dwi ddim eisiau bod yn rhan o sefydliad sy'n mynnu bod rhaid i ni fod yn niwtral – sefydliad sy'n honni bod i bob barn yr un pwysigrwydd. Dwi ddim eisiau bod yn rhan o sefydliad sy'n gwrthod herio sylwadau anwybodus a rhagfarnllyd er mwyn peidio ypsetio cwsmeriaid posib.'

Edrychais ar Sioned yn syn. Roedd y ddwy ohonom wedi sôn yn y gorffennol am fywyd tu hwnt i'r Tŵr, wedi myfyrio ynghylch gadael. Ond doedd yr un ohonom wedi ystyried y peth o ddifri o'r blaen. Ni oedd y rhai oedd wedi ennill, wedi'r cyfan! Ni oedd y rhai oedd wedi llwyddo i sicrhau swyddi er gwaethaf pob disgwyliad. A gyda'r llwyddiant hwnnw daeth cyfrifoldeb – y cyfrifoldeb i ddiogelu dyfodol ein pynciau. Roeddwn i eisiau dysgu fy myfyrwyr Llenyddiaeth a Phrotest, eisiau ysgrifennu'r llyfrau bydden nhw'n eu darllen yn y dosbarth, eisiau credu fy mod yn gwneud gwahaniaeth. A pho fwyaf roedd y system yn fy ngham-drin, y mwyaf roeddwn i'n dyheu i aros, er mwyn profi nad oeddwn wedi fy nghuro, er mwyn profi fy nghariad a'm hymrwymiad i'r alwedigaeth. Ond roedd Sioned o ddifri nawr, roeddwn i'n gallu synhwyro'r newid yn ei llais.

'Dere,' dywedodd Sioned. 'Fydd yoga ddim 'di gorffen eto.'

Dilynais hi i lawr un set arall o risiau i'r stiwdio. Roedd Rhian ac Arjun yng nghanol cyfarch yr haul. Sleifiodd y ddwy ohonon ni i mewn, ac er mai yoga oedd y peth diwethaf roeddwn i am ei wneud cafodd y drefn arferol ryw effaith o leiaf ar fy nerfau. Roedd y sesiynau bore Sul yn y ganolfan gymunedol wedi dod yn rhan annatod o'm bywyd gyda Llion dros yr haf. Roedd e'n tueddu i dreulio'r amser yn chwarae pêl-droed tra mod i'n mynychu'r sesiwn awr a hanner – ac weithiau'n mynd am goffi gyda rhai o'r mynychwyr eraill wedyn. Roedd rhywbeth yn ogoneddus o normal am y drefn.

Galwodd Rhian helô sydyn a diflannu bron yn syth wedi i'r dosbarth ddod i ben, ond parheais i benlinio, fy mhen yn gorffwys ar y mat.

'Beth ddigwyddodd i'r ddwy ohonoch chi?!' gofynnodd Arjun. 'Dwi'n disgwyl bod Sioned yn hwyr, ond dim ti, Heledd…'

'Crap gyda'r Swyddfa Cyfryngau,' atebodd Sioned.

'Mae Sioned wedi penderfynu dyw hi ddim eisiau gweithio yma bellach,' mwmiais i'r mat.

'Bosib iawn fyddi di ddim am lot hirach,' meddai Arjun.

'Gwir,' dywedodd Sioned yn chwerw. 'Ond os ydyn nhw am gael gwared ohona i, falle wna i frwydro i aros, jyst i neud bywyd yn galed iddyn nhw.'

Eisteddais i fyny ac edrych rhwng y ddau ohonynt mewn penbleth. 'Cael gwared ohonot ti? Oes rhywbeth arall wedi digwydd?'

'Ma nhw wedi datgan bydd rownd arall o doriadau,' dywedodd Sioned wrth gerdded 'nôl a mlaen ar hyd y stiwdio gan wneud cylchau gyda'i breichiau.

'I Ysgol y Dyniaethau?' gofynnais yn araf.

'Ie. Ma nhw'n bwriadu "adeiladu ar lwyddiant ysgubol ailstrwythuro Ysgol y Celfyddydau" a chyflwyno'r un newidiadau i'n hysgol ni,' eglurodd Arjun. 'Cael gwared o'r adrannau gwahanol. Byddwn ni i gyd yn ddarlithwyr Ysgol y Dyniaethau wedyn. Ma nhw'n honni bydd hyn yn gwella profiad y myfyrwyr.'

'Bosib iawn gewn nhw wared ohona i,' myfyriodd Sioned. 'Ma'r niferoedd sy'n astudio Athroniaeth a Chrefydd yn isel. A bydde talu myfyriwr PhD i'w dysgu yn rhatach na 'nghadw i.'

'Ma nhw'n sicr yn mynd i gael gwared ohona i…' datganodd Arjun.

'Sori, Arjun, ro'n i'n bod yn ansensitif,' dywedodd Sioned yn flinedig.

Gyda'i gytundeb un flwyddyn bythol roedd Arjun wedi gorfod adeiladu ei fywyd yng ngolwg cyson y fwyell.

'Pryd?' mentrais.

'Semester nesaf. Ma nhw eisiau sicrhau bod ni i gyd yn cwblhau ein dysgu gynta,' dywedodd Sioned yn chwerw.

'Ond 'dan ni'n mynd i ymladd hyn,' datganodd Arjun.

Doeddwn i ddim yn gallu dod o hyd i'r un brwdfrydedd. Roedd y pedair blynedd diwethaf wedi bod yn un frwydr hir yn erbyn toriadau, gydag ysbeidiau byr o heddwch anesmwyth. A bod yn deg, roedden ni wedi mwynhau cyfnod eithaf estynedig o heddwch dros y flwyddyn ddiwethaf. Y cyfnod hiraf ers tro byd, efallai. Ond doedd dim modd mwynhau'r fath heddwch, dim gyda'r fwyell mor fympwyol ac anrhagweladwy ei strategaethau. Ac roeddwn i wedi blino. Roedd y protestio cyson wedi galw am fuddsoddiad emosiynol uchel, a heb wneud dim gwahaniaeth o gwbl yn y pendraw. Doed dim stopio'r fwyell wedi i'r Cyngor Gweithredol benderfynu bod yr amser wedi dod i'w thrin.

Ac roedd rhan fach gudd fradwrus ohonaf yn teimlo rhyddhad. Yn teimlo rhyddhad nad Ysgol y Celfyddydau oedd o dan y fwyell y tro hwn.

Dyna sut roedden nhw'n ennill.

'A'r "lecturer-meter" hefyd,' dywedodd Sioned yn dywyll.

Gwingais. 'Tri thro ar waelod y tabl ac rwyt ti'n cael *disciplinary*.'

'Gwaeth na hynny yn ein Hysgol ni,' dywedodd Arjun. 'Ma nhw'n bwriadu defnyddio canlyniadau'r "lecturer-meter" semester yma fel sail ar gyfer y toriadau. Perfformio'n wael a…' tynnodd ei fys ar draws ei wddf.

Syllais rhwng y ddau ohonynt. 'Beth?! Ond ma hynny'n hollol wallgo. Ma pawb yn gwybod bod adborth myfyrwyr wedi'i wyro yn erbyn…'

'Yn erbyn menywod, lleiafrifoedd ethnig… Ydyn. Pawb yn gwybod. Heblaw am y Cyngor Gweithredol yn ôl y sôn.'

'Ni'n ffycd,' nododd Arjun. 'Hollol ffycd.'

Roeddwn i'n dechrau teimlo'n sâl.

'Rhaid imi fynd i ddysgu,' dywedais o'r diwedd. 'Ond rhowch wybod pa drefniadau sy'n cael eu gwneud o ran protestio.'

Chwarddodd Sioned. 'Paid becso, clywi di fi'n cwyno'n ddi-baid am hyn am wythnosau i ddod… Bydd rhaid trafod beth i'w wneud am y proffil Echo hefyd.'

Nodiais yn frysiog a dianc.

∗ ∗ ∗

Trwy ymgolli yn y dysgu, ces i seibiant o ryw fath. Es i o seminar 'Cyflwyniad i Lenyddiaeth' gyda myfyrwyr Blwyddyn 1 nodweddiadol o swil ar eu diwrnod cyntaf, i Lenyddiaeth a Phrotest gyda grŵp digon galluog ond ddim mor siaradus â charfan llynedd. Ddim *eto* mor siaradus â charfan llynedd, cysurais fy hun. Roedd rhaid bod yn amyneddgar a rhoi cyfle i'r testunau feithrin eu brwdfrydedd.

Wedi llarpio brechdan ar y ffordd rhwng ystafelloedd dysgu, roeddwn i'n edrych ymlaen yn arw at gwrdd â Ffion am ei sesiwn goruchwylio cyntaf fel myfyriwr MA. O leiaf dim monolog fyddai honno.

'Dere mewn!' cyfarchais wrth i Ffion ymddangos yn y drws.
'Croeso 'nôl i'r Tŵr.'

'Diolch, Heledd! Gobeithio gaethoch chi haf neis.'

Oedodd Ffion ac edrych o gwmpas yr ystafell a'r dewis o ugain cadair. Gan mai dydd Llun oedd hi, a'm bwriad i herio Ieuan wedi hen fynd yn angof, roeddwn i wedi bwcio'r un ystafell ddysgu buon ni'n ei defnyddio ar gyfer Llenyddiaeth a Phrotest llynedd. Er yn beth bach yn nhrefn pethau, melltithiais Y Tŵr am ddwyn y cyfle oddi wrth Ffion i brofi'r symudiad o'r ystafell ddosbarth i'r swyddfa fel myfyriwr ôl-radd.

'Teimlo fel atgof pell erbyn hyn. Sut mae'n teimlo i fod yn fyfyriwr ôl-radd?'

'Cyffrous! Ma'n rhyfedd, dwi'n teimlo bod gen i fwy o ryddid rŵan… i ddilyn pa bynnag drywydd dwi isio.'

'Yn union! Dyna'r hyn sy'n braf am ymchwil ôl-radd.' Roedd ganddi restr hir o deitlau wedi eu sgriblo yn ei llyfr nodiadau, sylwais. Ar fin mynd ar helfa i'r llyfrgell. Teimlais hiraeth sydyn. 'Wyt ti wedi meddwl mwy am ble hoffet ti ddechrau?'

'Wel, dwi'n sicr isio edrych ar ffuglen ddystopaidd fel cyfrwng protest,' dechreuodd Ffion. 'Ac mi 'nes i weithio trwy bentwr mawr ohonyn nhw dros yr haf.'

'Gwych! Wyt ti wedi edrych ar *Colomendyllau*?'

'Yndw! O'dd o ar y cwrs Lefel A pan o'n i yn yr ysgol.'

Cyfnewidion ni wên. *Colomendyllau* oedd y nofel ddystopaidd Gymraeg gyntaf wedi ei gosod ar gampws prifysgol. Nofel ddigon dadleuol y bu cryn dipyn o hel clecs yn ei chylch mewn cylchoedd Cymraeg. Ond i'r rhai ohonom a weithiai ym myd addysg uwch, roedd y darlun o ddirywiad y sector yn iasol. Caerefydd oedd cartref ac ysbrydoliaeth y nofel, ond roeddwn i'n amau bod y Cyngor Gweithredol wedi ei mabwysiadu fel rhyw fath o lawlyfr.

'Gen i lot o ffrindiau yn astudio yng Nghaerefydd,' parhaodd Ffion, 'a ma nhw i gyd yn trafod pwy oedd yr ysbrydoliaeth am ba gymeriadau yn *Colomendyllau.*'

Chwarddais. 'Gen i sawl cyd-weithiwr sy'n gwastraffu amser yn gwneud yr un peth.'

'Ydych chi'n gwybod?' gofynnodd Ffion yn gellweirus.

'Nac ydw,' gwenais. 'Ac rwyt ti'n gwybod yn well na gofyn, Ffion. Wyt ti'n cofio ein seminarau ni llynedd?'

'Ia dwi'n gwybod – i'r beirniad beth sy'n bwysig yw statws y cymeriadau fel creadigaethau llenyddol.'

'Yn union. Ond dwi'n credu bod y fath drafodaethau yn camddeall natur ffuglen ddystopaidd hefyd i ryw raddau.'

'O? Pam?' Roedd Ffion wedi sleifio ymlaen yn ei sedd, fel petawn i ar fin rhannu rhyw gyfrinach fawr gyda hi.

'Wel, pam wyt ti'n meddwl?' cymerais ddracht o goffi a gwahodd Ffion i gymryd ei hamser wrth ystyried sut i ateb.

'Dwi ddim wir yn deall,' dywedodd o'r diwedd. 'I ddadansoddi ffuglen ddystopaidd fel protest, ma'n rhaid i ni edrych tu hwnt i'r nofel, i'r ysbrydoliaeth, fel arall mae'n anodd deall beth mae'r brotest yn ei erbyn.'

'Dwi ddim yn gwadu hynny.'

'Ond?'

'Ond...' Gallwn i fod wedi rhoi'r ateb iddi. Ond roedd hi mor agos, a byddai ei boddhad cymaint yn fwy petai'n cyrraedd yno ar ei phen ei hun.

Crychodd talcen Ffion a throi ei sylw at y cadeiriau gwag o'n cwmpas. 'Protestio yn erbyn systemau mae'r nofelau, dim unigolion!' datganodd yn sydyn.

'Yn union! Felly tra bod pobl yn gwastraffu amser yn trio gweithio allan pwy yw pwy yn *Colomendyllau* – sy'n gysyniad hollol wallgof beth bynnag, creadigaethau'r awdur ydyn nhw wedi'r cyfan – beth dylen nhw fod yn canolbwyntio arno yw dadansoddi'r system mae'r nofel yn protestio yn ei herbyn.'

Syrthiais yn dawel wrth i Ffion sgriblan yn ei llyfr nodiadau. Doedd dim llawer ohonyn nhw'n defnyddio papur a beiro erbyn hyn, ac roedd rhywbeth yn gysurus am y sŵn.

'Wel, ma gen i hen ddigon i feddwl amdano!' datganodd yn frwdfrydig.

Dychwelodd yr hiraeth. Hiraeth am ddod at bwnc am y tro cyntaf, ddim eto'n gyfarwydd â'r holl ddadleuon a fu eisoes yn ei gylch. Doeddwn i ddim wedi dechrau gwaith ar bwnc hollol newydd ers blynyddoedd. Doedd dim amser. Adeiladu – llithrodd y gair dychrynllyd *consolidation* ar draws fy meddwl – ar ymchwil roeddwn i wedi ei wneud yn barod oedd rhaid. Fel arall byddai fy nghyfradd cyhoeddi'n arafu, a byddwn i'n cwympo y tu ôl (i bwy neu beth, doeddwn i ddim yn hollol siŵr).

'Gawn ni gyfarfod fel hyn bob wythnos. Wna i holi ynghylch symud y slot i ddiwedd yr wythnos, gallwn ni gwrdd yn fy swyddfa i wedyn.'

'Gwych! Diolch, Heledd!'

'Ti'n mynd yn syth i'r llyfrgell?' gofynnais, gan gyfeirio at ei rhestr.

'Yndw! Ond dwi'n gneud peth gwaith i'r llyfrgell hefyd, dwi ddim yn siŵr beth eto.'

'Oes gen ti swydd rhan amser yno?'

'Sort of. Ges i ysgoloriaeth gan Y Tŵr i dalu am y gradd meistr, ond un o'r telerau ydi mod i'n gneud ychydig o oria o waith i'r llyfrgell bob wythnos.'

'Da i'r CV!' cynigiais, er bod y telerau yn fy nharo i braidd yn rhyfedd. Doeddwn i heb glywed am y llyfrgell yn cyflogi – wel, ddim wir yn cyflogi – myfyrwyr o'r blaen. 'Cofia fi at Linda, beth bynnag.'

Roedd hynny'n fy atgoffa bod rhaid imi fynd i weld Linda rhywbryd. Doeddwn i heb ei gweld o gwbl dros fisoedd yr haf. Roedd apêl gweithio o adref wedi cydio ynof nawr mod i'n byw mewn tŷ. Roedd Llion wedi dechrau gweithio mwy o adref hefyd. Ac er nad oedd y tŷ'n arbennig o fawreddog, doeddwn i erioed wedi teimlo nad oedd digon o le i'r ddau ohonom a'n gwaith. Hawdd iawn oedd gwneud lle i Llion yn fy mywyd. Roedd ei bresenoldeb tawel a dibynadwy yn flanced a lwyddai i deimlo'n gwbl angenrheidiol er gwaetha gwres canol haf. *'Fi'n neud coffi. Ti moyn un?'* roedd Llion yn holi bob bore am 10:30. Cymerodd sbel i fi sylweddoli nad oedd e byth wir yn yfed y coffi roedd e'n ei wneud am 10:30. Ac roedd rhoi peth pellter rhyngof a'r Twr wedi bod yn iachus ar ôl helyntion y semester diwethaf.

Estynnais am fy ffôn wedi i Ffion ymadael. Roedd rhyw ddeg o e-byst yn hysbysu am gyfarfodydd y pythefnos nesaf, a 'summary of meeting' gan Swyddfa'r Cyfryngau.

> **Llion:** O'n i jyst yn trio dangos proffil Echo ti i gyd-weithiwr - ma fe 'di diflannu?!

Gwingais. Roedd y Swyddfa Cyfryngau wedi bod yn hynod o effeithlon yn eu sensoriaeth. Ond roedd y sesiynau dysgu wedi llwyddo i leddfu fy nerfau rhywfaint a doeddwn i wir ddim am ail-fyw'r cyfarfod eto nawr.

> **Heledd:** Ie... cerydd gan Swyddfa'r Cyfryngau bore 'ma, ma nhw di tynnu fe lawr achos bod y proffil yn denu gormod o negative publicity.

> **Llion:** Bullshit.

> **Heledd:** Fi'n gwybod.

Fe oedd yn iawn wrth gwrs. Ond roedd ei glywed e'n ailadrodd barn Sioned yn ddiarwybod yn gwneud imi deimlo'n waeth fyth. Meddwl amdana i oedd e, a bod yn deg. Roedd e wedi fy ngwylio yn gweithio'n galed ar y prosiect dros yr haf. Gan ragweld na fyddai llawer o amser gennym pan fyddai'r dysgu'n ailddechrau, roeddwn i a Sioned wedi paratoi deg proffil o flaen llaw – i'w rhyddhau'n wythnosol tan ddiwedd y semester. Ac roedd e hefyd wedi fy ngwylio yn mwynhau'r gwaith, yn cael gwefr o gyffro o feddwl am eraill yn darllen y gwaith. Fi, y person oedd wastad yn nerfus am unrhyw waith cyhoeddus. Fi, y person a arferai ddibynnu ar ffrindiau i brawfddarllen negeseuon cyn eu postio ar y cyfryngau cymdeithasol.

Yr holl waith a'r holl gyffro wedi ei chwalu gan un cyfarfod deng munud ar Lefel 18. Ond er mod i'n drist, er mod i'n ddig, ofn oedd y prif emosiwn.

Doedd dim ateb gan Llion yn syth. Yna ymddangosodd yr eicon 'yn teipio'. Caeais fy llygaid. Doeddwn i ddim eisiau cynigion ymarferol, na thrafodaeth hyd yn oed. Byddai cydymdeimlad yn ddigon. Doeddwn i yn sicr ddim eisiau dadlau. Roedd e'n gwneud ei orau i ddeall. Ond roeddwn i wedi gweld ei swyddfa, wedi cwrdd â'i gyd-weithwyr a'i reolwr. Doedd dim ffordd y gallai ddeall.

* * *

Roedd iselder arferol prynhawn Mercher wedi disgyn drosta i. Roeddwn i wedi bwydo fy holl egni i hanner cyntaf yr wythnos ac yn barod am benwythnos fyddai'n aros yn ystyfnig o'm gafael am ddeuddydd arall. Nid fi oedd yr unig un ag atgasedd wythnosol tuag at brynhawn Mercher a chrwydrais i Lefel 5 i blagio Sioned am goffi.

Roedd ei drws hi ar agor ac Arjun yn lledorwedd ar un o'r cadeiriau. Doedd dim arwydd o Sioned yn unman.

'Heia Heledd. Dywedodd Sioned fyddet ti'n galw am goffi – helpa dy hun.'

Roedd arogl y coffi – roedd Sioned wastad, rhywsut, yn llwyddo i wneud coffi da, er gwaethaf diffyg cyfleusterau'r Tŵr – yn fwy pwerus na'n chwilfrydedd. Wedi helpu fy hun, suddais i 'gadair Heledd'.

'Ble mae hi?'

'Cyfarfod gyda'r Pennaeth Cynorthwyol,' roedd Arjun yn chwyrlio ei ffôn o gwmpas yn ei fysedd. 'Nath hi ddweud wrtha i i aros fan hyn rhag ofn bod ti'n meddwl bod hi wedi ei herwgipio a galw'r heddlu. Fydd hi ddim yn hir.'

'Beth yw'r cyfarfod?'

'Mae hi yn y tri gwaelod ar gyfer y "lecturer-meter".'

'Ond… ro'n i'n meddwl mai ar brynhawn Gwener roedd hynny'n cael ei benderfynu, ac yna cyfarfod bore Llun.' Roeddwn i'n gwrthsefyll y demtasiwn i estyn am fy ffôn, i weld a oedd e-bost yn fy ngalw i am gyfarfod…

'Ie, fel arfer…' atebodd Arjun. 'Ond ma Sioned mor bell tu ôl does dim ffordd bydd hi'n gallu gorffen tu allan i'r tri gwaelod. Felly nath hi ofyn am gyfarfod heddiw i gael e allan o'r ffordd.'

Roedd rhan ohonof eisiau chwerthin ac edmygu difaterwch Sioned am reolau a chonfensiwn. Ond roedd rhan arall yn pryderu ar ei rhan. A thrydedd ran – doeddwn i ddim yn cofio'r tro diwethaf imi deimlo un emosiwn yn unig – yn ddig.

'Sut?!' Meddyliais am y pentyrrau o siocledi a chardiau gan fyfyrwyr ar ddesg Sioned ddiwedd pob semester. 'Mae hi'n ddarlithydd mor boblogaidd!'

'Darlithydd mwyaf poblogaidd yr Ysgol, siŵr o fod...' Cododd Arjun ei ddwylo mewn rhwystredigaeth.

'Rhaid bod rhywbeth wedi mynd o'i le gyda'r system...' cynigiais yn amheus.

'Gewn ni weld. Doedd Sioned ddim fel petai hi'n poeni, beth bynnag.'

'Sut wyt ti'n neud?'

'Ych, ddim yn dda chwaith. Ond dwi'n credu fydda i'n iawn tan wythnos nesaf... Ti?'

'Heb edrych,' gwingais.

'Siŵr o fod yn gall. Sut wyt ti?' gofynnodd e'n isel. 'Ar ôl semester diwethaf?'

'Diolch am ofyn,' dywedais gyda gwên go iawn. 'Dwi'n iawn. Dwi ddim wir wedi cael rheswm i ddod ar draws Simon.'

Nodiodd Arjun a chodi ei gwpan coffi mewn llwncdestun. 'Boed i hynny barhau!'

'Aha! Wnest ti adael peth coffi i fi, Heledd?' Roedd Sioned wedi ymddangos yn y drws a brasgamodd draw i'w desg i helpu ei hun i goffi.

'Sut oedd e?' gofynnodd Arjun.

'Ffars llwyr.'

'Sut oeddet ti yn y tri gwaelod?' gofynnais yn ofalus. Byddwn i'n fès llwyr o ffeindio mod i yn y tri gwaelod yn yr wythnos gyntaf. 'Ti'n ddarlithydd mor dda. Oedd unrhyw adborth?'

'Na na. Dwi yn y tri gwaelod achos nath dim un o'm myfyrwyr i lenwi'r ffurflen. Ma nhw'n boicotio'r peth.'

Tagodd Arjun ar ei goffi ac roedd gwên yn torri trwy fy mhryderon. Wrth gwrs bod myfyrwyr Sioned yn boicotio'r 'lecturer-meter'. Sioned oedd yr unig ddarlithydd Athroniaeth a Chrefydd wedi'r cyfan, a byddai'r myfyrwyr yn treulio pob sesiwn dysgu yn ei chwmni. Wrth reswm byddai ei difaterwch tuag at reolau twp a dirmyg tuag at awdurdod anhaeddiannol wedi dylanwadu arnynt.

''Nes i siarad gyda nhw ddydd Llun ac egluro beth oedd yn digwydd. Doedden nhw ddim eisiau cymryd rhan yn y peth. Byddai pob un o'u pleidleisiau yn gosod darlithydd yn erbyn darlithydd. Dydw i erioed wedi bod mor falch ohonyn nhw.'

Chwibanodd Arjun. 'Dwi'n teimlo bod ein myfyrwyr yn rhagori er gwaethaf ymdrechion Y Tŵr. Sut aeth y cyfarfod, felly? Rhaid bod y Pennaeth Cynorthwyol yn gweld pa mor dwp oedd yr holl beth?'

'Ie, wel, nath e ddarllen allan yr ystadegau – doedd e ddim wedi edrych arnyn nhw o flaen llaw. Ac wedyn nathon ni eistedd mewn tawelwch am ychydig. Nath e ddweud bod e ddim yn mynd i gyfri wythnos hon, oherwydd bod y cyfradd ymateb mor isel.'

'Hm… Felly os yw'r cyfradd ymateb yn aros yn isel falle newn nhw stopio'r syrcas?' ystyriodd Arjun.

'Falle… petaen ni'n gallu perswadio holl staff yr Ysgol i annog eu myfyrwyr i foicotio'r peth. Falle galle fe weithio.'

Roedd swyddfa Sioned yn gweld mwy o gyffro nag erioed o'r blaen ar brynhawn Mercher. Eisteddais 'nôl ar 'gadair Heledd' wrth i Sioned ac Arjun drafod sut i berswadio eu cyd-weithwyr i ymuno â'r cynllwyn. Roeddwn i'n teimlo bod gwydr rhyngom – roedd modd imi wylio a gwrando, ond doeddwn i ddim yn gallu bod yn rhan go iawn o'r sgwrs. Ni fyddai eu cynllwyn byth yn gweithio yn Ysgol y Celfyddydau. Ychydig iawn ohonon ni oedd yn siarad erbyn hyn, ac roedd sawl un yn casáu ei gilydd yn agored. Gormod, hefyd, yn awyddus i ddilyn y rheolau. Fyddai Ieuan byth yn annog ei fyfyrwyr i foicotio.

A fyddwn i wedi gwneud? Roedd y cwestiwn yn un rhy anghyfforddus i oedi arno'n hir.

* * *

Doeddwn i ddim yn siŵr beth i'w ddisgwyl o 'brynhawn coffi' cyntaf yr Ysgol. Collwyd ein gallu i gymdeithasu yn anffurfiol pan drawsffurfiwyd yr ystafell gyffredin yn 'hwb rhwydweithio' i'r myfyrwyr, ac roedd coridorau'r Tŵr yn rhy gul i oedi'n hir am sgwrs. Ymwthiais drwy'r dyrfa at y bwrdd coffi, gan ddal ambell lygad a chynnig un neu ddau gyfarchiad. Roedd cwpanau cymysg wedi eu pentyrru yn frysiog ar y bwrdd, drws nesa i wrn mawr o goffi a phlât o fisgedi. Arllwysais goffi i fi fy hun a bodloni heb laeth. Roedd Ieuan yn sefyll ger y bwrdd ond am unwaith doedd ei lygaid ddim yn sganio'r ystafell yn chwilio am gyfle i sgwrsio gyda pherson pwysig. Na, roedd y Pennaeth Cynorthwyol newydd-benodedig yn syllu'n ddwfn i lygaid Efa. Roedd hi'n chwerthin ar ba bynnag stori roedd e wrthi'n adrodd.

Trois i ffwrdd o Dr-does-dim-amser-gen-i-am-gariad a dod wyneb yn wyneb â Simon Edwards.

'Heledd!' cyfarchodd gan osod llaw gyfeillgar ar fy ysgwydd. 'How are you?'

'Fine,' sibrydais wrth fy esgidiau. Roedd fy nghalon wedi suddo i'm stumog ac yn boddi yn y coffi roeddwn i newydd ei yfed.

'I've been meaning to get in touch to organise another Research Development meeting. How are you fixed for next Wednesday?'

Wnes i wyneb fel petawn i'n pendroni'r dyddiad, fy llygaid ar fy esgidiau o hyd. Roedd rhaid i mi ddod o hyd i esgus. Ond roedd fy meddwl i'n gwbl wag.

'Wednesday works for me!' Roedd Rhian wedi dod i sefyll wrth fy ymyl ac yn syllu ar Simon Edwards gyda'i llygaid dwys yn cyferbynnu â'i llais ysgafnfryd.

'Oh?' Roedd hyder Simon Edwards wedi pylu'n rhyfeddol o sydyn.

'I was telling Heledd that it would be useful for me to be present at these meetings, as her mentor and as someone who is an expert on Welsh literature and familiar with her work,' parhaodd Rhian, heb adael bwlch i ddadl.

'An excellent idea!' dywedodd Simon Edwards gan ollwng gafael o'm hysgwydd. 'But I've just remembered that my schedule for Wednesday is already full. We'll have to organise a meeting some other time.'

Llithrodd i ffwrdd. Gwenais yn ddiolchgar ar Rhian, ond roedd ei llygaid yn llawn melltith ar gefn Simon Edwards o hyd. 'Tyrd,' dywedodd yn flinedig, a'm harwain i'r gornel lle roedd Emyr a'r Athro Williams eisoes wedi ymgynnull. Ffurfion ni gylch amddiffynnol a ddatganai'n glir nad oedd croeso i neb arall dorri ar draws y seiat. Teimlais fy hun yn ymlacio: doedd dim ffordd i Simon Edwards fy nghyffwrdd yma.

'Aeth y sesiwn cyflogadwyedd yn dda bore 'ma?' gofynnais i Rhian.

'Do! Ma'r myfyrwyr yn ymddangos yn ddigon bodlon. 'Dan ni wedi creu modiwl da, dwi'n credu.'

Roedd gwefr arbennig yn y gornel hon o'r ystafell. Tra oedd Simon Edwards yn llyfu'i friwiau ar ôl cael ei drechu gan Rhian, roedden ni wrthi'n cydweithio i drechu strategaeth Y Tŵr. Ac yn llwyddo!

'Gallen ni wneud yr un peth ar gyfer unrhyw fodiwl gofynnol arall maen nhw'n ei wthio arnon ni,' cynigiais.

Nodiodd y lleill gydag amrywiol raddau o frwdfrydedd.

'Gan obeithio na fydd rhaid,' oedd sylw'r Athro Williams.

'Dwi wedi bod yn siarad gyda'r ffrind sydd gen i yn y Swyddfa Ganolog,' sibrydodd Emyr, gan ein hannog ni i gyd i bwyso'n agosach, 'er mwyn deall beth sydd ar y gorwel. Roedd e'n dweud bod y system newydd hyn o roi sgôr i ddarlithwyr yn flaenoriaeth i'r Cyngor Gweithredol.'

'Er mwyn cael esgus i ddiswyddo pobl?' gofynnais, gan feddwl am Sioned ac Arjun yn Ysgol y Dyniaethau.

'Ie. Ond yn ehangach na hynny hefyd. Byddan nhw'n defnyddio'r canlyniadau i lunio strategaeth addysgu newydd ac i gyfiawnhau penderfyniadau – pa fodiwlau i dorri, pa dechnegau dysgu i'w blaenoriaethu ac yn y blaen. Dadansoddi ystadegau yw swydd y rhan fwyaf ohonyn nhw sy'n gweithio yn y Swyddfa Ganolog nawr. Maen nhw i gyd yn rhannu un swyddfa fawr gyda rhesi hir o gyfrifiaduron, a dydyn nhw ddim yn cael gadael eu desgiau heb ganiatâd.'

Gwingais. Roeddwn i'n sicr yn euog o drin y Swyddfa Ganolog fel y gelyn ar adegau. Agwedd oedd yn fêl ar fysedd y Cyngor Gweithredol, y gelyn go iawn.

'Swydd ddiddiolch,' dywedodd Rhian.

'Mae llawer ohonyn nhw wedi gadael,' dywedodd Emyr. 'Yn ôl 'yn ffrind i, mae'n rhaid iddyn nhw fynd i fyny i Lefel 20 i roi eu rhybudd, ac yna dydyn nhw ddim yn dychwelyd. Rhai ohonyn nhw ddim hyd yn oed yn casglu eu bagiau.'

'*Golden handshake* o ryw fath?' cynigiodd Rhian. 'I'w stopio rhag lledu sïon am beth sy'n digwydd yma?'

'Pwy a ŵyr. Yr unig ffordd wna i ddod i wybod yw os neith 'yn ffrind i benderfynu gadael.'

'Wel, mae'n ddefnyddiol i ni ei gael ar y tu mewn am y tro!'

'Yn sicr. Ond beth bynnag, ei gyngor oedd i ni sicrhau bod y myfyrwyr yn llenwi'r ffurflenni adborth. Ac yn drylwyr hefyd.

Bydd pob sylw cadarnhaol yn ddefnyddiol: dwedwch wrthon nhw i sôn eu bod nhw'n hoffi'r amrywiaeth o ddewis, bod y cyfle i astudio yn Gymraeg yn amhrisiadwy, ac yn y blaen.'

Roeddwn i'n teimlo'n orfoleddus erbyn i ni adael y prynhawn coffi gyda'n gilydd. Roeddwn i wedi llwyddo i droi wythnos a ddechreuodd yn wirioneddol drychinebus ben i waered. A doedd dim rhaid imi ymdrochi mewn euogrwydd a hunan-atgasedd bellach. Roeddwn i'n gwneud rhywbeth. Yn gwneud rhywbeth go iawn i wella bywyd ar goridorau'r Tŵr.

Roedd car Llion yn aros amdana i yn y maes parcio. Cymerais amser i ffarwelio â'r grŵp Cymraeg cyn suddo i'r sedd flaen.

'Diwrnod da?'

'Dydd Gwener!' gwenodd. 'Ti'n edrych yn hapusach heddiw?'

'Ma gyda ni gynllun!' datganais cyn neidio'n syth i egluro pob dim roedden ni wedi ei drafod yn y prynhawn coffi.

Ond ni wnaeth Llion ymateb gyda'r edmygedd disgwyliedig. Roedd ei dalcen yn crychu wrth imi adrodd yr hyn oedd gan ffrind Emyr yn y Swyddfa Ganolog i'w ddweud, a symudodd ei lygaid i wylio'r tri arall yn sgwrsio ger y fynedfa o hyd. Baglais i ddiwedd yr hanes, y gwynt wedi'i dynnu o'm hwyliau braidd.

'Dwi wedi gweld Emyr o'r blaen... Fe yw'r boi nath reportio ti i'r Pennaeth llynedd yndyfe?'

'Ie.'

'Felly pam wyt ti mor awyddus i wneud beth ma fe'n dweud wrthot ti i'w wneud?'

'Dyw e ddim mor syml â hynny,' brathais. 'Fy syniadau i ydyn nhw rhan fwyaf. Fi nath ddod â'r grŵp Cymraeg at ei gilydd.'

'Ond pam?! Pam wyt ti mor awyddus i gydweithio gyda rhywun sy'n dy gamdrin di?'

Agorais fy ngheg ac yna'i gau eto. *Er mwyn amddiffyn fy hun rhag pobl gwaeth.*

'Mae gen ti ac Emyr hanes, yn does?'

Edrychais arno'n syn. Roedd ei lygaid wedi eu hoelio ar y fynedfa.

'O ryw fath, oes.'

Tawelwch. Tynnais fy nghot a gosod fy mag rhwng fy nhraed. Doedd Llion dal heb ddechrau'r car.

'Ti'n genfigennus?' gofynnais o'r diwedd.

'Ohono fe?' chwarddodd Llion, ond roedd nodyn sur i'w lais. 'Wrth gwrs ddim. Ond dwi ddim yn deall.'

'Beth?

'Dwi 'di treulio wythnos yn gyrru ti 'nôl a mlaen o'r lle uffernol yma, a phob dydd ti wedi cwyno ac adrodd straeon am yr hyn sy'n digwydd yma. Dwi ddim yn deall pam dy'ch chi ddim yn protestio.'

Cymaint ei obsesiwn ag Emyr, doedd e heb wrando ar yr un gair roeddwn i wedi ei ddweud ers cyrraedd y car!

'Ni yn protestio! Dwi newydd egluro'n fanwl wrthot ti sut yn union ni'n gwneud hynny.'

Arhosodd Llion yn dawel am amser hir.

'Dyw chwarae'r system ddim yr un peth â'i herio, Heledd.'

Taniodd yr injan.

* * *

'Falle dylen ni drio platfform arall,' dywedais o'r diwedd, gan osod fy nghwpan yn ôl ar y bwrdd a syllu'n ddigalon i berfeddion y llwch coffi.

Dilynodd Sioned fy llygaid ac estyn am ei ffôn. Tip tapio ei hewinedd ar draws y sgrin oedd yr unig sŵn wrth i'r ddwy ohonom barchu'r ddefod o archebu coffi gyda'n distawrwydd. Rhoddodd y ffôn i un ochr a chodi ei llygaid i'm harchwilio.

'Ti 'di newid dy feddwl? Pam?'

'Falle. Sa i'n siŵr.'

Tynnodd Sioned ei sbectol a'i glanhau ar ei llewys. 'Ti ddim wedi torri rheol erioed yn dy fywyd di. Ac o'n i'n gallu gweld pa mor ypsét oeddet ti ar ôl y cyfarfod.'

'Dwi'n gwybod. Jyst falle…'

Doeddwn i ddim ar fin datgelu mai Llion a'i dawelwch beirniadol wrth fy ngyrru adref nos Wener oedd ar fai. Llion oedd fy nghlust fel arfer. Bob wythnos byddai fy mhroblemau a fy nghwynion yn pentyrru ar ei ffôn. Bob wythnos byddai ei gydymdeimlad, cyngor, a chefnogaeth yn llenwi fy mlwch negeseuon i. Ond ers nos Wener roedd rhywbeth wedi newid. Roeddwn i'n teimlo mod i wedi colli fy hawl i gwyno. Doeddwn i ddim yn gallu lleisio hynny wrth Sioned. Dyna fyddai cyfaddef mod i eisiau gweithredu am y rhesymau anghywir.

'Décor newydd fan hyn,' dywedodd Sioned yn sydyn.

Edrychais i fyny a dilyn ei llygaid. Roedden ni'n eistedd wrth un o'r byrddau uchel yng nghanol y caffi, wedi ein hamgylchynu gan goedwig blastig o fyrddau uchel eraill. Ond tu ôl i'r byrddau, yn erbyn wal bellaf y caffi, roedd silffoedd llyfrau wedi ymddangos.

'Ro'n i'n meddwl mai cael gwared o'r llyfrgell ro'n nhw am wneud, dim creu un arall…'

Ai dyma sut oedd Linda wedi achub rhai o'r llyfrau? Tynnwyd fy sylw gan weinyddes yn hebrwng fy nghoffi newydd. Wrth imi neidio'n ddiolchgar am y cyffur, disgynnodd Sioned o'i sedd a cherdded draw i archwilio un o'r silffoedd.

'Heledd?'

Es i â'm coffi i ymuno â hi. Roedd Sioned wedi tynnu un o'r

llyfrau athroniaeth o'r silff. Hanner llyfr athroniaeth. Roedd rhywun wedi cymryd cyllell a thorri'r llyfr yn ei hanner.

'Ma pob un ohonyn nhw fel hyn,' sibrydodd Sioned, gan redeg ei llaw dros y silffoedd.

'Roedd rhaid iddyn nhw wneud hynny,' eglurodd un o'r gweithwyr oedd wrthi yn glanhau bwrdd cyfagos. 'Mae'r silffoedd yn rhy fas ar gyfer llyfrau llawn, chi'n gweld.'

Roedd y coffi'n crynu yn fy nwylo. Roedd gen i ryw frith atgof o dafarn yn penderfynu mynd â chyllell at lyfrau yn enw 'creu awyrgylch'. Roedd yr adlach yn ffyrnig a'r llyfrau wedi diflannu dros nos. Ond rhywsut roedd y gyllell wedi cyrraedd dwylo'r Tŵr. Doedd llyfrau ddim yn ddiogel bellach ar goridorau dysg.

Roeddwn i wedi addo helpu Linda i osgoi hyn. Ond roedd amser wedi mynd yn drech na fi. Roedd dyletswyddau eraill wedi tynnu fy sylw. Roedd gormod o e-byst i'w hateb.

Fel hyn roedden nhw'n ennill.

'Lefel 8,' sibrydais yn wan. '"Dewch i chwarae gyda chas lyfrau eich darlithwyr…" Dyna oedd y Cylchlythyr yn ei ddweud.'

Er ei bod hi'n amser cinio, roedd tawelwch annaearol wedi disgyn dros y grisiau. Tan i ni gyrraedd Lefel 7. Oddi yno roedd modd dilyn trywydd chwerthin ysgafn. Edrychodd Sioned a fi ar ein gilydd a chyflymu.

Doeddwn i erioed wedi bod ar Lefel 8. Dim bod llawer i'w weld yno. Ystafell wag ar ôl ystafell wag, eu pwrpas penodedig yn aneglur. Roedd fy ngwaed i'n berwi wrth feddwl am yr ystafell fach roeddwn i'n ei rhannu gydag Ieuan, ond brathais fy nhafod. Doedd gen i ddim yr hawl i gwyno. Yr ystafell fach honno fyddai fy mhenyd.

Roedd y sŵn chwerthin yn dod o ystafell fawr ar ben pellaf y coridor. Roedd y drws yn gilagored, ac arwydd newydd wedi ei hoelio arno mewn ffordd ddychrynllyd o derfynol.

Student Therapy.

Edrychodd y ddwy ohonon ni ar ein gilydd am ennyd. Cymerodd Sioned anadl ddofn a gwthio'r drws. Roedd torf yno i'n cyfarch.

'Ma na giw!' gwaeddodd un myfyriwr wrth i ni blymio i'w plith.

'Sori,' dywedais gan ddangos fy ngherdyn staff. 'Ond eisiau gweld beth sy'n digwydd yma ydyn ni.'

Roedd dau fyfyriwr ôl-radd yn goruchwylio'r ciw, un ohonynt yn gyfarwydd.

'Ffion!' ebychais.

Wrth ei chefn roedd ffenest agored, wedi ei gosod gyda rhyw fath o lithren blastig. Ar ei hochr dde, deg troli llawn llyfrau. Edrychai fel petai ar fin dechrau crio.

'Beth sy'n digwydd fan hyn?' gofynnodd Sioned, mewn llais mwy gwastad na fyddwn i wedi disgwyl.

'Therapi myfyrwyr,' atebodd y myfyriwr arall. 'Mae'r cyfarwyddiadau lan fan yno.'

Trodd y ddwy ohonon ni i astudio'r arwydd ar y wal.

Student Therapy.
Pick a book from the trolley and push it down the slide.
£1 a go. 10th go is free of charge.
Register and pay through the app.

Trois i edrych ar y trolïau. Y cannoedd o lyfrau doeddwn i heb drio eu hachub.

'Mae'n fenter boblogaidd,' dywedodd Sioned yn dawel.

'Yndi,' atebodd Ffion, ei llygaid ar ei hesgidiau. 'Ma nhw wedi bod yn glyfar iawn wrth farchnata'r peth. Chi'n gweld, ma'r Cyngor Gweithredol wedi egluro mai dyma yw cas lyfrau'r darlithwyr: llyfrau sydd ddim o werth i'r maes bellach, llyfrau sy'n symboleiddio'r hen fyd, llyfrau sydd ddim yn ddigon da i gael eu digido. Trwy gymryd rhan mae myfyrwyr yn chwarae rôl yn y broses o foderneiddio.'

'Rydyn ni wedi methu fel athrawon os ydyn nhw'n credu hynny,' sibrydodd Sioned.

Ac wedi methu mewn ffyrdd eraill hefyd. Llithrodd fy llygaid dros sawl teitl cyfarwydd ar y trolïau.

'Mae hefyd yn cael ei farchnata fel rhan o Strategaeth Werdd Y Tŵr.'

Arhosais yn fud am eglurhad. Roeddwn i wedi astudio llenyddiaeth am dros ddegawd ond doedd gen i ddim y ddawn greadigol i gyfiawnhau taflu cannoedd o lyfrau fel rhan o 'strategaeth werdd'.

'Biniau ailgylchu sydd ar waelod y llithren, felly mae pob llyfr sy'n cael ei wthio yn cyfrannu at nod Y Tŵr o ennill gwobr aur cynaliadwyedd.'

Gadewais i Sioned ymateb i hynny ac agosáu at y llithren. Roedd y plastig coch yn ymestyn o'r ffenest ar letgroes am ychydig o fetrau, cyn stopio yng nghanol yr awyr agored. Roedd y llawr yn rhy bell i ffwrdd i allu gweld manylion yr hyn fyddai'n croesawu'r llyfrau. Ond roedd yna rhyw arogl od. Doeddwn i heb fod i gefn Y Tŵr o'r blaen. Dyma leoliad yr holl finiau, mae'n debyg. Tynnais yn ôl o'r ffenest, fy mhen yn troelli.

'Gallwn ni gymryd rhai,' roedd Sioned yn ymbil ar Ffion.

'Dwi wedi meddwl am hynny,' dywedodd yn dawel. 'Ond dim ond trwy'r llithren ma'r llyfrau'n gallu gadael yr ystafell – mae ganddyn nhw tags fydd yn setio'r larwm bant os awn nhw allan trwy'r drws. Sori,' ailadroddodd.

'Faint ma nhw'n talu ti?' brathodd Sioned.

'Sioned!' ebychais. 'Dim ei bai hi yw hyn. Dim dy fai di yw hyn,' ailadroddais wrth Ffion. 'Ai dyma'r gwaith rwyt ti'n gorfod ei wneud fel amod i'r ysgoloriaeth?'

Nodiodd Ffion, ei llygaid yn llawn dagrau. 'Ma nhw wedi pennu dyletswyddau gwahanol i ni. Ma rhai yn cael gweithio yn y llyfrgell. Ond ces i fy newis i wneud hyn.'

Am faich creulon i osod ar ysgwyddau myfyriwr MA. Hap a siawns bod y baich wedi syrthio ar Ffion yn benodol? Doeddwn i ddim yn siŵr.

'Wna i holi a oes modd i ti weithio yn y llyfrgell yn lle,' addewais.

'Sori,' ochneidiodd Sioned, wedi tawelu a darllen rhwng yr un llinellau â fi. 'Colli 'nhymer 'nes i. Wrth gwrs, dim dy fai di yw e.'

Roedd y myfyrwyr yn y ciw yn dechrau aflonyddu, ac roeddwn i'n ymwybodol iawn, hefyd, o'r camera'n fflachio'n goch yn y gornel.

'Dere,' sibrydais wrth Sioned.

Caniataodd imi ei harwain o'r ystafell. Dyma oedd yr agosaf i Sioned erioed ddod at chwalu'n ddarnau. Byddai hi fel arfer yn gwneud hwyl ar ben anghyfleustra, neu'n myfyrio'n dywyll ar anghyfiawnder. Doedd hi byth yn un i gnoi ei thafod, wrth gwrs. Ond yr awdurdodau gâi eu ceryddu fel arfer. Roedd anelu ergyd at Ffion yn dwp ac yn annodweddiadol.

'Arhoswch!' sibrwd-waeddodd Ffion wrth rasio i lawr y coridor ar ein holau. Stopiodd o'n blaenau. Roedd y dagrau wedi diflannu nawr, a'i hwyneb wedi caledu. 'Dwi ddim yn hoffi datgelu gormod yn yr ystafell, dwi ddim yn siŵr faint ma'r camerâu yn ei bigo i fyny...'

'Ni wir ddim yn dy feio di, Ffion.'

'Na,' siglodd Sioned ei phen. 'Dwi mor sori.'

'Dwi'n gwybod. Beth bynnag,' edrychodd rhwng y ddwy ohonon ni, ei llygaid yn fflachio. Roedd gwahoddiad yma, i fentro i grombil cyfrinach. 'Falle bod y fenter yn ymddangos yn boblogaidd, ond mae yna lot o wrthwynebiad ymhlith y myfyrwyr. Ma grŵp ohonon ni wedi dod at ein gilydd i drefnu protest. Ni'n mynd i feddiannu'r biniau ailgylchu, achub y llyfrau, a'u dychwelyd i'r llyfrgell!'

Am gynllun ac am sicrwydd. Doeddwn i ddim yn gallu esgus mwyach mai fi oedd yr athrawes yn y berthynas hon.

'Croeso ichi ymuno â ni.' Gwthiodd Ffion daflen i'n dwylo.

'Gwahoddiad ar bapur. Retro,' gwenodd Sioned.

'Mwy anodd iddyn nhw ffeindio allan beth sy'n digwydd a'n stopio ni.'

Dylai'r datganiad beri pryder imi. Dylai'r ffaith mod i'n meddwl bod y datganiad yn un digon synhwyrol beri pryder imi. Ond roedd cymaint o ffocws wedi bod ar ddefnyddio aps yn Y Tŵr yn ddiweddar, cymaint o fanylion yn cael eu casglu, cardiau staff yn cael eu sganio, cyfarfodydd yn cael eu recordio…

'Ma'n ffydd i yn ein system addysg wedi ei adnewyddu,' datganodd Sioned wedi i Ffion ein gadael.

'Fi sy'n ei dysgu hi,' gwenais. 'Falle dylwn i gael pwyntiau ychwanegol ar y "lecturer-meter"…' Edrychais i lawr ar y daflen oedd yn ein gwahodd i gwrdd yn y caffi am wyth yr hwyr y nos Fercher ganlynol. 'Dwi'm yn siŵr a yw hyn yn syniad da…'

'Wnest ti ddweud wrth Ffion bod ti'n meddwl bod e'n syniad da!'

'I fyfyrwyr. Ond staff? Ymosod ar eiddo'r Tŵr?'

'Sa i'n credu bod y llyfrau'n cyfri fel eiddo'r Tŵr os ydyn nhw yn y bin!'

'Ond eiddo'r Tŵr yw'r biniau… O ddifri, gallen ni golli ein swyddi yn hawdd.'

Stopiodd Sioned ac edrych arna i. 'Falle byddai hynny'n beth da.'

* * *

Doedd dim arwydd o Linda, nac ychwaith fawr o le iddi guddio. Roedd y rhan fwyaf o'r silffoedd yr arferai lechu tu ôl iddynt wedi diflannu, ac yn eu lle roedd ddesgiau tal – efeilliaid i fyrddau'r caffi. Dim bod rhyw lawer o fyfyrwyr yn manteisio ar eu gweithle estynedig newydd.

Wedi crwydro'r holl le ddwywaith, doedd dim dewis gen i ond mentro i'r ddesg flaen lle eisteddai menyw ifanc anghyfarwydd.

'Ydy Linda o gwmpas?' sibrydais.

'Linda?'

'Y llyfrgellydd. Linda Hughes.'

'Oh. Ma'r rhan fwyaf o'r llyfrgellwyr wedi gadael.'

Syllais arni'n syn. 'Beth?!'

'Nath y Cyngor Gweithredol benderfynu bod dim angen cymaint o lyfrgellwyr erbyn hyn, dim gyda gwasanaethau'r llyfrgell wedi eu torri'n sylweddol. A gan bod helpu yn y llyfrgell yn amod ar ein hysgoloriaethau ni…'

Un arall o'r myfyrwyr MA, sylweddolais. A dyma ddod at wraidd y fenter newydd: torri costau. Eto.

Roedd y myfyriwr yn edrych trwy ffeil ar ei chyfrifiadur. 'Linda Hughes? Ie, nath hi adael yn ystod y gwyliau.'

Caeais fy llygaid. Doedd Linda heb sôn. Ond a bod yn deg doeddwn i heb fod lawr yn y llyfrgell ers peth amser chwaith. Na neb arall, o wrando ar y tawelwch a gripiai i ymylon yr ystafell dywyll. Nid y tawelwch arferol a geid mewn llyfrgell oedd hwn, y tawelwch nad oedd yn dawelwch mewn gwirionedd gan fod tudalennau llyfrau yn troi, pen ar bapur, bysedd ar fysellfwrdd. Absenoldeb sŵn oedd y tawelwch annaturiol hwn.

Estynnais am fy ffôn a dechrau ysgrifennu neges at Sioned.

* * *

Er mod i'n aml yn gweithio'n hwyr, doeddwn i erioed wedi bod yn y caffi pan fyddai'n troi'n far. Digwyddai'r newid swyddogol am saith yr hwyr, amser diffodd y peiriant coffi a dadorchuddio'r tapiau cwrw. Arhoson ni am awr gyfan wedi hynny, yn unol â chyfarwyddiadau'r daflen, gan dalu crocbris am G&Ts ffansi heb fawr o jin ynddynt.

'Dwi'n teimlo'n hen,' nododd Sioned, wrth i'r myfyrwyr ddechrau ymgasglu o'n cwmpas. Cwrw 'Y Tŵr' oedd y rhan fwyaf yn ei yfed. Roedd rhaid imi edmygu'r strategaeth farchnata yn yr achos hwn – dyna oedd y ddiod rataf, o bell ffordd.

'Hm?'

'Wel, ro'n i wastad wedi dychmygu mai fi fyddai un o'r rhai ifanc yn arwain y chwyldro. Ond na. Un o'r hen bobl ar gyrion y brotest ydw i.'

'Dydyn ni ddim mor hen â hynny,' chwarddais.

'Os ti'n dweud,' chwinciodd Sioned. 'Mae'n ddrwg gen i am Linda,' ychwanegodd, yn dawelach.

'A fi,' sibrydais i'm diod. 'Dylwn i fod wedi ei helpu hi… Wnes i addo.'

Roedd Sioned yn dawel am funud, ei llygaid yn teithio o gwmpas y bar ond ei golwg ymhellach i ffwrdd.

'Weithiau dydy ein hysgwyddau ni ddim yn ddigon cryf i gario'r baich mae disgwyl iddyn nhw ei gario,' dywedodd o'r diwedd. 'Weithiau mae angen amser arnon ni, i'w hyfforddi nhw, i ddatblygu'r cyhyrau, cyn ein bod ni'n gallu cario'r baich heb gael ein llorio.' Estynnodd a gwasgu'n hysgwydd i. 'Mae dy ysgwyddau di'n gryfach heno.'

'Amser mynd!' Lledodd y neges ar ffurf sibrwd o fyfyriwr i fyfyriwr. Llyncais weddill y G&T a gwisgo'r got ddu roedd Sioned wedi dod o hyd iddi yn yr ystafell eiddo coll. Cuddiais fy ngwallt o dan het drwchus oedd yn rhy dwym o lawer ar gyfer y tywydd. Pan ddeuai'r arolwg anochel, ni fyddai'r got a'r het yn ddigon i guddio pwy oeddwn i petai'r swyddogion yn wir ymroi i'r dasg. Ond man a man gwneud eu tasg ychydig yn anoddach.

'Ni'n edrych fel selébs yn ceisio osgoi'r *paparazzi*,' meddai Sioned, a guddiai tu ôl i sbectol haul fawr dywyll.

'Rwyt ti, wyt!' chwarddais. 'Dwi ddim yn edrych mor *glamorous* â hynny.'

Roedd y mililitrau pitw o jin wedi gwneud rhywbeth i bylu min fy ofn. Ac roedd yr holl siarad am chwyldro wedi dod â rhyw wefr. Doeddwn i erioed wedi cymryd rhan mewn protest o'r blaen. Roeddwn i wedi ysgrifennu llythyron cadarn eu tôn ar sawl achlysur. Wedi arwyddo deisebau. Wedi mynd i gyfarfodydd agored. Ond doeddwn i erioed wedi gorymdeithio dros achos, erioed wedi defnyddio presenoldeb corfforol fel arf. Ac roedd hyn yn fwy na phrotest hyd yn oed. Roedd hyn yn ymgyrch.

Roedd yr awydd i weithredu yn erbyn polisïau'r Tŵr wedi creu perthynas rhyngof i, Sioned, a'r myfyrwyr eraill o'n cwmpas. Er mai dim ond ambell wyneb cyfarwydd oedd yn eu plith, roeddwn i'n teimlo mod i yn eu hadnabod nhw i gyd yn barod. Roeddwn i'n perthyn i'r grŵp hwn nawr. A gyda'r math hwn o berthyn deuai hyder – nid fi oedd yr unig un a gredai fod y Cyngor Gweithredol wedi mynd yn rhy bell. Doedd dim angen imi fod yn unig. Roeddwn i eisoes wedi cael blas ar bŵer perthyn gyda'r grŵp Cymraeg, wrth gwrs. Ond creu strategaeth fyddai'r pedwar ohonom, cyn mynd ati i weithio'n unigol. Yma roeddwn i'n rhan o weithredu torfol.

Roedd hi'n dywyll tu allan, a'r goleuadau yn ffenestri'r Tŵr yn datgelu yn union pwy oedd yn dal i weithio. Âi'r goleuadau'n fwy prin yr uchaf roedd llygaid rhywun yn teithio. I'r dde o'r fynedfa roedd y maes parcio wedi gwagio. I'r chwith, roedd tîm pêl-droed Y Tŵr yn hyfforddi o dan lifoleuadau. Arweiniodd Ffion ni i gyfeiriad y cae chwarae. Nawr roeddwn i'n sylweddoli bod ambell un yn gwisgo siwmperi a hetiau tîm Football@YTŵr. Nid chwarae plant oedd y cynllun hwn. Doedd y gwarchodwr ddim yn mynd i dalu sylw i grŵp o fyfyrwyr oedd wedi dod i gefnogi'r tîm pêl-droed.

Oedodd Ffion am ychydig o funudau, gan esgus gwylio'r pêl-droed. Gwasgarodd y myfyrwyr yn grwpiau, rhai'n sgwrsio a chwerthin, eraill yn gwylio'r pêl-droed. Arhosodd Sioned a fi gyda grŵp Ffion.

'Betia i bod rhai o'r rhain yn fyfyrwyr drama,' sibrydodd Sioned, wrth wylio un grŵp yn pwyntio a chwerthin ar dacl fudur.

'Dyma sut mae'r Tŵr yn syrthio, falle.'

Roeddwn i'n teimlo rhyw ias ym mêr fy esgyrn. Ias a ddeuai o'r sicrwydd bod heno yn mynd i newid pob dim. Byddwn i'n troedio trwy ddigwyddiadau arwyddocaol.

Fe'm tynnwyd o'm myfyrio dwys i faterion mwy ymarferol wrth i Ffion ddechrau ein hebrwng i ochr arall y cae chwarae, i gornel bella'r Tŵr. Daethom wyneb yn wyneb â ffens weiren. Doeddwn i erioed wedi sylwi ar y ffens o'r blaen. Yn araf deg, ymgasglodd pawb yno.

'Ma'r biniau ailgylchu tu ôl i'r ffens,' sibrydodd Ffion.

Gwaith digon hawdd oedd symud y ffensiau. Pyst pren wedi pydru oedden nhw, yn llwyr ddibynnol ar ei gilydd am gefnogaeth.

'Mae drewdod rownd fan hyn,' dywedodd Sioned.

'Wnes i sylwi ar hynny lan ar Lefel 8 hefyd!' ebychais ychydig yn rhy uchel, gan ddenu ambell olwg llym. 'Sori,' sibrydais. 'Yr un drewdod yw e. Sa i'n credu'u bod nhw'n gwagio'r biniau.'

Tu hwnt i'r ffensiau, roedd casgliad anferthol o amrywiol finiau.

'Cymaint o wastraff,' nododd Sioned.

'Ma angen rhywle i daflu'r holl fyrddau a chadeiriau normal.' Rhaid mai symptom o'm hofn oedd yr awydd sydyn i chwerthin.

Roedd y biniau ailgylchu mawr glas yn pwyso yn erbyn wal Y Tŵr.

'Cofiwch, peidiwch â chymryd mwy nag y gallwch chi gario 'nôl i'r adeilad,' sibrydodd Ffion. 'Dydan ni ddim isio llyfrau'n cael eu gollwng ar draws y cae chwarae.'

Ffurfion ni linell, y myfyrwyr talaf yn y blaen i ymestyn y llyfrau o'r bin a'u pasio o gwmpas. Roedd Sioned a fi tua chefn y llinell, ac roeddwn i'n sefyll ar flaenau fy nhraed, yn ysu i gael gafael ar y llyfrau. Roeddwn i yn ei chanol hi nawr, ac am weld tystiolaeth gadarn o'm cyfraniad i'r frwydr yn fy nwylo. Gweithiai'r myfyrwyr yn galed, a gyda phob llyfr a achubwyd, cynyddu wnâi'r awyrgylch o barti.

Yn sydyn roedd gennym gwmni. Rhyw ugain o ddynion yn ein cylchu. I ddechrau roeddwn i wedi drysu ac yn meddwl bod y tîm pêl-droed wedi dod i ymuno â ni. Ond yna sgrechiodd rhywun, a sylweddolais fod y dynion hyn i gyd wedi eu gwisgo'n ddu o'u corun i'w sawdl. Ac yn dal batonau. Heddlu o ryw fath?

'MOVE AWAY FROM THE BINS.'

Uchelseinydd.

Edrychais o gwmpas yn wyllt wrth i banig ledu trwy'r dorf. O ble roedd y llais yn dod? Llais pwy? Dim ond un gwarchodwr oedd gan Y Tŵr, y dyn a wyliai'r brif fynedfa. Felly pwy oedd yr holl ddynion hyn?!

'MOVE AWAY FROM THE BINS.'

'Pawb i aros gyda'i gilydd,' gorchmynnodd Ffion, gan wneud ei gorau i ddal gafael ar y sefyllfa.

Roedd Sioned wrth fy ymyl o hyd, diolch byth. Cymerais gam yn agosach ati. Doedd dim modd darllen ei hwyneb trwy'r sbectol haul yn y tywyllwch. Roedd rhaid i ni wneud rhywbeth. Ni oedd yr unig staff yma. Myfyrwyr oedd y lleill i gyd. Doedd hi ddim yn deg disgwyl i Ffion ddelio gyda hyn.

'MOVE AWAY FROM THE BINS.'

'Ni'n edrych am y llyfrau!' gwaeddodd Ffion.

Ond os oedd y llais anweledig wedi clywed, doedd dim awydd gwrando arno.

'MOVE AWAY FROM THE BINS.'

'Jest y llyfrau 'dan ni isio,' trodd Ffion i bledio gyda'r dyn agosaf ati. 'Dydyn ni ddim yn torri unrhyw reolau – jest isio casglu'r llyfrau, does neb arall eu heisiau nhw.'

'MOVE AWAY FROM THE BINS.'

Doedd dim llais gan y dynion eu hunain, ond roedden nhw'n symud yn agosach nawr o dan orchymyn telepathig yr uchelseinydd. Cynyddu wnaeth y panig wrth i'r myfyrwyr wthio am le diogel yng nghanol y cylch. Roedd y dynion a'u batonau yn ein gyrru i'w corlan. Trois i edrych ar Sioned ond roedd hi'n sefyll yn stond, yn syllu i gyfeiriad y maes parcio. Cymerais gam tuag at Ffion. Roedd rhaid imi wneud rhywbeth. Ond doedd gen i ddim syniad beth.

'Gadewch i ni basio!' dywedodd Ffion, wedi penderfynu nad oedd pwynt ceisio rhesymu gyda'r dynion hyn ynghylch y llyfrau.

'MOVE AWAY FROM THE BINS.'

Roedd Ffion yn dal ei thir. Doedd hi ddim yn mynd i lochesu yng nghanol y cylch. Roeddwn i'n llawn edmygedd o'i dewrder, ond roedd pryder wedi troi'n ofn pur erbyn hyn. Roeddwn i ar fin cymryd cam arall tuag ati, i'w thynnu yn ôl, pan deimlais law ar fy mraich.

'Amser mynd,' sibrydodd Sioned.

'Ond Ffion…'

Trois yn ôl ati. Roedd y dyn wedi stopio modfeddi o'i hwyneb, a'r ddau yn syllu ar ei gilydd. Yn yr ennyd honno, doeddwn i ddim yn gallu gweld na chlywed dim byd arall. Doeddwn i ddim yn ymwybodol o'r uchelseinydd yn parhau i'n gorchymyn, y dynion yn parhau i'n cylchu, a'r panig yn parhau i ledu.

'Heledd, mae'n rhaid i ni fynd nawr!' tynnodd Sioned ar fy mraich.

Ffrwydrodd fy synhwyrau. Yn sydyn roeddwn i'n ymwybodol eto o dwrw di-baid yr uchelseinydd; roeddwn i'n gallu teimlo'r gwthio a thynnu wrth i fyfyrwyr geisio dianc o'r cylch.

Cefais fy llusgo trwy'r dorf. Rhywsut roedd Sioned wedi gweld agoriad, ac yna roedden ni'n ei heglu hi ar draws y cae. Edrychais 'nôl dros fy ysgwydd a baglu dros fy nghot hir. Tynnodd Sioned fi i'm traed, ei gafael ar fy mraich yn boenus o galed.

'Paid stopio!'

Dilynais ei gorchymyn a pharhau i redeg nes cyrraedd y maes parcio. Safai'r gwarchodwr yn hollol stoïcaidd ger y brif fynedfa, yn llwyr anwybyddu'r synau a ddeuai o'r maes chwarae.

'Cer adre, paid siarad gyda neb am hyn,' sibrydodd Sioned, gan fy hebrwng i fy nghar. Doeddwn i erioed wedi clywed tôn mor ddifrifol ganddi o'r blaen. Gosododd law ar ochr fy mhen a 'nhynnu'n agos ati. 'Ti'n deall? Dim gair wrth neb. Paid anfon neges ata i chwaith. Newn ni siarad fory.'

Edrychais 'nôl i gyfeiriad y maes chwarae, i gyfeiriad Ffion. Dylwn i fynd 'nôl i sicrhau ei bod hi'n iawn. Gafaelodd Sioned yn fy mag a thwrio am fy allweddi. Agorodd y drws a'm gwthio i'r sedd.

Doeddwn i ddim yn gwybod sut imi yrru 'nôl yn ddiogel. Neu efallai na wnes i. Roedd y llinell rhwng y synhwyrol a'r absẃrd mor fain bellach roedd hi'n amhosib gwybod y gwirionedd. Efallai mod i wedi cael damwain ac yn gorwedd yn anymwybodol mewn ysbyty, Y Tŵr yn ffuglen wedi ei chreu gan fy ymennydd gorddychmygus.

* * *

Roeddwn i'n dawel yr holl ffordd i'r gwaith y bore wedyn. Roeddwn i wedi treulio'r noson yn effro ar y soffa, gan godi'n achlysurol i chwydu. Roedd Llion wedi ceisio fy mherswadio i i alw Efa i ddweud mod i'n sâl, ond doedd dim ffordd allwn i wneud hynny heddiw. Man a man imi wisgo siwmper yn datgan fy euogrwydd gyda slogan bachog. Ond er gwaethaf fy mhrotestiadau, roedd e wedi mynnu fy ngyrru.

Roedd fy nhawelwch yn ei yrru'n wallgof. Doeddwn i ddim eisiau ei gau allan. Ond doeddwn i ddim yn gallu rhoi llais i ddigwyddiadau neithiwr. Neidiai fy meddwl o air i air heb setlo ar yr un ohonynt. Y cynllun gwreiddiol oedd honni mod i'n gweithio'n hwyr, cyn datgelu'r gwirionedd wedi i'r brotest hynod effeithiol lwyddo i newid polisi'r Tŵr. Doedd Llion ddim yn sylweddoli cymaint oedd ei feirniadaeth o'm llaesu dwylo wedi effeithio arna i. Doedd e ddim yn sylweddoli cymaint o gywilydd roeddwn i'n ei deimlo. Ond heb y fuddugoliaeth, beth allwn i ei ddweud? Fy mod i wedi treulio'r noson yn ymrafael gyda heddlu cudd Y Tŵr? Byddai'n credu fy mod i wedi colli fy mhwyll.

'Dyma ti,' dywedodd e'n dawel wrth stopio'r injan.

'Diolch.' Ffugiais wên gyflym cyn gafael yn fy mag a neidio o'r car.

Ond roedd e wedi agor ei ddrws hefyd, ac yn pwyso dros do'r car i syllu arna i. 'Ble oeddet ti neithiwr, Heledd?'

'Fan hyn.'

'Yn gwneud beth?'

Roedd y gair 'gweithio' wedi ei gludo i'm tafod. Edrychais draw at Y Tŵr. Roedd y lle'n edrych mor normal. Doedd digwyddiadau neithiwr ddim wedi gadael unrhyw ôl. Oeddwn i wedi dychmygu'r holl beth?

'Heledd,' sibrydodd Llion. 'Plis paid â 'nghau i allan.'

Trois 'nôl ato, fy llygaid yn llawn dagrau. Pam oeddwn i'n ei amau? Llion oedd e. Byddai fe'n fy nghredu.

'Bore da, Heledd!' galwodd Rhian wrth gerdded heibio gydag Emyr. Cododd y llall ei law arna i.

'Bore da!' Taflais y cyfarchiad ynghyd ag un cipolwg cyflym. Roedd llygaid Llion yn symud rhyngof fi a chefn Emyr wrth iddo gerdded i ffwrdd.

'Ai gyda fe oeddet ti?' gofynnodd yn wastad.

'Na!' ebychais, wedi fy llorio gan y cyhuddiad. 'Dwi methu credu bod ti hyd yn oed yn awgrymu hynny!'

'Wel, beth wyt ti'n disgwyl i mi feddwl?' atebodd Llion. 'Ti'n gweithio oriau hirach a hirach bob wythnos, ac yna'n dod adref ac yn gwrthod siarad gyda fi! Mae gen ti shwt gymaint o gyfrinachau, dwi'n gallu'u gweld nhw ar dy ysgwyddau di.'

Oedd, roedd gen i gyfrinachau. Ond baich oedden nhw. Roeddwn i'n gwneud ffafr ag ef drwy gadw'r gwir rhagddo.

'Dy fai di yw hyn,' brathais. 'Ti ddywedodd dylwn i brotestio! Wel, wnes i brotestio, ocê? A nath e ddim gweithio.'

Trois ar fy sawdl gan anwybyddu ei alwadau. Rhwbiais fy llygaid, yn ddiolchgar mod i heb drafferthu gydag unrhyw golur heddiw, a cherdded yn benderfynol am y fynedfa. Diolch i ymyrraeth Llion roeddwn i bum munud yn hwyr. Byddai hynny'n siŵr o beri amheuaeth: doeddwn i byth yn hwyr. Ar amser ar ddiwrnod gwael, ond byth yn hwyr. Oedais am eiliad i archwilio penawdau'r dydd ar y sgrin fawr uwchben desg y dderbynfa.

Group of students cause unrest at Football@Y Tŵr training session.

Darllenais y pennawd eto, fy nhalcen yn crychu. Efallai doedden nhw heb sylweddoli beth oedd bwriad y brotest? Craffais i weld a oedd unrhyw sôn am staff yn cymryd rhan, ond doeddwn i ddim yn gallu gweld dim.

'Can I help? Alla i helpu?' gofynnodd un o'r menywod wrth ddesg y dderbynfa.

'O! Na rwy'n darllen—'

'Heledd! Wnest ti aros amdana i, diolch!' Ymddangosodd Sioned wrth fy ochr gyda gwên oedd yn fwy llydan o lawer na'r un yr arferai ei gwisgo mor gynnar â hyn yn y bore. Caniateais iddi hi fy hebrwng tua'r grisiau.

'Ma nhw'n meddwl mai protest yn erbyn y tîm pêl-droed oedd e?!' sibrydais mewn penbleth.

'Na, *cover up...*' Roedd Sioned yn dal i edrych dros ei hysgwydd wrth iddi fy arwain i fyny'r grisiau.

Roeddwn i'n mynd i chwydu cyn cyrraedd Lefel 6. Stopiais i bwyso ar y rheiliau, fy ngolwg yn niwlog.

'Heledd?'

Roedd gen i gyfarfod gyda Ffion wedyn – sut allwn i ei wynebu hi?

'Heledd, plis!' Pwysodd Sioned i lawr nes bod ei thrwyn bron yn cyffwrdd â'm trwyn i. 'Ma rhaid i ti drio actio'n normal.'

Beth oedd 'normal'? Braidd oeddwn i'n gallu anadlu drwy'r boen yn fy stumog. A rhywsut roedd y boen yn saethu yn syth o'm perfeddion i'm talcen. Caeais fy llygaid wrth i'r llawr symud o dan fy nhraed.

Roeddwn i'n rhan o ryw gynllwyn difrifol nawr. Doeddwn i ddim yn hoffi hyn. Roedd fy ngwaith gyda'r grŵp Cymraeg wedi bod yn hen ddigon o wrthryfel. Camgymeriad mawr oedd gwthio fy hun ymhellach. I gyd er mwyn achub ambell lyfr. Roeddwn i'n melltithio Llion am ysgogi'r euogrwydd a'r awydd i weithredu.

'Heledd?'

Nodiais yn wan. Normal. Roedd rhaid i mi barhau i ymddwyn yn normal. Neu i ymddwyn fel arferwn i ymddwyn, beth bynnag.

'Wna i weld ti wedyn,' dywedodd Sioned yn ysgafn gan droi at goridor Ysgol y Dyniaethau.

Rhywsut llwyddais i ddringo'r rhes ychwanegol o risiau, er nad oeddwn i yn gallu teimlo fy nghoesau bellach. Cyrhaeddais goridor Ysgol y Celfyddydau a suddodd fy nghalon. Roedd hynny, o leiaf, yn deimlad cyfarwydd – roedd fy nghalon wedi dechrau'r arfer o suddo bob tro imi basio'r arwydd.

Diolchais i Dduw mai fy niwrnod i i gael y swyddfa oedd hi. Roedd gen i hanner awr tan y cyfarfod gyda Ffion ond wnes i ddim byd o werth gyda'r amser hwnnw. Es i o edrych ar e-byst – heb ysgrifennu unrhyw ymateb – i sgrolio trwy amrywiol gyfryngau cymdeithasol.

Daeth 9:30. Ni ymddangosodd Ffion.

9:45.

10:00.

A ddylwn i gysylltu â hi? Trois at fy e-byst a dechrau neges newydd. *Annwyl Ffion, Gobeithio dy fod yn cadw'n iawn.*

Gwingais wrth ysgrifennu hynny. Wrth gwrs doedd hi ddim yn cadw'n iawn. Ond roedd gorchymyn Sioned i actio'n normal yn llywio pob gair. Gan gasáu fy hun fwyfwy, wnes i atgoffa Ffion ein bod ni wedi trefnu cyfarfod ar gyfer heddiw a chynnig ein bod ni'n aildrefnu ar gyfer yfory os oedd problem wedi codi.

Ni atebodd Ffion. Wnes i ddim byd o werth am weddill y bore. Beth os oedd rhywbeth wedi digwydd iddi? Yn fy ymgais i ffugio normalrwydd es i'r stiwdio yoga amser cinio.

'Helô, Heledd,' dywedodd Arjun mewn llais a ddatgelai ei fod yn gwybod popeth.

'Helô,' mwmiais.

Edrychodd Rhian i fyny o'i mat. 'Popeth yn iawn?'

'Collodd fy myfyriwr ymchwil gyfarfod bore 'ma,' dywedais, gan daflu cipolwg i gyfeiriad Sioned.

'Mae'n digwydd,' dywedodd Rhian yn dyner. 'Gor-gysgu yw'r esgus fel arfer...'

Chwarddon ni i gyd, tri ohonom yn fecanyddol. Doeddwn i ddim yn gallu canolbwyntio ar y yoga. Roedd y cryfder bues i'n ei fagu am fisoedd fel petai wedi diflannu dros nos. Doeddwn i ddim yn gallu gwneud y symudiadau mwyaf syml hyd yn oed.

'Jyst actia'n normal,' sibrydodd Sioned wrth i ni adael.

Wnes i ddim byd o werth y prynhawn hwnnw chwaith. Doedd Ffion dal heb ymateb.

'Iawn?' gofynnodd Llion wrth i mi ymuno ag ef yn y car.

Nodiais. Roedd e'n aros am fwy ond roeddwn i wedi fy llethu gan ddiwrnod o esgus bod pob dim yn iawn wrth i'm dychymyg grwydro trwy senarios posib i egluro absenoldeb Ffion, pob un yn waeth na'r diwethaf. Pwysais yn ôl a chau fy llygaid. Synhwyrais Llion yn ochneidio cyn dechrau gyrru.

* * *

'Heledd?'

Neidiais o'm cadair a sefyll yn lletchwith wrth i Ffion fentro mewn i'r ystafell. 'Ti'n ocê?' sibrydais.

'Ydw ydw,' gwenodd, er bod y weithred yn gosod straen amlwg ar ei gwefus. Roedd hi'n gwrthod cwrdd â'm llygaid i. 'Sori 'nes i ddim dod ddoe, do'n i ddim yn teimlo'n dda...'

'Paid ymddiheuro,' ymbiliais. 'Fi sy'n sori, Ffion, mor sori.'

'Dim eich bai chi yw e. Doedd neb yn disgwyl...'

Aeth hi'n dawel. Doedd neb yn disgwyl y byddai ymgais i arbed llyfrau rhag cael eu lluchio yn ennyn y fath ymateb. Doedd neb yn disgwyl i'r Tŵr fod â heddlu cudd.

'Beth ddigwyddodd?' mentrais.

Cododd Ffion ei hysgwyddau. 'Gathon ni gerydd. Ma nhw wedi bygwth pob math o bethau... atal ein hysgoloriaethau, sicrhau bod neb yn cael geirda...'

Roedd bylchau amlwg yn ei hateb ffeithiol. 'Ffion, beth yn union—'

'Heledd! Flin i dorri ar draws.'

Am ryw reswm roedd Ieuan wedi brasgamu trwy'r drws. Pam?! Pam heddiw?! Llwyddais i sgubo'r melltith o'm wyneb. 'Helô, Ieuan. Sut alla i helpu?'

'Dwi yma i gyd-oruchwylio Ffion,' dywedodd yn ddigon cyfeillgar. 'Gorchymyn y Pennaeth.'

'O! Do'n i heb glywed—' dechreuais.

'Dim problem!' datganodd Ieuan, gan gymryd sedd ar gornel ein desg. 'Newydd gael cyfarfod ydyn ni. Mae pob myfyriwr MA yn cael dau oruchwyliwr nawr. Wnes i weld bod cyfarfod wedi amserlennu yn dy galendr. Felly dyma fi!' Trodd at Ffion. 'Dr Richards. I don't think we've met before. I'm looking—'

'Myfyriwr Cymraeg yw Ffion,' torrais ar draws yn ddig.

Roedd Ffion yn syllu ar ei dwylo.

'Oh. Rwy'n gweld,' chwarddodd Ieuan. 'Doedd y Pennaeth ddim wedi fy hysbysu o dy bwnc, mae arna i ofn.'

Gorchymyn rhywun arall. Bai rhywun arall.

'Dydw i ddim yn gweithio ar lenyddiaeth Gymraeg, ond rwy'n siŵr bydd gennym ni ddigon i'w drafod.'

Nodiodd Ffion i'w dwylo. Eisteddais yn araf yn fy nghadair. *Mae pob myfyriwr MA yn cael dau oruchwyliwr nawr.* Cyd-ddigwyddiad creulon oedd hyn, dyna i gyd. Doedd dim angen poeni.

Ond pam peidio penodi Emyr? Neu rywun arall o'r grŵp Cymraeg?

Ceisiais anwybyddu'r llais bach.

'Well i ni ddechrau,' gorfodais rhyw frwdfrydedd i'm llais. 'Sut mae'r gwaith wedi mynd yr wythnos hon, Ffion?'

'Eitha da,' dechreuodd Ffion, wedi rhywfaint o oedi. 'Dwi 'di bod yn canolbwyntio ar *Colomendyllau*—'

'Byddai'n syniad i ti egluro'r prosiect wrtha i,' torrodd Ieuan ar ei thraws.

Roeddwn i'n gallu gweld hyder Ffion yn chwalu o dan ei oruchwyliaeth haerllug. 'Mae prosiect Ffion yn un cyffrous dros ben,' dywedais. 'Mae'n edrych ar nofelau dystopaidd fel cyfrwng protest. Ac rwyt ti wedi bod yn cael blas da ar y deunydd, yn dwyt?' gofynnais yn gefnogol.

'Ydw,' atebodd Ffion, gan godi ei llygaid. 'Fel ro'n i'n dweud, yr wythnos hon dwi wedi bod yn canolbwyntio ar *Colomendyllau*–'

'Ti'm yn credu bod yna beryg bod y prosiect ychydig yn syml?'

Fe'm trawyd gan donnau o ddicter. Dicter bod y dyn annioddefol o haerllug hwn heb wneud dim ond torri ar draws ers gorfodi ei hun ar ein cyfarfod. Dicter ei fod ef – darlithydd mewn llenyddiaeth Saesneg ganoloesol nad oedd, hyd y gwyddwn i, wedi gafael mewn nofel Gymraeg ers gadael yr ysgol – yn teimlo bod ganddo'r gallu a'r hawl i feirniadu prosiect un o'r myfyrwyr gorau imi ei dysgu erioed.

Doeddwn i ddim wedi gallu amddiffyn Ffion ar y cae chwarae neithiwr, gallwn i o leiaf ei hamddiffyn hi yma, yn fy swyddfa i fy hun, ar fy nhir academaidd i fy hun.

'Ieuan, mae'r prosiect yn gymhleth a soffistigedig tu hwnt, ac mae Ffion wedi gwneud cynnydd da. Debyg bydd hynny'n gliriach os gwrandewi di ar y drafodaeth am ychydig.'

Roedd Ieuan wedi gwyro ei ben rhywfaint tra mod i'n siarad, ond heb droi i edrych arna i. 'Ond dyw e ddim yn rhy hwyr i newid cyfeiriad rhywfaint,' parhaodd, fel petai fy marn i ddim yn haeddiannol o'i sylw. 'Mae darlleniadau amgylcheddol yn trendi y dyddiau hyn, yn dydyn nhw? Beth am edrych ar y portread o'r amgylchedd yn y nofelau hyn?'

Agorais fy ngheg i brotestio ond roedd Ffion yn barod yn nodio. Syllais arni'n syn. Mentrodd edrych i fyny i gwrdd â'm llygaid. Yno roedd edifeirwch yn dawnsio law yn llaw ag anobaith.

Y bygythiadau. Yr ysgoloriaeth. Na, doedd hyn ddim yn gyd-ddigwyddiad.

'Gwych!' datganodd Ieuan. 'Wel, gen ti dipyn o waith i fynd ati, wedwn i!'

Trois i edrych ar y cloc. Ugain munud wedi'r awr. Roedd Ieuan yn hebrwng Ffion i ffwrdd bedwar deg munud yn gynnar. Ac yn ei hebrwng gyda mwy na geiriau, sylweddolais, fy stumog yn corddi. Roedd e wedi neidio o'i echel ar y ddesg, un llaw yn agor y drws, a'r llall ar ei chefn. Doeddwn i ddim yn gallu gweld wyneb Ffion. Gwelais eto fysedd Simon Edwards. Ai dyma sut oedd aflonyddu rhywiol yn dechrau? Dychwelodd yr awydd i chwydu wrth imi wylio heb yngan gair. Ai dyma sut oedd y diwylliant o dawelwch yn dechrau?

'Heledd?' trodd Ieuan ata i.

Roedd fy meddwl i yn llawn cyffyrddiadau ac euogrwydd. Nawr oedd yr amser i ddweud rhywbeth. Gair cyfeillgar o gyngor, dyna i gyd. Doedd dim rhaid i'r sgwrs fod yn un lletchwith.

'Mae'r Pennaeth eisiau dy weld di.'

Diflannodd y cyffyrddiadau a'r euogrwydd. 'O. Nawr?'

'Ie.'

'Pam?'

'Dwi'm yn gwybod, Heledd. Dyw hi ddim yn tueddu i rannu pob dim gyda fi yn anffodus – jyst y gwaith!' chwarddodd ar ei jôc ei hun.

'Well imi fynd, 'te.' Roedd unrhyw fwriad i herio Ieuan ynghylch ei ymdriniaeth o Ffion wedi diflannu mor gyflym ag y daeth.

'Well i ti,' ategodd Ieuan, gan gerdded tu ôl i'r ddesg a phwyso lawr i allgofnodi o'm cyfrif. 'Wna i weithio yma tan i ti ddychwelyd. A Heledd,' oedodd ac edrych i fyny, 'bydd yn ofalus, ocê? Dwi'n eitha hoff ohonot ti.'

Doeddwn i ddim yn siŵr pa effaith y bwriadai i'w eiriau ei chael, ond cefais drafferth rhoi un droed o flaen y llall er mwyn gadael yr ystafell. Nid am y tro cyntaf, roeddwn i'n melltithio fy mod i'n gorfod gweithio mor agos at y Pennaeth. Hyd yn oed gyda'm coesau trwm, mater o eiliadau oedd hi cyn mod i'n sefyll o flaen ei drws bygythiol-o-agored.

'Good morning,' mentrais, gan gymryd cam petrus i mewn i swyddfa'r Pennaeth.

'Close the door, Heledd.'

'How can I help?'

'I have received a very disturbing report concerning your actions on Wednesday evening.'

'I'm sorry, I'm not sure what you mean,' llwyddais i ddweud yn lled-bwyllog. Roedd yn amlwg ei bod yn amau. Pam arall y byddai wedi gofyn i Ieuan gyd-oruchwylio Ffion? Ond doeddwn i ddim yn gallu cyfaddef. Doedd gonestrwydd ddim yn cael ei wobrwyo yn Y Tŵr.

'You were part of the insurrection.'

'Insurrection?' Roeddwn i'n dda i ddim am ddweud celwydd. Roeddwn i wedi dysgu mai'r strategaeth fwyaf diogel oedd dweud cyn lleied â phosib.

Doedd y Pennaeth erioed wedi syllu arna i gyda'i sylw llawn am gymaint o amser o'r blaen. Dechreuais chwysu.

'I have pictures, Heledd. You were clearly aware of the irresponsibility of your actions, why else would you have attempted to disguise yourself?'

Tawelwch. Brwydrais yr awydd i ymddiheuro. Pa luniau? Roedd camerâu bron ym mhob cornel o'r Tŵr erbyn hyn, ond doeddwn i heb sylwi ar yr un camera ar y cae chwarae.

'I had a very long meeting with the Executive Board this morning.'

Gadawodd i'r datganiad orffwys rhyngon ni. Roedd cerydd semester diwethaf yn teimlo fel sgwrs ysgafn o'i gymharu gyda hyn. Roedd fy swydd yn teimlo'n fregus. Swatiais yn fy nhawelwch.

'I have managed to persuade them,' parhaodd y Pennaeth, 'that you were simply in the wrong place at the wrong time. You're a young impressionable woman who was led astray by her students.'

Gorfodais fy hun i nodio'n frwdfrydig. Byddwn i'n cofleidio ei merchgasedd petai'n golygu fy mod i'n gallu cadw fy swydd.

Doeddwn i ddim yn deall pam ei bod hi wedi fy amddiffyn. Doedd hi erioed wedi dangos unrhyw arwydd o fod ar fy ochr i o'r blaen. Ond os oedd ganddi darian i'm hamddiffyn rhag y fwyell, yna byddwn i'n ei chymryd yn ddiolchgar.

'But consider this an official warning. I will not defend you next time.'

Roeddwn i'n hanner disgwyl i'm pen syrthio o'm gwddf, cymaint roeddwn i'n nodio.

'I'm glad that we understand each other, Heledd. Good day.'

Baglais i'r coridor. Roedd y cyfarfod wedi para llai na phum munud. Gallwn i fynd 'nôl i'm swyddfa i weithio, fy niwrnod i oedd e. Ond doeddwn i ddim eisiau gweld Ieuan eto, ddim heddiw. Ac felly ymlwybrais i'r tŷ bach a gwneud fy hun yn gyfforddus yn y ciwbicl.

Codais fy ffôn i alw Llion, ond yr union eiliad honno goleuodd y sgrin gyda neges.

> **Llion:** Dwi'n gorfod gweithio'n hwyr heno.
> Gall Sioned roi lifft i ti?

Blwyddyn 2
SEMESTER 2

The Newsletter

1. *Improving Security: permission now required to access the playing fields. Passes available from reception on request.*

2. *Improving Student Experience: re-structuring the School of Humanities. For further information on this pioneering strategy, click here.*

3. *Impact and Engagement: the Executive Board kindly requests that all staff organise their public work through the Media Office.*

4. *Job Advertisement: IT officers. Y Tŵr is seeking to recruit a team of software developers to work on a world-leading new project.*
   For more information and to apply click here.

**To read this Newsletter in Welsh,
visit cylchlythyr-ytwr.ac.uk**

Roedd Y Tŵr yn anghyfforddus. Wrth gerdded trwy'r fynedfa wag i gyfeiriad y grisiau, roeddwn i'n teimlo'r seiliau yn gwichian eu hembaras. Roedd rhywun, neu ryw rai, wedi penderfynu addurno'r lle. A dim gydag addurniadau Nadolig hwyr chwaith. Roedd cannoedd o gopïau o'r un poster yn gorchuddio pob wal a drws. Defnyddiai'r posteri liwiau gwyrdd ac aur Y Tŵr a ffont nodweddiadol y Cylchlythyr. Petai rhywun yn cerdded heibio ar frys, bosib na fyddent yn sylweddoli nad gorchest farchnata newydd oedd hon. Ond i'r sawl a stopiai i'w ddarllen, roedd y neges yn ddigon clir:

Digon yw Digon.
Dim mwy o doriadau.
Ymunwch â'r streic 31/3.

Roeddwn i'n gwybod am y streic yn barod, wrth gwrs. Roedd Sioned wedi treulio'r Nadolig yn anfon diweddariadau. Roedd hi wedi fy ychwanegu at grŵp #ystreic ac roeddwn i'n derbyn negeseuon di-baid gan gyd-weithwyr doeddwn i erioed wedi cwrdd â nhw yn trafod dylunio baneri a phobi cacennau. Roedd i'r holl beth awyrgylch carnifal. Roedd sôn wedi bod am y posteri hefyd.

> **Sioned:** Oes rhywun yn gallu argymell cwmni fydd yn printio posteri yn rhad? Bydd angen miloedd arnon ni.

> **Arjun:** Dwi di ffeindio cwmni, £500 am 1000 o bosteri A3.

> **Sioned:** Hm. Neb yn gallu ffeindio rhywle fydde'n rhatach?

Trwy hap a damwain anffodus, eisteddai Llion wrth fy ymyl ar y soffa wrth i'r negeseuon dyrru i mewn. Roeddwn i wedi gwneud fy ngorau i osgoi trafod y streic gydag e. Byddai'r cynllun i roi siglad i reolwyr Y Tŵr yn fêl ar ei fysedd. Ond roedd cymaint doedd e ddim yn ei wybod. Simon Edwards. Protest aflwyddiannus Ffion. Bygythiad y Pennaeth. Doedd dim ffordd iddo ddeall yr ofn roeddwn i'n ei deimlo yn wyneb gweithredu diwydiannol.

'Ma busnes gwasanaethau printio yn rhannu'r un adeilad â'n cwmni ni – galla i neud ymholiadau, dwi'n siŵr byddai'n gallu cael pris gwell na hynny ganddyn nhw.'

Roeddwn i wedi ffugio brwdfrydedd a theipio ei gynnig i'r grŵp. Ond wnes i ddileu'r neges cyn ei hanfon. Roedd bod yn dyst tawel i gynllunio'r grŵp yn ddigon o arswyd. Ac roeddwn i wedi colli pob hyder wrth gyfrannu i sgyrsiau grŵp beth bynnag. Doeddwn i ddim hyd yn oed wedi gallu mentro *Nadolig Llawen* syml i'r grŵp o'm ffrindiau coleg eleni.

Tipyn o sioc, felly, oedd gweld Sioned ar ein stepen drws, a'i datganiad ffwrdd-â-hi ei bod wedi dod i gasglu'r posteri. Roeddwn i wedi esgus mod i wrth gwrs yn gwybod hynny ac wedi gwrando arni'n parablu am y cynlluniau am ugain munud. Wedi cau'r drws ar ei hôl dechreuais sgrechian ar Llion am ymyrryd heb fy nghaniatâd. Roedd e wedi sefyll yn y cyntedd a gwrando'n dawel ar bob cyhuddiad a sarhad i mi eu taflu ato. Doedd e ddim yn fy ngharu i; roedd e'n ceisio fy ninistrio i; doedd dim ots o gwbl gyda fe am fy ngyrfa i. Doeddwn i ddim yn gallu gweld bod fy ngeiriau'n cael rhyw lawer o effaith, ond ni edrychais yn arbennig o ofalus chwaith. Wedi i mi grio fy hun i dawelwch, siaradodd o'r diwedd. *'Mae'n rhaid i bethau wella, Heledd. Dyna i gyd dwi'n trio ei neud – gwella pethau.'*

Ceisiais beidio edrych ar y posteri wrth i mi ddringo'n araf i Lefel 6.

'Helô, Heledd!'

Roedd Ieuan yn eistedd tu ôl i'n desg. Erbyn diwedd semester diwethaf, roedd e wedi ffeindio rheswm i fod yn y swyddfa ar fy nyddiau i'n amlach na pheidio, ei bresenoldeb yn hunllef ailadroddus. Roeddwn i wedi gobeithio y byddai'r Nadolig wedi tarfu ar y patrwm. Ond siocled a gwin oedd yr unig anrhegion ges i.

'Sori, ro'n i'n meddwl bod gen ti ddosbarth yoga bore 'ma, felly jyst yn manteisio ar y cyfle i neud bach o waith cyn bod ti'n cyrraedd.'

'Dim problem,' mwmiais.

Roedd dosbarth yoga, ond roeddwn i wedi anfon neges frysiog at Arjun gyda rhyw esgus am beidio ag ymarfer digon dros y Nadolig. Roeddwn i wedi hen roi'r gorau i'r sesiynau bore Sul yn y ganolfan gymunedol.

Arjun: Mwy o reswm i ddechrau eto heddiw!

Sioned: C'mon Heledd. 'Nes i ddim neud dim dros Nadolig chwaith...

Heledd: Wna i ddod wythnos nesaf!

'Gest ti Nadolig da?' gofynnais i Ieuan.

'Do! Rhyfedd iawn bod â chariad. Tro cyntaf imi orfod prynu anrhegion Nadolig i fenyw ers oes. Am ofnadwy.'

Ffug-chwarddais. Ai gydag Efa oedd Ieuan nawr? Doeddwn i ddim yn cofio.

'Beth wnest ti dros y Nadolig?'

Ystyriais y cwestiwn mewn penbleth. Beth oeddwn i wedi ei wneud dros y Nadolig? Pryd oedd y Nadolig? Oeddwn i wedi cysgu trwy'r holl beth, efallai? Ond roedd hynny'n amhosib – doeddwn i ddim wedi cysgu'n iawn ers misoedd.

'O, dim byd lawer. Hyn a'r llall.'

Roeddwn i wedi gwrthod pob gwahoddiad i ddigwyddiadau cymdeithasol gyda'm ffrindiau coleg, gan guddio tu ôl i'r esgus bod gormod o waith gen i. Fi oedd yr un lwcus oedd wedi cael y swydd roedd y criw cyfan wedi dyheu amdani, wedi'r cyfan. Doedd gen i ddim yr wyneb i ddatgelu cymaint roeddwn i wedi dirywio. Roedd Llion wedi treulio tipyn o amser gyda'i ffrindiau ei hun, cofiais. Roedd e wedi fy ngwahodd i bob tro, ond trwy gwrteisi yn unig. Doedd e byth wedi herio fy honiad nad oedd gen i'r nerth i wisgo a choluro. Debyg ei fod yn falch nad oedd raid iddo dreulio amser gyda fi o flaen ei ffrindiau. Debyg ei fod yn falch nad oedd raid iddo dreulio amser gyda fi. Doedd dim ots. Roeddwn i'n hapusach yn cuddio yn fy mlanced, beth bynnag.

'Wnest ti weld yr holl bosteri?'

'Do,' mwmiais.

Ond doedd Ieuan ddim yn fy amau, eisiau traethu roedd e. 'Ma fe jyst mor hunanol, nag wyt ti'n meddwl?!'

'Hm?'

'Streicio. Y myfyrwyr fydd yn dioddef – fyddan nhw ddim yn cael yr addysg maen nhw'n ei haeddu. A phan maen nhw'n talu shwt gymaint! Hollol hunanol.'

Doedd dim angen bod yn athrylith i wybod na fyddai'r myfyrwyr yn cael yr addysg roedden nhw'n ei haeddu petai'r Tŵr yn parhau i dorri staff. Er mai llugoer oedd fy nghefnogaeth i'r achos, roeddwn i'n gallu gweld hynny'n gwbl glir. Ond roeddwn i wedi dysgu bod i bob barn ei lle a'i hamser i'w mynegi. Nid dyma oedd y lle na'r amser.

'A dyw pethau wir ddim mor wael â hynny! Os ti'n edrych ar amodau gwaith pobl oedd yn streicio yn y gorffennol, dyw ein sefyllfa ni ddim yn agos at fod cynddrwg!'

Dadl ddigon gwallus arall. Oedd seren newydd maes llenyddiaeth Saesneg ganoloesol wastad mor dwp? Neu ai'r Twr oedd wedi pylu ei allu i weld tu hwnt i'w drwyn ei hun? Byddai cymaint ganddo i'w ddysgu o'm seminarau Llenyddiaeth a Phrotest... Ond wrth i'm hisymwybod ymdrochi mewn breuddwyd o herio Ieuan i ddarllen testun yn feirniadol, roedd fy mhen i'n nodio. Dyna oedd fy strategaeth newydd: nodio, dweud cyn lleied â phosib, a gobeithio y byddai'n rhoi'r gorau iddi. Fy niwrnod i oedd hi heddiw wedi'r cyfan, roedd rhaid iddo adael rhywbryd.

'Beth bynnag,' siglodd Ieuan ei ben mewn rhwystredigaeth, 'ti'n deall hyn i gyd yn barod yn amlwg. Sori, ma fe gyd jyst yn neud fi mor grac. Arnon ni fydd y baich yn syrthio, wedi'r cyfan!'

Doeddwn i ddim yn hollol siŵr beth oedd 'y baich' yn yr achos hwn, ac yn weddol sicr na fyddai'n ffeindio ei ffordd i orffwys ar ysgwyddau Ieuan. Gobeithiais y byddai'r wên fach yn ei fodloni.

'Wna i adael ti mewn heddwch, digon o waith gyda ni, yn does?!' Chwarddodd Ieuan a chodi i ymestyn ei freichiau. 'Gyda llaw, daeth post i ti bore 'ma.'

'O! Diolch.'

Pur anaml byddwn i'n cael post dyddiau hyn. Doeddwn i heb gyhoeddi dim byd ers amser maith, roeddwn i wedi stopio tanysgrifio i'r rhan fwyaf o gyfnodolion, ac roedd golygyddion wedi hen roi'r gorau i anfon llyfrau ata i i'w hadolygu. Erbyn meddwl, doeddwn i ddim yn cofio'r tro diwethaf imi gael sgwrs am fy ngwaith ymchwil. Sgwrs go iawn.

'Heledd,' oedodd Ieuan wrth fy mhasio a gosod llaw ysgafn ar fy ysgwydd.

Wnes i fy ngorau i beidio â gwingo. Oedd e wastad wedi bod mor lawiog? Neu ai fi oedd yn fwy sensitif?

'Os oes unrhyw beth sy'n stopio ti rhag cyflawni dy ddyletswyddau i'r Tŵr, ma rhaid i ti ddweud wrthon ni, ocê? Dwi'n gwybod falle bod e'n galed mynd at y Pennaeth. Ond mae wastad croeso i ti ddod ag unrhyw broblemau ata i.'

'Diolch,' sibrydais.

Un olwg dreiddiol arall arna i ac yna – o'r diwedd! O'r diwedd! O'r diwedd! – roedd e wedi gadael. Cyfrais i ddeg cyn mynd i eistedd tu ôl i'r ddesg. Roedd y post dan sylw yn gorffwys drws nesaf i'r bysellfwrdd.

Ar agor.

Neidiais am yr amlen. Llythyr gan y meddyg yn fy ngwahodd i apwyntiad dilynol i drafod y cynnydd roeddwn i'n ei wneud gyda'r tabledi cysgu. Caeais fy llygaid a phwyso 'nôl yn fy nghadair – a bron â syrthio i'r llawr wrth ddarganfod bod y cefn wedi torri.

Pam pam pam oeddwn i wedi nodi'r Tŵr fel cyfeiriad cyfathrebu?

Roeddwn i wedi drysu, cofiais. Doeddwn i heb gysgu'n iawn ers wythnosau erbyn i Llion fy ngorfodi i fynd i weld y doctor, a phan ofynnodd y dderbynyddes am fy nghyfeiriad doeddwn i ddim yn gallu cofio rhif ein tŷ, heb sôn am y cod post. Felly roeddwn i wedi rhoi fy nghyfeiriad gwaith.

Dyna oedd y rheswm dros ymddygiad rhyfedd Ieuan, felly. Cyn hir byddai'r Tŵr cyfan yn ymwybodol o'm problemau iechyd…

Llion: Sut mae'n mynd?

Heledd: Shit. Ma Ieuan wedi gweld llythyr gan y doctor am y tabledi.

Dim ond ar ôl teipio'r neges sylweddolais mod i wedi difeio Ieuan yn llwyr, gan led-awgrymu mai fi a adawodd y llythyr o fewn ei olwg. Roeddwn i wedi syrthio'n rhy hawdd i'r arfer o guddio'r gwir rhag Llion.

> **Llion:** Sdim rhaid i ti boeni. Ma'n hollol iawn bod ar y tabledi, ma nhw'n helpu ti.

> **Heledd:** Ma Ieuan a phawb arall siŵr o fod yn meddwl mod i'n hollol pathetig.

Roedd Llion 'yn teipio' am amser maith.

> **Llion:** Beth yw'r ots beth ma Ieuan yn meddwl?! Ac os yw e'n meddwl hynny yna fe sydd â'r broblem, dim ti. Anghofia am y peth am nawr. Newn ni siarad heno, ocê?

Ochneidiais a thaflu'r ffôn i un ochr heb ymateb. Ymestynnais am fy nghwpan coffi cyn sylweddoli bod Ieuan wedi ei ddefnyddio a heb ei olchi.

* * *

Doeddwn i ddim am adael y swyddfa i olchi'r cwpan rhag ofn imi ddychwelyd a gweld Ieuan yn eistedd yn y gadair eto. Bodlonais ar ddŵr yn unig am fore cyfan. Ffolineb llwyr, sylweddolais, wedi imi anfon e-bost at dderbyniwr anghywir ac anghofio cynnwys yr atodiadau a addawyd ar e-bost arall. Erbyn y prynhawn roedd y cur pen mor annioddefol doedd gen i ddim dewis ond mentro i Lefel 5 i ymbil ar Sioned am goffi.

Er nad oedd hi fel arfer yn dysgu ar brynhawn Iau, roedd drws Sioned ar gau. Oedais a chlustfeinio, ond doedd dim sŵn lleisiau. Sŵn teipio, efallai? Codais fy nwrn. Roeddwn i'n casáu cnocio ar ddrysau caeedig. Cilagorodd Sioned y drws a chraffu i fyny ac i lawr y coridor cyn fy ngadael i mewn. Roedd y lle'n llanast llwyr: posteri sbâr ar gyfer y streic yn garped ychwanegol, ac amrywiol ffeiliau wedi eu pentyrru ar bob arwyneb.

'Bydd rhaid i ni roi mwy o bosteri i fyny,' eglurodd Sioned fel cyfarchiad. 'Byddan nhw wedi tynnu pob un lawr erbyn heno, siŵr o fod. Ni'n bwriadu rhoi rhai newydd lan bob nos Fercher.'

'Sut wnest ti fe heb gael dy ddal?'

'Myfyrwyr,' gwenodd Sioned. 'Ma gyda rhai ohonyn nhw wersi ieithoedd gyda'r hwyr – nathon nhw'u rhoi nhw lan neithiwr.'

'Clyfar.'

Oedd disgwyl imi ddweud rhywbeth mwy? Roedd fy mhen i'n curo shwt gymaint…

'Ti'n edrych fel dy fod ti 'di cyrraedd y bumed wythnos bedair wythnos a hanner o flaen y gweddill ohonon ni.'

Gwenais yn wan. 'Ieuan wedi agor 'y mhost i bore 'ma.'

'Ti'n meddwl bod y swydd Pennaeth Cynorthwyol yn cael effaith ar ei bersonoliaeth?' gofynnodd Sioned yn dywyll.

'Falle. Neu mae e wedi dysgu sut i ymddwyn i lwyddo yn Y Tŵr.'

'Ti ddim fel arfer mor ddwys â hyn ar brynhawn Iau.'

'Hm.' Suddais i 'gadair Heledd' a chau fy llygaid.

'Croeso i ti aros fan hyn i gysgu os ti moyn.'

Roedd Sioned yn gwneud sioe o ymddangos yn ddi-hid, fel petai'r cysyniad o gyd-weithiwr yn dod i gysgu yn ei swyddfa yng nghanol diwrnod gwaith yn hollol normal. Ond roeddwn i'n peri pryder iddi. Roedd hi'n gwybod cymaint i ddigwyddiadau'r semester diwethaf effeithio arna i. Prin oedd fy ymatebion i'w negeseuon niferus dros y Nadolig. Roeddwn i wedi dechrau amau mai hi oedd yn gyfrifol am awgrym Llion i mi weld doctor. Doedd ganddi ddim syniad faint o gywilydd roedd hynny'n ei godi arna i. Roedd hi wedi bod yno hefyd, wedi'r cyfan. Ond roedd hi'n iawn. Doedd hi ddim wedi chwalu'n ddarnau. Doedd hi ddim yn cael trafferth cysgu.

'Sioned?' Roedd Arjun wedi agor y drws. 'O, helô, Heledd! Nathon ni golli ti bore 'ma!'

'Mmm. Wythnos nesaf amdani,' ffugiais frwdfrydedd.

'Coffi?' gofynnodd Sioned.

'Na, rhaid imi redeg i ddysgu nawr. Jyst eisiau dweud mod i wedi bwcio ystafelloedd yn y ganolfan hamdden ar gyfer cyfarfodydd agored gyda'r myfyrwyr yn wythnosau 6 a 7, i egluro'r streic. 'Nes i hefyd weld os byddai modd bwcio ystafelloedd ar gyfer *teach-outs*. Ma nhw'n dod 'nôl ata i.'

'Gwych. Diolch, Arjun!'

'Dwi'n gorfod dysgu dros amser cinio, ond fe wna i drio dal gafael arnat ti wedyn unwaith dwi 'di sortio'r manylion.'

Chwifiodd ei law a rhedeg o'r ystafell.

'Chi'n drefnus,' nodais, heb agor fy llygaid.

'Ie, wel, gorau po fwyaf o rybudd ni'n gallu'i roi i bobl,' dywedodd Sioned. 'Croeso i ti wneud *teach-out* os hoffet ti? Byddai rhywbeth ar Llenyddiaeth a Phrotest yn ddelfrydol.'

Mwmiais rywbeth am ystyried y peth.

Ymddangosodd dyn doeddwn i ddim yn ei adnabod yn y drws i holi ynghylch datganiad i'r wasg. Wedyn grŵp o fyfyrwyr i gasglu posteri. Eisteddais/hanner-gorweddais ar 'gadair Heledd' a gadael i'r holl gynnwrf olchi drosta i.

* * *

Roedd gwaith Ffion yn ardderchog, wrth reswm. Ond roeddwn i'n gallu synhwyro ei bod hi wedi colli diddordeb. Nid dyma oedd ei phwnc dewisol, wedi'r cyfan. Roedd yr ymchwil yn drylwyr a'r iaith yn raenus – doedd dim amheuaeth mai gwaith dosbarth cyntaf uchel iawn oedd hwn – ond roedd ei geiriau wedi colli eu sglein nodweddiadol. Ni wnâi ymdrech i hudo'r darllenydd gyda'r deunydd. Oherwydd doedd hi ei hun heb ei hudo, mae'n debyg.

Wedi dweud hynny, roedd ambell gliw, yma ac acw, i awgrymu nad oedd y tân wedi ei ddiffodd yn llwyr…

'Mae hyn yn ardderchog,' dywedais. 'Dwi wedi gosod rhai sylwadau – mân gamgymeriadau, ambell beth i ti ailedrych arno, ond dwi ddim yn credu bod lot o waith ar ôl i'w wneud.'

'Diolch, Heledd.'

Edrychais ar y cloc. Deng munud wedi'r awr. Oedd Ieuan yn mynd i ymddangos? Roedd Ffion yn edrych arna i, cwestiwn yn ei llygaid. Roedd hi'n gwybod mod i wedi sylwi.

'Roedd gen i ddiddordeb arbennig yn y troednodyn ar dudalen chwech,' mentrais.

Lledodd gwên fawr ar draws ei wyneb.

'"Mewn sawl achos, mae nofelau dystopaidd yn gweithredu fel protest yn erbyn dinistr amgylcheddol. Am drafodaeth bellach, gweler fy erthygl yn rhifyn nesaf *Ysgrifau ar Lenyddiaeth Gyfoes*."'

Roedd y weithred o ddarllen yn uchel wedi dod â chynnwrf i'r ystafell. Roeddwn i wedi cymryd y wreichionen o'r traethawd a'i chynnau'n dân ar y bwrdd rhyngon ni.

'Wnest ti barhau i weithio ar agweddau o'r prosiect gwreiddiol?'

'Do! O'dd e jest mor ddiddorol ac o'n i wedi gwneud cymaint o waith yn barod, do'n i ddim yn gallu helpu'r peth.' Cnodd ei gwefus yn bryderus. 'Sori. Do'n i ddim isio sôn rhag ofn mod i'n achosi trwbl i chi.'

'Paid ymddiheuro! Dwi wir yn falch dy fod ti wedi parhau gyda'r gwaith. Oes rhywbeth alla i ei wneud i helpu? Darllen drafft? Galli di ei anfon at fy nghyfrif e-bost personol i os hoffet ti?'

'Diolch, Heledd, ond mae'n iawn. Ges i beth help gan rai o'r darlithwyr yng Nghaerefydd, ac mae'r golygyddion wedi edrych dros yr erthygl hefyd.'

Cuddiais fy siom tu ôl i wên gefnogol. Roeddwn i wedi gadael Ffion i lawr, dro ar ôl tro. Hi oedd y myfyriwr disglair y bwriedais ei mentora fel roedd Rhian wedi fy mentora i. Fi oedd wedi ei dysgu am brotest, fi oedd wedi ei hannog i gwestiynu a beirniadu. Fi oedd wedi gwylio'n dawel o'r tu ôl i'm desg wrth i Ieuan ei gorfodi i roi'r gorau i'r prosiect roedd hi wedi bod mor gyffrous yn ei gylch. Roeddwn i'n rhagrithiwr o'r radd flaenaf. A ddim yn gymwys i fentora neb. Roedd Ffion wedi gweld hynny, ac wedi troi at rywun arall am y cyngor a'r gefnogaeth roeddwn i wedi methu â'u darparu. Efallai dylwn i fod wedi gadael i Emyr ei goruchwylio. Byddai fe wedi gwneud yn well.

Am unwaith, roeddwn i'n falch o weld Ieuan yn hyrddio trwy'r drws. Fe'm harbedwyd i – a Ffion – o'm hymddiheuriad lletchwith na fyddai'n dod yn agos at wneud yn iawn am fy methiant.

'Ymddiheuriadau!' datganodd Ieuan. 'Cyfarfod gyda'r Pennaeth wedi rhedeg yn hwyr.'

'Dim problem,' dywedais. 'Roeddwn i'n egluro wrth Ffion mod i'n meddwl bod y traethawd bron â bod yno.'

'Gwych! Wnes i fwynhau'n fawr hefyd. Er, mae angen gwaith ar y casgliad.'

Edrychais i lawr ar fy nodiadau i ar y casgliad. *Ardderchog* gyda thic mawr. Oeddwn i wedi bod yn rhy hael? Ailddarllenais y casgliad yn gyflym, ond doedd dim byd o'i le hyd y gwelwn i: crynodeb clir ac effeithiol o'r brif ddadl gan ei gosod, yn ogystal, yng nghyd-destun ysgolheictod ehangach ar y pwnc.

'Mae dy arddull ychydig yn rhy ymosodol,' eglurodd Ieuan, gan gymryd ei sedd arferol ar ymyl y ddesg. 'Ti'n gwybod beth dwi'n meddwl?'

'Na, sori, dwi ddim yn dallt.'

Os oedd Ffion yn gallu herio Ieuan, yna gallwn i ei chefnogi.

'Dwi ddim yn deall chwaith, mae arna i ofn, Ieuan. Falle gallet ti ymhelaethu?'

Edrychodd Ieuan rhwng y ddwy ohonon ni gyda syndod theatrig a gwneud sioe o wneud ei hun yn fwy cyfforddus ar ei echel. 'Rwyt ti'n gorbwysleisio pwysigrwydd dy gasgliadau. Ti'n camarwain y darllenydd rhywfaint, yn gwneud iddyn nhw feddwl mai ti yw'r unig berson i ysgrifennu ar y pwnc hwn erioed.' Oedodd i'n hannog i ymuno gyda'i chwerthin. 'Ni'n gwybod, wrth gwrs, dyw hynny ddim yn wir!'

Roedd Ffion yn edrych ar ei dwylo. Roeddwn i'n gweld dotiau coch o flaen fy llygaid.

'Angen bach mwy o ostyngeiddrwydd a gwyleidd-dra, wedwn i,' chwifiodd ei fys yn ei wyneb. 'Os yw dy gasgliadau di'n arwyddocaol, bydd yr arholwr yn gallu gweld hynny, does dim angen i ti fynd mlaen am y peth! Nag wyt ti'n cytuno, Heledd?'

'Mae'r casgliad yn amlinellu'r prif bwyntiau yn effeithiol—'

'Ydy ydy, ond ma rhywbeth am y tôn, yn toes? Beth bynnag, ddylai fe ddim cymryd gormod o amser i ti ei ailysgrifennu, Ffion. A dwi'n siŵr bydd Heledd yn hapus i edrych dros y casgliad eto wedyn.' Trodd i edrych yn ddisgwylgar arna i.

'Galla i a Ffion edrych ar y casgliad gyda'n gilydd,' dywedais yn araf. 'Fel rwy'n dweud, rwy'n credu ei fod yn effeithiol dros ben.'

Ond roedd Ieuan wedi stopio gwrando ac yn sgrolio trwy ei ffôn.

'Gwych. Wel, cyfarfod da!' datganodd. 'Ein cyfarfod olaf, rwy'n credu? Roedd yn bleser, Ffion.'

'Diolch,' sibrydodd Ffion i'w dwylo wrth godi o'i sedd, hanner awr gyfan cyn i'r goruchwyliad ddod i ben yn swyddogol. Dim ei bod hi o reidrwydd yn meindio o ystyried yr amgylchiadau. Nac ychwaith wedi ei synnu gan fy anallu i'w hamddiffyn hi unwaith yn rhagor. Fyddwn i byth wedi gallu ymdopi gyda'r fath yma o ymdriniaeth fel myfyriwr gradd meistr. Fyddwn i byth wedi gorffen fy nhraethawd. Gobeithiais fod cefnogaeth darlithwyr Caerefydd yn ddigon i wrthbwyso ymdrechion Ieuan i bylu ei disgleirdeb.

Gwyliais gydag arswyd tawel wrth i Ieuan gynnig ei law i Ffion ei hysgwyd, ac yna ei chofleidio. Ystyriais agor fy ngheg. Ond yna roedd Ffion wedi rhuthro o'r ystafell.

'Mae wedi bod yn bleser cyd-oruchwylio gyda ti, Heledd!' Trodd Ieuan ata i ac roeddwn i'n ofni ei fod ar fin fy nghofleidio i hefyd. 'Cofia mod i'n hapus iawn i gyd-oruchwylio unrhyw fyfyrwyr gradd meistr eraill sydd gen ti ar y gweill.'

Nodiais yn wan gan wybod yn iawn fyddwn i byth yn awgrymu hynny. Nac ychwaith yn awgrymu i unrhyw fyfyriwr arall astudio am radd meistr gyda fi. Doedd gen i mo'r gallu i'w goruchwylio a doeddwn i ddim yn haeddu eu ffydd.

'Gyda llaw, Heledd. Mae gen i orchymyn i ti oddi uchod.'

Roedd gorchymyn yn well na cherydd o leiaf. Ceisiais ymddangos yn frwdfrydig.

'Mae myfyriwr PhD y Pennaeth, yr un oedd yn dysgu'r modiwl Employability Skills i fyfyrwyr Saesneg, yn sâl wythnos hon. Dim byd corfforol difrifol, jyst gormod o straen yn ôl y sôn,' siglodd Ieuan ei ben mewn rhwystredigaeth, ei lygaid yn datgelu'n glir ei farn o'r fath salwch. 'Mae'r amseru yn anffodus, ac fel gelli di ddychmygu, mae wedi achosi cryn dipyn o anghyfleustra i ni fel Ysgol. Felly mae'r Pennaeth eisiau i ti gymryd ei sesiynau hi.'

'Wythnos yma?'

'Ie, dwi'm yn cofio'r manylion. Dwi'n credu bod rhyw ddeg grŵp, y rhai cyntaf prynhawn 'ma. Gwell i ti wirio'r manylion gydag Efa. Bydden i'n holi ar dy ran, ond ti'n gwybod...' chwinciodd a gadael y swyddfa.

Edrychais ar fy amserlen ar-lein a gweld bod y manylion eisoes wedi eu diweddaru gyda'r deg sesiwn ychwanegol. Roedd gen i dipyn o waith paratoi i'w wneud. Dim mwy nag oeddwn i'n ei haeddu.

> **Heledd:** Dwi'n mynd i orfod gweithio'n hwyr heno. Alli di gasglu fi tua 10?

> **Llion:** Ok.

* * *

'Heledd? Heledd?'

'Beth?' mwmiais.

'Mae'n amser mynd adref, cariad. Mae'n hanner awr wedi deg.'

Neidiais ac edrych o gwmpas mewn penbleth. Roeddwn i'n dal yn y swyddfa. Beth oeddwn i'n ei wneud yn y swyddfa? Edrychais i fyny a gweld yr holl dabiau ar agor ar fy nghyfrifiadur. O ie... Roeddwn i wedi dysgu'r sesiwn am rôl cyfathrebu wrth ddatrys gwrthdaro i'r pumed grŵp prynhawn 'ma, ac roedd un o'r myfyrwyr wedi gofyn cwestiwn penodol yn deillio o'r deunydd darllen. Doeddwn i ddim eisiau datgelu mod i heb ddarllen y stwff fy hun, ac felly wedi rhuthro 'nôl i'r swyddfa i ddod o hyd i'r ateb i'r cwestiwn.

Llion. Roedd Llion yma.

'Beth wyt ti'n neud fan hyn?!'

''Nes i ddod i gasglu ti,' atebodd Llion yn amyneddgar. 'Wnest ti ddim dod allan am ddeg, felly 'nes i tecstio a ffonio. Wnest ti ddim ateb...'

'Ti ddim yn cael bod ar y safle! Pwy nath adael ti i mewn? Nath unrhyw un dy weld di?'

''Nes i weld Arjun ar y ffordd allan a nath e adael fi mewn,' dywedodd Llion yn ddiamynedd, y pryder wedi cilio nawr.

'Ddyle fe ddim fod wedi gwneud hynny!' dywedais mewn panig wyllt. 'Beth os nath Ieuan neu'r Pennaeth dy weld di? Neu Simon Edwards?'

'Beth oeddet ti'n disgwyl i fi neud?! Aros yn y maes parcio trwy'r nos?'

Caeais fy llygaid a'u hagor eto. Roeddwn i'n hanner cysgu o hyd, ond yn ddigon effro i weld y peryg. *I'd strongly advise keeping your work and personal life separate,'* roedd y Pennaeth wedi traethu. 'Bydd rhaid i ni adael heb i neb dy weld di.'

Rholiodd Llion ei lygaid ond caniataodd i mi ei arwain i lawr y grisiau. Roeddwn i'n disgwyl dod ar draws rhywun ar bob landin, ond roedd y lle fel y bedd. Ni chymerodd y gwarchodwr unrhyw sylw ohonon ni'n gadael. Ni siaradodd yr un ohonon ni tan i ni gyrraedd diogelwch y car.

'Pwy yw Simon Edwards?' gofynnodd Llion.

'O... neb...' Melltithiais fy hun. 'Un o'r bobl yn ein Hysgol.'

'Ac mae'r syniad y byddai Simon Edwards, y Pennaeth neu Ieuan yn fy ngweld i'n dod i gasglu ti o'r gwaith yn dychryn ti cymaint â hynny?'

Codais fy ysgwyddau. *Ydy. Mwy na gallet ti ddychmygu.*

Siglodd Llion ei ben. 'Mae'n rhaid i bethau wella, Heledd.'

* * *

Es i ymlaen i ddysgu'r un sesiwn am gyfathrebu a datrys gwrthdaro i bump grŵp arall. Ym mhob grŵp, roedd llu o wynebau anfodlon. Doedd yr un ohonynt fy eisiau i. Roedden nhw wedi arfer â'r myfyriwr PhD, a'i dysgu o safon sylweddol uwch na'r hyn roeddwn i wedi gallu ei roi at ei gilydd yn frysiog dros nos. Roedd sawl un wedi holi pryd fyddai'n dychwelyd. Daeth dihangfa ar brynhawn Gwener, ar ffurf y grŵp Cymraeg. Un o'r sesiynau a gynlluniwyd ar y cyd â'r lleill oedd hon, ac felly roeddwn i o leiaf yn teimlo'n gymwys i ddysgu'r myfyrwyr. Hyd yn oed os oeddwn i bron â syrthio i gysgu ar fy nhraed.

'Unrhyw gwestiynau?' gofynnais, gan obeithio na fyddai unrhyw law yn saethu i fyny. Roeddwn i'n barod yn breuddwydio am gael pendwmpian ar 'gadair Heledd'.

'Heledd, fyddwch chi ar streic?'

Cydiodd y panig. Beth os oedd y myfyrwyr hyn yn cytuno gydag Ieuan? Digon hawdd fyddai iddynt adrodd fy ngeiriau i'r Pennaeth neu'r Swyddfa Ganolog.

'Dwi ddim yn gallu ateb hynny eto,' dywedais yn ofalus.

'Wel, ni'n deall os byddwch chi. Byddwn ni'n eich cefnogi chi.'

'Diolch,' dywedais, ychydig yn sigledig.

'Am beth mae'r streiciau?' gofynnodd myfyriwr arall.

Roeddwn i'n ymgiprys am eiriau fyddai'n crynhoi'r frwydr hir yn erbyn toriadau heb lusgo fy hun i drosedd yn llygaid y Swyddfa Ganolog, pan ymatebodd myfyriwr arall ar fy rhan. 'Ma nhw'n streicio yn erbyn toriadau staff yn Ysgol y Dyniaethau.'

'Ond nid dyna'n Hysgol ni…' cwynodd myfyriwr arall. 'Pam ma'n darlithwyr ni'n streicio?'

'Achos dwyt ti ddim yn gallu streicio dim ond pan mae rhywbeth yn effeithio'n uniongyrchol arnat ti! Os yw'r Tŵr yn meddwl bod nhw'n gallu torri torri torri heb wrthwynebiad yna mater o amser fydd hi cyn eu bod nhw'n troi 'nôl at ein Hysgol ni.'

Pwysais yn erbyn y wal wrth wrando arnynt, heb feiddio datgelu fy malchder rhag ofn ei gamddeall fel cefnogaeth i'r achos. Fi oedd yn gyfrifol am eu dysgu nhw i feddwl yn feirniadol. I gyd o dan wedd modiwl 'Sgiliau Cyflogadwyedd'. Na, ddylwn i ddim cymryd y clod i gyd – y myfyrwyr oedd wedi gwneud y rhan fwyaf o'r gwaith. Pylodd y wên gudd oedd wedi tyfu tu ôl i'r mwgwd o niwtraliaeth: roedden nhw'n haeddu cymaint yn fwy na hyn.

'Beth am i ni wneud rhywbeth gwahanol ar gyfer y sesiwn nesaf?' torrais ar draws eu sgwrs. 'Gallwn ni barhau i drafod y streiciau, ond mewn cyd-destun ehangach. Rydw i eisiau i bawb ymchwilio i esiampl o streic yn y gorffennol – dim ots pa mor fach neu fawr. Meddyliwch am beth ro'n nhw'n ceisio ei gyflawni ac os oedden nhw'n llwyddiannus.'

Pesychodd rhywun tu ôl imi. Roedd Emyr yn aros i ddefnyddio'r ystafell.

'Dyna ni am heddiw! Unrhyw gwestiynau, cofiwch gysylltu,' dywedais yn frysiog. 'Sori,' sibrydais wrth Emyr. 'Roedd gan y myfyrwyr gwestiynau.'

'Paid becso.' Ond doedd e ddim yn gwenu. 'Heledd?' Gostyngodd ei lais wrth i'w fyfyrwyr gymryd eu seddi. 'Nathon nhw ofyn i ti ddysgu'r holl sesiynau cyflogadwyedd Saesneg wythnos hon?'

'Wel, ddim gofyn...'

Siglodd Emyr ei ben. 'Dylet ti fod wedi dweud – gallwn i fod wedi cymryd y grŵp Cymraeg, o leiaf. Os maen nhw'n gofyn i ti wneud eto, cofia adael i fi wybod.'

Llwyddodd diffuantrwydd y cynnig i dynnu dagrau i'm llygaid. Roeddwn i wedi syrthio yr wythnos hon, a doedd gen i mo'r nerth i godi fy hun o'r llawr. Edrych i'r cyfeiriad arall wrth basio a wnaeth y rhan fwyaf. Emyr oedd y person cyntaf i stopio i estyn llaw. Edrychais i ffwrdd gydag embaras.

'Diolch, Emyr. Wir yn gwerthfawrogi.'

PING. Ymestynnais am fy ffôn. Fel petai'n gwybod yn union pryd i droi'r gyllell, roedd e-bost gan Ieuan yn fy ngwahodd i gyfarfod peth cyntaf bore Llun. Roeddwn i ar waelod y tabl.

* * *

'Bore da, Heledd. Cymer sedd.'

Doedd dim cywilydd tebyg i dderbyn gwahoddiad i gymryd sedd yn dy swyddfa dy hun ar gyfer cyfarfod disgyblu. Gwenais yn wan a dal fy nwylo'n dynn yn fy nghôl i geisio stopio'r crynu. Roedd popeth yn mynd i fod yn iawn. Doedd hyn ddim yn annisgwyl: roeddwn i wedi gorfod dysgu deg sesiwn ychwanegol gyda braidd dim rhybudd.

'Rwy'n gobeithio dy fod yn teimlo'n gyfforddus imi arwain y cyfarfod hwn?' gofynnodd Ieuan yn dyner. 'Rwy'n hapus iawn i basio'r cyfrifoldeb i'r Pennaeth os wyt ti'n meddwl ein bod ni'n rhy agos.'

Siglais fy mhen. Petai'r cynnig wedi dod cyn y cyfarfod ei hun, byddwn i wedi neidio am y cyfle i osgoi'r lletchwithdod hyn. Ond na, roedd y ddau ohonon ni yma. Byddai cyfaddef fy mod i'n teimlo'n lletchwith ond yn gwneud y lletchwithdod yn waeth.

'Dyna o'n i'n ei feddwl hefyd!' cytunodd Ieuan yn frwdfrydig, fel petawn i wedi cynnig sylwebaeth mwy estynedig na siglo fy mhen. 'Rydyn ni'n ddigon proffesiynol i fedru gwneud hyn yn llwyddiannus, yn dydyn ni?!'

Gorfodais chwarddiad o'm ceg sych. Roedd fy ngwefusau craciog yn brifo. Ceisiais eu llyfu yn llechwraidd.

'Felly, Heledd, mae'n ddrwg iawn gen i ddweud dy fod ti ar waelod y tabl ar gyfer yr wythnos diwethaf.'

Nodiais. Wrth lwc, roedd Ieuan yn ddigon hapus i sŵn ei lais ef gario'r cyfarfod.

'Gan nad yw hyn wedi digwydd o'r blaen, dyw e ddim yn fater difrifol ar hyn o bryd. Ond pwrpas y cyfarfod heddiw yw edrych i weld beth allwn ni wneud i sicrhau bod hyn ddim yn digwydd eto, ddim yn troi'n fater difrifol, fel petai.'

'Rwy'n deall.'

Ond roedd ei hyder nawddoglyd wedi cynnau fflam fechan yn fy stumog. Prin bod Ieuan ei hun wedi gwneud unrhyw waith dysgu yn Y Tŵr. Roedd e wedi dibynnu ar eraill i gymryd y baich, i gyd wrth iddo frolio ei statws arbennig. Doedd e ddim yn gymwys i 'meirniadu na'm cynghori i.

'Gwych! Bant â ni, 'te!'

Doedd e heb sylwi ar fy anfodlonrwydd, efallai. Neu roeddwn i wedi dod yn rhy dda wrth guddio fy emosiynau.

'Cyn ein bod ni'n troi i edrych ar adborth y myfyrwyr, allet ti ddweud wrtha i beth wyt ti'n meddwl oedd gwendidau dy ddysgu di yr wythnos diwethaf?'

'Roedd fy sesiynau dysgu arferol i gyd yn iawn,' eglurais yn araf. Roeddwn i wedi treulio'r penwythnos yn ymarfer y brawddegau hyn. 'Roedd y myfyrwyr fel petaent yn mwynhau. Yn wir, ges i drafodaeth fywiog gyda'r myfyrwyr yn y sesiwn ddiwethaf.'

'Gwych. Ie, mae'r adborth yn adlewyrchu hynny. Does dim unrhyw gwynion am dy sesiynau arferol.'

Nodiais gyda rhyddhad. 'Wel, mae'r sgoriau braidd yn gamarweiniol felly. Y sesiynau eraill oedd y sesiynau wnest ti ofyn imi eu dysgu funud olaf oherwydd salwch aelod arall o staff.'

'Rwy'n gweld.' Roedd nodyn oer wedi cripio i mewn i lais

Ieuan. 'Y broblem yw Heledd, mae'n rhaid i ni gynnal safonau, beth bynnag fo'r amgylchiadau.'

'Rwy'n deall hynny,' nodiais. Roeddwn i wedi gobeithio na fyddai'n rhaid imi ddefnyddio'r brawddegau hyn, ond roeddwn i wedi eu hymarfer beth bynnag. Rhag ofn. 'Dyna pam wnes i e-bostio Efa i argymell ein bod ni'n gohirio'r sesiynau, imi gael amser i baratoi'n iawn. Ond ches i ddim ymateb ganddi yn anffodus.'

Am eiliad yn unig, gwelais Ieuan yn ymbalfalu am ei hyder. 'Does dim rhaid i ni lusgo Efa i mewn i'r drafodaeth. Rwyt ti'n dysgu'r modiwl cyfatebol Cymraeg, yn dwyt ti?' gofynnodd yn frysiog.

'Ydw.'

'Felly dylet ti fod yn gallu dysgu'r fersiwn Saesneg i'r un safon heb fawr o baratoi, yn dylet?'

'Wel…'

'Gair o gyngor, Heledd, ma rhaid i ti dderbyn cyfrifoldeb. Alli di ddim beio neb arall am hyn.'

'Dwi ddim, ond—' dechreuais.

'Dyna ddigon,' dywedodd Ieuan yn bendant. 'Cofia taw cyfarfod proffesiynol yw hwn nawr, dim sgwrs rhwng dau ffrind. Gwell i ni symud ymlaen i edrych ar yr adborth.'

Doedd fy nwylo ddim yn crynu bellach, ond yn ddyrnau wrth fy ochr. Aeth y sgript imi ei pharatoi dros y penwythnos yn angof.

'Tri sydd wedi gadael sylwadau. Maen nhw i gyd yn bethau gallwn ni weithio arnyn nhw, rwy'n credu. Barod?'

Gorfodais fy hun i nodio.

'Mae'r cyntaf yn codi pryderon ynghylch dy fynegiant: "Heledd's spoken English is clumsy. Off-putting as she's teaching us communication skills".'

Arhosais i Ieuan chwerthin neu gynnig rhyw sylw dirmygus cyn symud ymlaen. Ond roedd e'n syllu arna i yn ddifrifol. 'Beth wyt ti'n meddwl o safon dy Saesneg di, Heledd?'

'Dwi ddim yn credu bod fawr o ots,' brathais. 'O ystyried mai dim ond dysgu'r seminarau am wythnos oeddwn i. Yn Gymraeg dwi'n dysgu fel arfer. A does neb wedi cwyno am fy ngallu i fynegi fy hun yn yr iaith honno.'

Roedd Ieuan wedi dechrau siglo ei ben cyn imi orffen siarad. 'Mae dy agwedd di'n rhy hunanfodlon, Heledd.' Ochneidiodd. 'Os yw'r cyfarfod hwn yn mynd i fod o werth i ti, alli di ddim gadael i mi wneud y gwaith i gyd. Mae'n rhaid i ti hunanasesu: meddylia, sut allet ti wneud yn well?'

Roeddwn i'n ddigon parod i hunanasesu. Roedd fy ngyrfa yn Y Tŵr wedi bod yn un hunanasesiad hir. Ond doeddwn i ddim yn barod i hunanasesu fy ngallu i ddysgu trwy gyfrwng nad oedd yn fy swydd ddisgrifiad. I sadio fy hun, dychmygais adrodd ei sylwadau wrth y grŵp Cymraeg. Byddai ymateb yr Athro Williams yn enwedig yn werth ei weld.

'Beth bynnag, rhyngddot ti a fi, dwi ddim yn gweld y myfyriwr PhD yn dychwelyd am sbel fach, felly byddi di'n dysgu'r myfyrwyr Saesneg am sawl wythnos arall. Tan ddiwedd y semester, falle.'

'Gan gynnwys wythnos hon?' Roedd fy nwylo wedi ailddechrau crynu. Doedd dim modd y gallwn i oroesi wythnos arall fel yr un diwethaf. 'Does neb wedi sôn—'

'Rwy'n sôn nawr! Ac yn bwysicach, mae yna newidiadau mawr ar droed. Mae'r Cyngor Gweithredol eisiau gweld llai o Gymraeg yn Y Tŵr. Maen nhw o'r farn bod y Gymraeg yn ein dal ni'n ôl fel sefydliad addysg uwch. Bydd hi'n ddefnyddiol i ti, felly, i ddangos dy fod yn gallu cyfathrebu yn Saesneg.'

Rhywsut llwyddodd i ddehongli fy nhawelwch fel cytundeb.

'Felly, rwy'n awgrymu'r cwrs "English in the workplace". Rydw i wedi dy roi di ar y rhestr yn barod, gei di e-bost ganddyn nhw'r prynhawn 'ma.'

Unwaith eto, roedd Ieuan yn feistr ar gamddehongli fy nhawelwch.

'Ymlaen i'r nesaf, 'te! "Too much reading". Digon hawdd ei ddatrys, yn dyw e?'

Doeddwn i ddim yn ceisio cuddio fy niffyg amynedd. 'Ar draws deg grŵp seminar, cant o fyfyrwyr, mae un wedi cwyno bod gormod o ddarllen. Felly rwyt ti'n argymell mod i'n newid faint o ddarllen dwi'n ei osod er lles yr un myfyriwr hynny?'

'Wel, ma'r bodlonrwydd ar y modiwl yn isel, bosib bod eraill yn anhapus gyda'r darllen hefyd ond heb nodi hynny ar y ffurflen. Rhaid i ni fynd yn ôl yr hyn sydd gyda ni!'

Nodiais yn dynn a rhoi'r gorau i brotestio. Cytuno i bob dim, bodloni Ieuan mod i wedi gwrando a 'hunanasesu', yna gallwn i adael y swyddfa ofnadwy hon oedd yn rhy fach a phoeth ar gyfer y ddau ohonon ni.

'Nawr, y darn olaf o adborth. Wel, ma hyn ychydig yn lletchwith...' chwarddodd Ieuan. 'Ond rwy'n siŵr gallwn ni drafod hyn yn broffesiynol hefyd. Ti'n barod?'

Oedd modd i bethau waethygu?

'"Heledd does not pay sufficient attention to her appearance".'

Gorfodais fy hun i gwrdd â'i lygaid. Roedd e'n edrych arna i gyda rhywfaint o gydymdeimlad. O leiaf roedd e'n gweld bod y cyhuddiad hwnnw'n un gwallgof...

'Rwy'n deall fod e'n anodd talu sylw i beth ti'n wisgo, colur, ac yn y blaen, Heledd. Ma gyda ni gymaint ar ein platiau fel academyddion wedi'r cyfan.'

Doeddwn i ddim yn hoffi'r ffordd roedd ei lygaid yn llusgo drosta i, yn asesu'r trowsus a'r siwmper, yn archwilio fy ngwallt.

'Ond mae e yn rhan bwysig o'r swydd. Ni yw'r "front of house staff" fel petai.'

Rhaid fod y sioc a'r atgasedd yn amlwg ar fy wyneb. Ond roedd Ieuan yn parhau.

'Paid â meddwl taw ti yw'r unig un sydd wedi derbyn yr adborth hyn, chwaith. Mae sawl menyw arall yn yr un sefyllfa. A phaid â phoeni, rwy *yn* deall,' chwarddodd, 'bod hi'n anoddach i fenywod ymddangos yn smart. Allwch chi ddim jyst gwisgo siwt, wedi'r cyfan!'

'Dwi ddim yn credu…' dechreuais, fy mhen yn troelli. 'Dwi ddim yn credu dylen ni fod yn rhoi sylw i adborth myfyrwyr ar ein hymddangosiad.'

'Fel wedes i,' dywedodd Ieuan, fel petawn i heb siarad. 'Mae sawl un arall wedi cael yr un adborth. A dyna pam rydyn ni'n mynd i gynnal sesiwn hyfforddi. 'Ymddygiad Proffesiynol' fydd teitl y gweithdy, a bydd gwisg yn rhan allweddol. Rydw i wedi rhoi dy enw di lawr ar gyfer y gweithdy hwnnw hefyd. Gei di e-bost gan y trefnwyr cyn hir.'

Agorais fy ngheg i brotestio. Na. Doedd dim pwynt. Roedd Ieuan wedi gwneud ei farn yn glir. Faint o fenywod oedd wedi eistedd o'i flaen a cheisio newid y farn honno'n barod?

'Oes gen ti unrhyw gwestiynau?'

Siglais fy mhen.

'Gwych. Rwy'n edrych ymlaen at gydweithio i wella dy berfformiad.'

Ac yna roeddwn i wedi fy ngyrru allan o'm swyddfa fy hun.

Oedais yn y coridor. Sioned fyddai'r un imi redeg ati am gysur fel arfer, ond roedd Sioned wedi bod mor brysur yn ddiweddar gyda pharatoi'r streic. A beth oedd un cyfarfod 'gwella perfformiad' i rywun oedd wedi treulio wythnosau ar waelod tabl Ysgol y Dyniaethau? Er, roeddwn i'n amau fyddai neb wedi meiddio crybwyll ei hymddangosiad wrthi. Ond fy meirniadu i byddai hi'n ei wneud – am beidio â herio Ieuan.

Estynnais am fy ffôn.

Na. Fy meirniadu i byddai Llion yn ei wneud hefyd. Roedd rhaid i mi ymdopi gyda hyn ar fy mhen fy hun.

* * *

Daeth e-bost gan Ieuan i gadarnhau nad oedd y myfyriwr PhD yn bwriadu dychwelyd ac i osod y baich o ddysgu sgiliau cyflogadwyedd Saesneg arna i am weddill y semester. Erbyn diwedd yr ail wythnos o ddysgu deg awr ychwanegol, roedd yn amlwg nad oedd y trefniant yn gynaliadwy. Doeddwn i'n dal ddim yn cysgu, a nawr roedd fy ngwallt i'n syrthio allan hefyd. Roeddwn i'n aros i fyfyriwr wneud sylw ar hynny yn yr adborth. Wnes i ymbil ar Ieuan i ymyrryd. Rhaid bod rhywun y gallai ofyn i roi help llaw imi.

'*Mae gan bawb lot ar eu plât, Heledd. Yn enwedig gyda pharatoi ymchwil ar gyfer yr Asesiad Cenedlaethol.*'

Er mawr gywilydd imi, roeddwn i wedi dechrau crio o'i flaen. Doeddwn i heb wneud unrhyw ymchwil ers... ers y cyfarfod gyda Simon Edwards, siŵr o fod. Roedd pawb o'm cwmpas yn parhau i symud ymlaen tra mod i'n aros yn stond. Doedd dim amser i ddim byd ond y dysgu. Doedd dim lle yn fy amserlen, hyd yn oed, ar gyfer y cwrs 'Ymddygiad Proffesiynol' pan ddaeth y gwahoddiad. Am ychydig o funudau melys wnes i berswadio fy hun nad oedd rhaid imi felly fynychu'r gweithdy hyfforddi. Ond na, breuddwyd ffôl oedd honno. Roedd Ieuan yn canmol y cwrs bob cyfle a gâi, ac roeddwn i'n gwybod byddai helynt petai'n sylweddoli mod i heb ei fynychu, hyd yn oed gydag esgus da. Wel, doedd dim y fath beth ag esgus da ym marn Ieuan.

'Efa?'

Neidiodd yr ysgrifenyddes, a throi i'm wynebu, pentwr o bapurau yn ei breichiau.

'Oh, Heledd, chdi sydd yna.'

'Ie, jyst angen aildrefnu un o'r dosbarthiadau cyflogadwyedd ydw i.'

'Ah. Ym ia,' edrychodd Efa o gwmpas, wedi ei drysu braidd. 'Sori wnes i ddim ymateb i'r e-byst. Dwi 'di bod dros y lle i gyd.'

'Dim problem, Efa!' Doeddwn i yn sicr ddim yn un i feirniadu pobl am beidio ag ateb e-byst. Roedd rhywbeth yn bod, sylweddolais. Roedd llwyth o focsys o gwmpas y ddesg, a doedd Efa ei hun ddim yn edrych mor loyw ag arfer. 'Ti'n ocê?'

'Wedi cael y sac.'

'Na.' Roeddwn i'n gwrthod derbyn hynny. Doedd y fwyell erioed wedi troi ei golygon ar Efa. Roedd ei gwaith hi'n amhrisiadwy i'r Pennaeth. 'Pam?!'

'Dwi ddim yn siŵr. Ges i'r newyddion bore 'ma, ac yna cyfarfod hir gyda'r Swyddfa Ganolog i egluro'r penderfyniad. Roedd ganddyn nhw lwyth o ystadegau oedd yn aparentli dangos bod fy mherfformiad i ddim yn ddigonol. Ond dwi dal ddim wir yn siŵr be 'nes i'n anghywir, na be ddylwn i fod wedi gneud yn wahanol.'

'Dwi mor sori, Efa,' sibrydais.

Doeddwn i erioed wedi bod yn arbennig o agos at Efa, ond roedd hi wastad yno, wastad yn ddibynadwy.

'Dyw Ieuan ddim yn gallu helpu?' gofynnais. Roeddwn i'n teimlo'n wael wrth ofyn, yn wrth-ffeminyddol. Doedd gwerth Efa i'r Tŵr ddim yn ddibynnol ar y dyn roedd hi'n digwydd bod mewn perthynas ag ef. Ond os oedd y fath system yn bodoli, pam ddim cymryd mantais ohoni?

Aeth Efa yn dawel am amser hir. Gafaelodd mewn bocs a dechrau llwytho cynnwys ei drôr i mewn iddo. Roeddwn i ar fin ailadrodd y cwestiwn, gan feddwl nad oedd hi wedi fy nghlywed.

''Nes i orffen pethau efo Ieuan wythnos dwetha.'

Doedd gen i ddim syniad beth i'w ddweud. Cymerais gam yn agosach, yn paratoi i'w chysuro pan ddeuai'r dagrau. Ond pan drodd Efa i edrych arna i, roedd tân yn ei llygaid.

'Ieuan ddaeth i ddweud wrtha i mod i'n colli fy swydd bore 'ma. Dwi 'di gweithio gyda'r Pennaeth am ddeng mlynedd. Ond yr *ex* ddaeth i dorri'r newyddion. Dwi isio chwydu. '

Gwingais. Digon gwael oedd fy nghyfarfodydd diweddar i gydag Ieuan…

'O leia dwi'n gwybod 'nes i'r peth cywir wrth orffen petha efo fo,' dywedodd Efa'n dywyll.

'Ond ddylai hynny ddim fod wedi costio dy swydd i ti.' Er gwaethaf yr ystadegau roedd y Swyddfa Ganolog wedi eu taflu ati, roedd yn amlwg i mi mai dyna oedd wedi digwydd. Debyg ei fod yn ddigon amlwg i Efa hefyd.

'Mi fydda i'n well off allan o'r lle 'ma.'

'Fydd neb yn gallu cymryd dy le di, ddim go iawn,' dywedais. Oedd fy ngeiriau i'n helpu o gwbl? Neu'n gwneud pethau'n waeth? Roedd yr wythnosau o ddiffyg cwsg yn gwneud gwaith da o ddinistrio fy ngafael ar y sgiliau cymdeithasol mwyaf sylfaenol.

Chwarddodd Efa yn sur. 'Fydd neb yn cymryd fy lle i. Ma nhw'n cael gwared o'r swydd.'

'Ond sut… Sut ma'r Ysgol yn mynd i weithio?'

'Fydd dim cyfarfodydd efo'r Pennaeth oni bai fod y Pennaeth eisiau eich gweld chi. Bydd y gorchmynion hynny'n dod trwy Ieuan. Bydd popeth arall yn cael ei wneud trwy'r Swyddfa Ganolog.'

'Wyt ti'n mynd i brotestio?' gofynnais. 'Mae gen ti achos cryf fod hyn yn ddiswyddo annheg.'

Llithrodd y tân o lygaid Efa a daeth rhywbeth cymaint yn waeth yn ei le. Edrychodd i lawr ar ei bocs, ei dwylo'n crynu. 'Na. Nath Ieuan neud yn glir nad oedd hynny'n opsiwn. Mae gynno fo luniau, ti'n gweld...'

'O Efa, dwi mor, mor sori. Ma hynna mor...' Mor beth? Afiach, yn amlwg. Ond doedd ymddygiad Ieuan ddim yn peri syndod i mi mwyach.

Safon ni mewn tawelwch lletchwith. Roeddwn i'n tresbasu nawr. Doeddwn i ddim yn adnabod Efa mor dda â hynny: doedd gen i ddim hawl i fod yn dyst i'r ofn ar ei hwyneb. Ond doeddwn i ddim yn gallu edrych i ffwrdd. Roedd gan Efa ei muriau o ddicter i lochesu tu ôl iddynt, ond yr ofn, dyna oedd hi'n ei deimlo go iawn.

Roeddwn i'n edrych i mewn i ddrych.

Beth oedd Llion yn ei weld wrth edrych arna i y dyddiau hyn? Roedd rhan ohonof yn gobeithio y byddai'n gallu gweld trwy'r muriau i'r ofn oedd yn fy mharlysu. Efallai wedyn byddai modd iddo fy meirniadu'n llai hallt.

'Cymer ofal,' dywedais wrth Efa o'r diwedd.

'Diolch. A titha.'

Doedd dim cwestiwn o gadw mewn cysylltiad. Doeddwn i ddim yn mynd i weld Efa byth eto.

Buzz. Neidiais am fy ffôn, yn dyheu am air caredig gan Llion. Ond fi oedd fel arfer yr un i gysylltu ag ef.

> **Sioned:** Dyma'r trefniadau terfynol ar gyfer y streic wythnos nesaf...

Sgroliais trwy'r neges hirfaith, fy nghalon yn suddo. Roeddwn i wedi anghofio'n llwyr am y streic. Wrth imi ddysgu sesiwn ar ôl sesiwn o sgiliau cyflogadwyedd, roedd y posteri wedi cael eu rhoi i fyny, eu tynnu i lawr, eu rhoi i fyny, eu tynnu i lawr eto. Roedd y streic wedi dod yn rhan o fywyd pob dydd Y Tŵr. Doeddwn i ddim wedi disgwyl i'r digwyddiad ei hun gyrraedd.

* * *

Roedd Llion wedi fy ngyrru i'r gwaith erbyn saith. Ond roedd ambell berson â phlacardiau wedi cyrraedd y maes parcio o'n blaenau.

'Barod i ymuno â nhw?' gofynnodd Llion.

Edrychais rhyngddo a'r fynedfa mewn braw. 'Llion…'

''Nes i wneud dau blacard. Ma nhw yn y bŵt.'

'Llion…' sibrydais. Doedd e ddim wedi sôn am y streic. Roeddwn i wedi meddwl – gobeithio – ei fod wedi anghofio. 'Dwi ddim yn gallu.'

'Wrth gwrs bod ti'n gallu! Fyddi di ddim ar dy ben dy hun. Dwi yma, a Sioned ac Arjun.'

Siglais fy mhen. Doedd ganddo fe ddim yr hawl i wneud hyn. Doedd e ddim hyd yn oed yn gweithio yma! O gornel fy llygaid, roeddwn i'n gallu gweld Llion yn syllu arna i.

'Pam ti'n gwisgo cymaint o golur? A'r ffrog? Ti byth yn gwisgo ffrogiau.'

Roedd fy mochau'n llosgi a'r cuddiwr pastel o dan fy llygaid yn dechrau toddi. Roeddwn i wedi gwneud ymdrech i wisgo'n fwy deniadol ac i baentio fy wyneb bob dydd ers y cyfarfod gydag Ieuan. Dim ond nawr roedd Llion yn sylwi. Dyma oedd y tro cyntaf iddo edrych arna i'n iawn ers wythnosau.

'Gwneud ymdrech,' sibrydais, fy llygaid ar y placardiau. Doedd gen i ddim amser am ddadl arall. Roedd cyfarwyddiadau Sioned yn dweud i bawb gwrdd yn y maes parcio am hanner awr wedi saith. Roedd hi'n ddeng munud wedi'r awr nawr, a'r placardiau'n cynyddu.

'Bollocks.'

'Plis, Llion. Dim nawr.'

Caeais fy llygaid. Doedd ganddo ddim syniad cymaint roeddwn i'n ei aberthu yn ddyddiol er mwyn osgoi eistedd gyferbyn ag Ieuan eto. Doedd ganddo ddim syniad mod i wedi dysgu fy hun i goluro heb orfod edrych yn y drych oherwydd doeddwn i ddim yn gallu goddef gweld fy adlewyrchiad. Doedd ganddo ddim syniad mod i wedi mynd allan i brynu ffrog hir ac eistedd am bron i awr yn ystafell wisgo'r siop cyn gallu ei thrio ymlaen.

'Pwy ti'n trio impresio? Emyr?'

Roedd hi'n gêm erbyn hyn, ein perthynas ni. Ac roedd Llion yn feistr arni. Roedd e'n gwybod yn iawn nad oedd smic o ramant rhyngof fi ac Emyr. Pwy yn ei iawn bwyll fyddai'n edrych arna i ddwywaith yn y stad yma? Doedd gan Llion ei hun yn sicr ddim diddordeb ynof i bellach. Ond doeddwn i erioed wedi gallu goddef y cyhuddiad.

'Des i yn y tri gwaelod ar y "lecturer-meter". Roedd yr adborth yn dweud bod rhaid imi wneud mwy o ymdrech gyda fy ymddangosiad. Ma nhw wedi fy rhoi ar gwrs.'

'Nhw?'

'Ieuan.'

Tawelwch. 7:15. Edrychais arno, ond doedd dim arwydd ei fod yn mynd i yngan gair. Roedd rhaid imi fynd. Agorais y drws.

'Wyt ti'n siŵr dy fod ti eisiau croesi'r llinell biced?' gofynnodd Llion. 'Dyw hi ddim yn rhy hwyr. Gallwn ni sefyll tu allan gyda'n gilydd. Wna i gefnogi ti, ti'n gwybod.'

'Dwi eisiau ti i gefnogi fi nawr.'

Sythais fy ffrog a hanner rhedeg am y fynedfa, gan anwybyddu'r bobl a'r placardiau. Roedd hi'n dawel ar goridorau'r Tŵr, y welydd wedi eu plastro o'r newydd gyda phosteri. Roedd fy sodlau yn adleisio'n lletchwith ar y grisiau.

> **Llion:** Plis dere lawr, Heledd. Dwi'n aros amdanat ti tu allan. Ma Sioned wedi cyrraedd.

Trois yr allwedd yn nrws fy swyddfa ac ochneidio'n annifyr o uchel o weld nad oedd Ieuan yno. Sleifiais at y ffenest. Doedd dim ffordd byddai neb yn sylwi ar ffigwr unig mewn ffenest ar Lefel 6, ond doeddwn i ddim yn meiddio mynd yn rhy agos. Sbecian wnes i o'r ymylon. Roedd criw eithaf da ohonyn nhw wedi ymgynnull tu allan nawr, y rhan fwyaf yn chwifio placardiau neu faneri. Roedd rhywun yn defnyddio uchelseinydd i annerch y dorf. Roeddwn i'n tybio imi allu gweld gwallt pinc Sioned, ond efallai mai ffrwyth fy euogrwydd oedd hynny.

> **Llion:** Ti'n dod?

Doeddwn i ddim yn gallu gweld Llion yn y dorf ond doedd hynny ddim yn annisgwyl – roedd ganddo'r ddawn honno o fod yn bresennol heb dynnu sylw ato fe'i hun.

Dyw hi ddim yn rhy hwyr.

Ond roedd hi yn rhy hwyr. Yn rhy hwyr i mi. Roeddwn i wedi bod mor barod i brotestio semester diwethaf. Ond wedyn… wedi pob dim… roedd yr awydd wedi marw. Roedd popeth wedi marw, mewn gwirionedd.

Doedden nhw ddim fy eisiau i yno beth bynnag, dim go iawn. Roeddwn i wedi treulio oriau yn eistedd ar y bean-bag yn swyddfa Sioned wrth i drefniadau'r streic ddatblygu o'm cwmpas. Yn fy nghyflwr lled-ymwybodol, roeddwn i wedi gweld a chlywed digon i wybod na allwn i gyfrannu dim byd o werth. Mentrais sbecian eto. Roedd rhyw ganu wedi dechrau nawr. Na, nid ar y llinell biced oedd fy lle i. Er mwyn gallu brwydro dros fywyd gwell rhaid i rywun yn gyntaf fod ag awydd i fyw. A doedd gen i ddim awydd i wneud dim ond cysgu dyddiau hyn.

Y Tŵr oedd fy lle i.

Es i o ystafell ddysgu i ystafell ddysgu i gyfeiliant llafarganu'r dorf tu allan. Ychydig iawn o fyfyrwyr oedd gen i i'w dysgu. Roedden nhw bob un yn ddewrach na fi. Wnes i ddwyn ambell gipolwg o ffenestri amrywiol, byth yn stopio am fwy nag eiliad. Roedd y dorf yn fwy bob tro. A'r awyrgylch o barti yn cynyddu. Ganol bore, ymddangosodd cacennau a choffi ar fwrdd plastig mawr. Wrth i'r oriau lithro heibio, arhosais mewn penbleth am ymateb Y Tŵr. Doedd y streic ddim yn gyfrinach. Roedd Sioned wedi bod yn addurno welydd yr adeilad gyda'i chynlluniau ers misoedd.

Efallai… efallai bod ofn ar y Cyngor Gweithredol? Efallai… efallai'r tro hwn byddai gweithredu torfol yn llwyddiannus?

Oedd hi'n rhy hwyr i ymuno?

Oedd. Roedd Llion wedi rhoi'r gorau i decstio.

'Shwmai, Heledd.' Hwyliodd Ieuan fi mewn i'r swyddfa. 'Anwybydda fi, jyst eisiau casglu llyfr.'

Ceisiais wneud hynny, ond roeddwn i'n ymwybodol iawn o'i lygaid ar fy nghefn wrth imi ateb e-byst. Oedodd Ieuan i syllu drwy'r ffenest, ei drwyn yn erbyn y gwydr.

'Ma nhw'n gadael o'r diwedd, diolch byth!'

Codais, gan geisio peidio ymddangos yn rhy awyddus i weld beth oedd yn digwydd. Roedd cyfarwyddiadau Sioned wedi nodi'n ddiamwys y byddai'r streic yn para tan ddiwedd y diwrnod gwaith. Doedd hi ddim eto'n un o'r gloch. Gwelais yn syth bod datganiad Ieuan yn gamarweiniol. Roedd yr olygfa yn ddychrynllyd o gyfarwydd. Byddin o ddynion mewn du yn chwifio batonau wrth iddyn nhw amgylchynu'r streicwyr.

Llion.

Plediais yn dawel i'r streicwyr roi'r gorau iddi; i Sioned ac Arjun ddychwelyd i'r gwaith; i Llion ddychwelyd i'w gar; i'r dynion dirgel ddychwelyd i ble bynnag y buon nhw'n cuddio ers y brotest semester diwethaf. Ond roedd rhywun yn dal i siarad trwy uchelseinydd. Gwallt pinc. Roeddwn i'n sicr y tro hwn. Sioned. Sioned oedd yn gweiddi cyfarwyddiadau. Roedd hi wedi rhybuddio pawb am y dynion dirgel. Ac roedd y streicwyr wedi paratoi. Roedden nhw'n dal gafael yn ei gilydd, gan ffurfio cadwyn ddynol. Doedd dim un yn mynd i ildio.

'Na,' sibrydais.

Ni sylwodd Ieuan. Roedd e'n gwylio'r olygfa gyda diddordeb afiach.

Ymosododd yr heddlu. Llion. Pwysais yn agosach i'r ffenest, yn ymbil arno'n ddistaw i redeg am y car. Ond doeddwn i dal ddim yn gallu ei weld.

Roedd y dynion mewn du yn bla ar y streicwyr, yn eu gorfodi i'r llawr. Roedd y bwrdd gyda'r coffi a'r cacennau wedi hedfan ar draws y maes parcio. Ble roedd Llion?

'Y streicwyr ddechreuodd e,' dywedodd Ieuan. 'Roedd un ohonyn nhw'n ymddwyn yn fygythiol tuag at y gwarchodwyr.'

Doedd dim ffordd y gallai Ieuan fod wedi gweld hynny. Yr un olygfa oedd o flaen llygaid y ddau ohonon ni. Ond gyda'i ddatganiad hyderus trodd ffuglen yn ffaith. Ffaith fyddai'n lledu o'n swyddfa ar hyd coridorau'r Tŵr, mae'n debyg.

Ble roedd Llion? Roedd rhaid i mi wybod os oedd e'n iawn. 'Rhaid i mi ddychwelyd i'r gwaith,' dywedais yn bwrpasol.

Nodiodd Ieuan yn fodlon. 'Syniad da. Gwell peidio â chaniatáu iddyn nhw darfu ymhellach ar ein diwrnod ni!' Gadawodd y swyddfa gan chwibanu.

Neidiais am fy ffôn a galw Llion. Dim ateb.

> **Heledd:** Wyt ti'n iawn? Ble wyt ti?

Cyrhaeddodd dau o'r gloch a doedd dim arwydd bod Llion wedi darllen fy neges. Dysgais dri dosbarth arall heb ganolbwyntio digon i wybod pa bwnc roeddwn i'n ei drafod gyda'r myfyrwyr. Am y tro cyntaf ers misoedd, rhuthrais o'r adeilad am bump. Roedd y car yn aros yn yr union fan roedd Llion wedi ei barcio am saith y bore.

Ond doedd dim arwydd o Llion yn unman.

Ffoniais eto. Ac eto. Ac eto.

'Heledd?'

'Llion! Wyt ti'n iawn? Ble wyt ti?'

'Ma Sioned wedi gyrru fi i'r ysbyty. Dwi newydd gael x-ray, dwi wedi torri asen.'

'O, Llion! Dwi mor, mor sori,' sibrydais.

Tawelwch.

'Llion?'

'Ie dwi dal yma.'

'Ydy Sioned dal gyda ti? Ydy hi'n iawn?'

Tawelwch.

'Llion?'

'Ma Sioned yn iawn. O'dd hi'n gwybod am yr heddlu cudd. Nathoch chi weld nhw semester diwethaf, yn do?'

'Do,' sibrydais.

'Dyna beth ddigwyddodd. Dyna beth ti wedi bod yn cuddio rhagddo fi.'

Un o'r pethau. Roedd dagrau'n powlio i lawr fy mochau. 'Ie.'

'Pam, Heledd?! Pam wnest ti ddim dweud rhywbeth?'

'Do'n i ddim yn meddwl byddet ti…'

'Ddim yn meddwl bydden i'n beth?'

Fy nhro i i syrthio'n dawel.

'Ddim yn meddwl bydden i'n dy gredu di? Ddim yn meddwl bydde ots gen i?' brathodd Llion. 'Wyt ti wir yn meddwl cyn lleied o'n perthynas ni?'

'O'n i'n poeni sut fyddet ti'n ymateb.'

Tawelwch.

'Wna i ddod i'r ysbyty i gwrdd â ti nawr.'

'Na,' dywedodd Llion. 'Dwi wedi trefnu tacsi, ma fe newydd gyrraedd. Wna i gwrdd â ti adref.'

* * *

Torrodd y wawr ar fore newydd. Roeddwn i wedi hanner disgwyl na fyddai'n gwneud, bod Y Tŵr rhywsut wedi llwyddo i gipio rheolaeth dros y ffurfafen. Ond cododd yr haul yn rhannol. Roeddwn i wedi aros ar ddi-hun trwy'r nos yn aros. Roedd Llion wedi cyrraedd adref a'i wyneb yn gleisiau a'i drwyn wedi torri. Roeddwn i wedi rhuthro ato ond roedd e wedi taflu'i fraich allan i'm hatal rhag dod yn agosach.

'Dwi mor, mor sori, Llion.'

'Dwi'n gwybod. Dwi'n gorfod trio cysgu nawr.'

Codais am chwech, ac am y tro cyntaf ers amser maith, eisteddais wrth y bwrdd i fwyta brecwast gan wylio'r teledu. Ond doedd dim sôn o gwbl am y streic ar y prif newyddion. Efallai nad oedd yr olygfa wedi peri cymaint o syndod â hynny. Roedd streiciau yn rhan annatod o fywyd pob dydd erbyn hyn, yn lledu o sector i sector. Roedden ni'n hen gyfarwydd â gweld heddlu'r wladwriaeth yn rhoi taw ar brotestiadau ar strydoedd ein dinasoedd, yn gorfodi unigolion i'r llawr am ddal baner. Pam ddylai prifysgolion gael triniaeth arbennig? Roedd yna nodyn ar ddiwedd y bwletin lleol i'n hysbysu bod 'cytundeb wedi ei gyrraedd' yn dilyn streic gan rai o staff Y Tŵr. O gofio'r 'cytundeb' a gyflwynwyd i Ffion ar ôl protestio toriadau'r llyfrgell, doedd yr honiad ddim yn fy llenwi â gobaith.

Roedd Llion wedi ymuno â mi wrth y bwrdd, ei gleisiau'n ymddangos yn waeth yng ngolau dydd.

'*Sut wyt ti?*'

'*Iawn.*' Doedd hynny'n amlwg ddim yn wir.

Roedd ei lygaid wedi llithro dros fy ngwisg, fy mag. '*Ti'n bwriadu mynd i'r gwaith heddiw? Ar ôl popeth ddigwyddodd ddoe?*'

'*Ma rhaid i fi.*'

'*Pam?*'

Chwech dosbarth i'w dysgu a phrynhawn coffi gorfodol yr Ysgol. Ond bu farw'r eglurhad hwnnw ar fy ngwefus. '*Llion...*' Ond roedd e'n gwrthod edrych arna i. Ochneidiais a chodi.

'*Ti'n mynd, felly?*'

'*Ydw.*'

'*Does gen ti ddim byd arall i'w ddweud?*'

'*Beth arall sydd i'w ddweud?*' Roeddwn i wedi gofyn yn flinedig.

'*Mae cymaint mwy i'w ddweud, Heledd. Ond rwyt ti'n gwrthod siarad gyda fi. Ti'n gwneud hyn yn amhosib. Beth ydw i fod i'w neud?*'

Roeddwn i wedi gadael heb edrych arno. Doeddwn i ddim am i'w ddagrau dorri fy argae i.

Er bod coridorau'r Tŵr yn brysurach na'r diwrnod o'r blaen, roedd hi'n dawel. Y math o dawelwch trwm a geir wedi marwolaeth. Wnes i ddim stopio i gyfarch cyd-weithwyr na myfyrwyr, a wnaethon nhw ddim stopio i fy nghyfarch i. Roedd y tawelwch wedi heintio fy swyddfa hyd yn oed, wedi treiddio trwy'r bwlch o dan y drws. Braidd oeddwn i'n meiddio anadlu, a diffoddais sain fy nghyfrifiadur.

Edrychais ar fewnrwyd Y Tŵr, ond doedd dim byd. Roeddwn i wedi disgwyl gweld cyflwyno mesurau newydd yn syth. Byddai'r Cyngor Gweithredol am ddangos mai nhw oedd yn rheoli'r sefyllfa. Ond roedd arswyd arbennig i'w tawelwch. Byddai'r mesurau'n dod, doedd dim dwywaith am hynny. Ac yn llymach o aros amdanynt.

Edrychais ar fy ffôn. Doeddwn i heb glywed gair gan Sioned.

Roedd rhaid imi fynd i'w gweld hi. Mentrais allan i'r coridor a chripian i lawr y grisiau. Yn y tawelwch roeddwn i'n fwy ymwybodol fyth o'r camerâu yn fy ngwylio.

Er ei fod wedi ei hoelio i'r drws yn union fel arfer, edrychai arwydd Ysgol y Dyniaethau yn llipa. Gwthiais y drws. Dim byd. Oedd fy nghryfder corfforol i wedi dirywio cymaint â hynny? Gwthiais eto. Dim byd. Roedd y drws ar glo. Cymerais gam yn ôl a syllu ar yr arwydd mewn penbleth. Roeddwn i wedi gweithio yn Y Tŵr am bron i ddwy flynedd erbyn hyn, a doedd y drws erioed wedi ei gloi. Ymestynnais am fy ngherdyn a'i ddal i fyny i'r darllenydd ar y wal.

Bip bip bip. **Access Denied**.

Yn ymwybodol iawn o'r camera'n fflachio'n goch ar y wal, estynnais am fy ffôn.

> **Heledd:** Dwi'n trio dod i weld ti, ond dyw'r drws ddim yn agor.

> **Sioned:** Ma nhw di cau'r coridor i bawb ond staff y Dyniaethau.

Heledd: Alli di ddod i agor y drws imi?

Sioned: Na. Dwi mewn digon o drwbl yn barod.

* * *

'Croeso, bawb!' galwodd Ieuan o sedd y Pennaeth. 'Mae'r Pennaeth wedi ei galw i gyfarfod brys ynghylch amgylchiadau ddoe.'

Amgylchiadau ddoe.

'Ond na phoenwch! Rydw i yma i lywio'r llong!'

Ni wnaeth ei ddatganiad ennyn ymateb brwdfrydig. Roedd y tawelwch wedi heintio'r prynhawn coffi hefyd. Roedd pawb yn gwylio ei gilydd, yn asesu pa rôl i'w cyd-weithwyr chwarae yn 'amgylchiadau ddoe'. A oedd streicwyr yn ein mysg? Neu oedd Y Tŵr eisoes wedi eu tynnu nhw oddi yma? Roeddwn i wedi gweld cymaint o fynd a dod – wel, mynd yn bennaf – dros y blynyddoedd diwethaf, doedd gen i ddim syniad a oedd pawb yn bresennol heddiw ai peidio.

O leiaf roedd rhywfaint o gysur i'w gael ym mhresenoldeb y grŵp Cymraeg. Sefyll mewn tawelwch oeddwn i, Rhian, Emyr, a'r Athro Williams heddiw hefyd. Ond doeddwn i ddim yn meindio ein tawelwch arbennig ni gymaint. Doedd dim ciledrych ac amau yn y gornel hon o'r ystafell.

'Ac mae'n achlysur dathlu!' Roedd Ieuan yn parhau i draethu am ryw reswm. 'Our colleague, Professor Simon Edwards, has some exciting news!'

Dwysaodd y gwacter yn fy stumog. Rhywsut roedd blwyddyn gyfan wedi llithro trwy fy mysedd ers y cyfarfod gyda Simon Edwards. Roeddwn i wedi bod yn llwyddiannus dros ben yn ei osgoi. Doedd e erioed wedi colli prynhawn coffi; eu lleisiau uchel ef ac Ieuan fyddai'n cynnal y cymdeithasu fel arfer. Ond ers i Rhian wneud yn glir y byddai'n mynnu bod yn bresennol ym mhob cyfarfod rhyngon ni, doedd dim gwahoddiad arall wedi dod.

Er bod yr ofn wedi cilio rhywfaint, doeddwn i ddim yn arbennig o awyddus i ddathlu ei lwyddiant. Daliais Rhian yn edrych arna i cyn imi ostwng fy llygaid i'm hesgidiau.

'He has published a new article exploring feminist readings of depictions of the body in twentieth-century prose works in the very prestigious journal, *Studies in Modern Literature*! Can you all join me in congratulating Simon!'

Gyda'm llygaid ar fy esgidiau o hyd, roeddwn i'n gallu gweld y llawr yn symud.

'Thank you, Ieuan.' Llais sidanaidd Simon Edwards. 'I must admit that I wasn't especially convinced by the value of this approach myself, but it is very trendy at present...'

Cyd-ddigwyddiad. Plis, plis, plis, cyd-ddigwyddiad.

Am y tro cyntaf ers amser maith torrais un o reolau'r Tŵr ('no phones to be used during social sessions') a chwilota am rifyn diweddara'r cylchgrawn.

'Heledd?' sibrydodd rywun. Emyr, efallai.

Anwybyddais ef ac agor yr erthygl. Neidiodd fy ngeiriau i o'r dudalen. Erthygl am lenyddiaeth Saesneg oedd hi, ond fy syniadau i oedd yn darparu'r fframwaith. Doedd e ddim hyd yn oed wedi trafferthu aralleirio. Roedd paragraffau cyfan yn gyfieithiadau uniongyrchol o'm herthygl Gymraeg i. Ac yn gyfieithiadau da hefyd. Rhaid ei fod wedi cael cymorth gan rywun. O ystyried ei ragfarnau, doeddwn i ddim yn gallu credu bod ganddo gymaint â hyn o feistrolaeth dros y Gymraeg.

Edrychais i ganol yr ystafell, lle roedd Ieuan yn ysgwyd llaw Simon Edwards yn frwdfrydig.

'Esgusodwch fi,' clywais fy hun yn sibrwd wrth fy nghyd-weithwyr. 'Rhaid i fi fynd, dwi ddim yn teimlo'n dda iawn.'

Roedd rhywun yn gofyn os oeddwn i'n iawn, ond anwybyddais y cwestiwn a gwthio fy ffordd trwy'r swyddfa. Doeddwn i ddim yn gallu anadlu. Atseiniodd tawelwch y coridor yn fy nghlustiau. Ond doeddwn i'n dal ddim yn gallu anadlu. Nac yn gallu gweld yn iawn nawr chwaith. Roeddwn i'n baglu lawr y grisiau, yn feddw ar rywbeth gwaeth nag alcohol. Gallwn i deimlo fy hun yn colli rheolaeth. Roedd rhaid imi adael Y Tŵr cyn colli rheolaeth.

Er bod heddlu'r Tŵr wedi bod mor drylwyr wrth glirio'r streicwyr eu hunain, doedden nhw heb drafferthu clirio dim byd arall. Roedd y bwrdd yn gorwedd ar ei ochr, coffi wedi staenio'r plastig yn frown. Roedd gwylanod yn dal i wledda ar weddillion cacennau, gan bigo weithiau hefyd ar ambell boster a falwyd yn ddarnau gan y gwynt – neu gan y gyflafan.

'Heledd?'

Trois i weld Rhian yn dod allan o'r fynedfa, yn cario dau fag yn llawn llyfrau ym mhob llaw. Perodd yr olygfa ryfeddol o normal i'r panig gilio rhywfaint.

'Wna i helpu gyda rheina,' dywedais yn frysiog, gan anadlu'n gyflym a chymryd dau o'r bagiau.

'Diolch, Heledd. Dwi ddim wedi parcio'n bell.'

Cerddon ni mewn tawelwch nes cyrraedd car bach Rhian a llwytho'r bagiau.

'Clirio'r swyddfa?' Roedd fy llais i'n swnio mor ysgafn.

'Ydw.' Oedodd Rhian a throi i edrych arna i. Er bod y bagiau bellach yn y car, roedd ei hysgwyddau yn dal i suddo o dan eu pwysau. 'Dwi'n gwybod beth wnaeth Simon Edwards. Mae'n wironeddol ddrwg gen i, Heledd, rwyt ti'n haeddu gymaint yn well na hynny.'

'Diolch,' sibrydais. 'Dwi ddim yn gwybod beth i'w wneud. Mae mor… mor amlwg?! Bydd rhywun yn siŵr o sylwi.'

'Allwn ni obeithio…' ochneidiodd Rhian. 'Hoffwn i dy argymell i gwyno. Ond rydyn ni wedi gweld beth sy'n digwydd i'r sawl sy'n cwyno. Dwi eisiau i ti aros yn ddiogel.'

Er fy mod i wedi teimlo'n annioddefol o boeth a chwyslyd bum munud yn ôl, ac er ei bod hi'n noson weddol gynnes ar ddechrau mis Ebrill, roeddwn i'n crynu. Roedd ofn wedi bod yn gydymaith agos imi ers misoedd erbyn hyn, ond roedd rhywbeth am glywed rhywun arall yn rhoi llais i'r ofn… roedd arswyd arbennig iawn i'w gael o hynny.

'Dwi'n gadael heddiw.'

Edrychais arni'n fud.

'Mae'n ddrwg gen i, Heledd, am dy annog i ddilyn gyrfa yn y byd yma. Ond roedd e'n fyd cymaint yn well bryd hynny. Petawn i wedi gwybod…'

Ceisiais brotestio, ond ochenaid oedd yr unig sŵn a ddaeth o'm ceg.

'Na, does dim pwynt meddwl fel hynny, nag oes? Y gwirionedd yw, dwi yn falch…' ymestynnodd Rhian a gafael yn fy llaw. 'Dwi yn falch imi brynu'r coffi yna i ti ar dy ddiwrnod cyntaf. Oherwydd rwyt ti wedi gwneud gwahaniaeth.'

Siglais fy mhen, wedi hen roi'r gorau i guddio'r dagrau. 'Dwi ddim wedi gwneud dim byd. Dim ond methu dro ar ôl tro.'

'Yr holl lyfrau rwyt ti wedi eu hysgrifennu… yr holl fyfyrwyr rwyt ti wedi eu dysgu,' parhaodd Rhian, gan wrthod derbyn fy nagrau a'm protestiadau. 'Efallai mai'r cynfyfyrwyr sy'n ennill gwobrau neu sy'n llwyddo i fachu swyddi â chyflogau arbennig o uchel sy'n cael eu plastro ar draws prosbectws Y Tŵr, ond nid nhw sy'n bwysig, dim go iawn. Wnaethon ni ddysgu dosbarthiadau cyfan o fyfyrwyr i werthfawrogi llenyddiaeth, i ddeall pwysigrwydd geiriau, ac i ddarllen yn feirniadol. Nhw sy'n bwysig. Arnyn nhw byddwn ni'n dibynnu yn y dyddiau a ddaw.'

Roedd y dagrau'n powlio nawr. Roeddwn i wir eisiau ei chredu. Roeddwn i wir eisiau credu mod i wedi gwneud gwahaniaeth. Roeddwn i wir eisiau credu bod rhyw werth wedi bod i'r blynyddoedd o ddysgu Llenyddiaeth a Phrotest. Ond sut oedd sgwario hynny gyda'r dystiolaeth oedd yn hedfan o'm cwmpas yng ngafael y gwynt? Efallai ar y dechrau. Efallai fy mod i wedi gwneud gwahaniaeth ar y dechrau. Ond sut oedd disgwyl i ddarlithydd ddysgu myfyrwyr i feddwl yn feirniadol pan nad oedd hi ei hun yn meddu ar y ddawn honno bellach?

'Cymer ofal, Heledd, plis.' Tynnodd Rhian fi ati a'm gwasgu'n dynn. 'Dwi ddim yn siŵr… dwi ddim yn siŵr pa mor gall ydi hi i aros yma.'

Gorffwysais fy mhen yn erbyn ei hysgwydd, yn hanner ymwybodol bod y dagrau'n gwlychu ei siaced. 'Dyma i gyd sydd gen i,' sibrydais.

Gwasgodd Rhian fi'n agosach am un tro olaf.

Gyrrais adref, heb wir allu gweld rhyw lawer trwy'r dagrau.

Roedd y tŷ'n wag ac allweddi Llion ar fwrdd y gegin.

Blwyddyn 3
SEMESTER 1

The Newsletter

1. *Re-structuring of the School of Humanities:*
   Y Tŵr's strategy for improving student experience.
   For further information, click <u>here</u>.

2. *Improving Security: All staff to wear*
   micro-chipped name badges when on site.
   Report to Head of Schools for details
   on new protocols.

3. *New complaints procedure for students.*
   Click <u>here</u> for further information.

To read this Newsletter in Welsh,
visit <u>newsletter-ytwr.ac.uk</u>

'I am not going to claim that it's a good morning,' datganodd y Pennaeth. 'As you know, these are challenging times for us. We have been subject to a significant amount of negative publicity.'

Roedd y Pennaeth wedi dod o hyd i hoffter o ddramateiddio. Roeddwn i wedi synnu cyn lleied o sylw a dalwyd i'r streic ar wefannau newyddion. Ychydig iawn o ddiddordeb ac amynedd oedd gan y cyfryngau cenedlaethol am ymgiprys 'lleol' dros hawliau cyd-weithwyr, mae'n debyg.

'Recruitment is down, and our finances are in a perilous position following the events of last semester. The Executive Board has implemented an immediate freeze on all spending until the situation stabilizes.'

Ac roedd Ysgol y Dyniaethau wedi talu'r pris am godi llais. 'Re-structuring' er lles 'improving student experience' roedd y Cylchlythyr wedi honni (doedd y fersiwn Gymraeg ddim yn fodlon llwytho ar fy ffôn). Doedd Sioned ddim yn ymateb i'm negeseuon felly bu rhaid imi ddibynnu ar wefan Ysgol y Dyniaethau am syniad o natur y 're-structuring'. Fel roedd Sioned wedi darogan, roedd yr holl adrannau wedi diflannu, ynghyd â thua hanner y staff. Roedd Y Tŵr yn giaidd o effeithlon wrth gael gwared ar broffiliau staff oedd wedi syrthio o dan y fwyell. Gêm seicolegol oedd hi. Dangosai'r Tŵr i'r rhai ohonom oedd wedi goroesi cyn lleied oedd ein gwerth, gan wneud i ni amau ein bod wedi dychmygu bodolaeth ein cyd-weithwyr. Roedd Arjun wedi diflannu. Doeddwn i heb allu dweud cymaint â hwyl fawr. Er, debyg na fyddai Arjun eisiau clywed gen i, dim ar ôl i mi ei fradychu. Doeddwn i heb glywed gair gan Sioned dros yr haf, ond datgelai'r rhestr staff ein bod ni'n dal yn gyd-weithwyr.

Ond roeddwn i'n amau a fyddai chwant y fwyell wedi ei

fodloni gan y gwaed a lifai ar Lefel 5. Byddai gennym ni bris i'w dalu hefyd.

'Lecturers in the School of Humanities thought that they could resist progress, they thought that they could interfere with the Executive Board's innovative plans for the Towr's future. In the School of Arts we are more sensible and forward looking. That's why I have given my full support to the Executive Board's new initiative to ensure that there isn't any further damaging conflict on the floors of the Towr.'

New initiative. Anniddig oedd y tawelwch nawr.

'Everyone will be given a name badge.'

'Micro-chipped name badges,' yn ôl y Cylchlythyr. Doedd dim eglurhad pellach wedi bod o'u swyddogaeth.

'Ieuan will distribute these at the end of the meeting. These badges are compulsory. Staff must ensure that they are wearing their badge at all times on Towr property. Failure to comply will lead to disciplinary action. The badge will have your name and School but will also include a microphone to record speech. The recordings are automatically uploaded and saved on the Towr's system.'

Er gwaethaf natur 'gwrando yn unig' y cyfarfod, lledodd y sibrydion wrth i ambell un fachu ar y cyfle olaf i fynegi barn yn lled-ddiogel.

'Unfortunately, our IT department has not yet been able to finish developing this software and the system cannot translate from Welsh to English.'

Chwiliais am y lleill yn y dorf. Safai Emyr â'i ddwylo yn ei bocedi, ei lygaid difynegiant wedi eu hoelio ar fan ar y wal uwchben ysgwydd y Pennaeth.

'Until IT are able to solve the problem, all staff are to speak

English only, except when they have to teach through the medium of Welsh...'

'Ga i weld fy mathodyn i?' torrodd rhywun ar ei thraws.

Tawelwch. Ond roedd mymryn bach iawn o gyffro. Roedd gormod o bobl wedi eu gwasgu i mewn i'r swyddfa i'r Pennaeth allu gweld y troseddwr yn syth. Oeddwn i'n dychmygu'r panig ar ei hwyneb? Hanner edrychodd ar Ieuan a Simon Edwards ac yna ar y camera yn y gornel.

'Galla i ddod o hyd i 'mathodyn i fy hun, nid yw'n ormod o drwbl.'

Yr Athro Williams oedd wedi gwthio ei hun i'r blaen. Tynnodd y bocs o afael llipa Ieuan. Roedd y swyddfa gyfan wedi syrthio o dan ei swyn wrth iddo dwrio trwy'r bocs. Doedd dim byd erioed wedi ymddangos yn fwy diddorol na'r chwilota am fathodyn.

'A! Dyma ni!' datganodd yr Athro Williams gan godi ei fathodyn ef uwch ei ben er mwyn i bawb allu gweld. 'Wel. Dwi ddim eisiau rhan yn y nonsens hyn.' Gollyngodd y bathodyn ar y llawr a chamu arno gyda nerth a brwdfrydedd anarferol.

Crensh.

Er mod i'n gwybod na fyddai'r sioe yn para, er mod i'n gwybod byddai cosb i'r Athro Williams am ei weithred, er mod i'n gwybod byddai cosb i bob un ohonom am dystio'r weithred, er mod i'n gwybod hyn oll, gwenais am y tro cyntaf mewn amser maith. Ac nid fi oedd yr unig un.

Doedd yr Athro Williams dal heb orffen chwaith.

Crensh. Crensh. Crensh.

Diflannodd fy ngwên wrth i heddlu'r Tŵr ymddangos yn y drws. Heb orchymyn, rhannodd y dorf i glirio llwybr o'r drws i'r canol, sibrydion yn lledu i bob cornel. Roedden ni i gyd yn gyfarwydd â'r heddlu, wrth gwrs – roedd pawb wedi clywed y sïon, a sawl un llwfr ohonom wedi gwylio o ffenestri uchel wrth iddyn nhw ddelio â'r streicwyr semester diwethaf. Ond tan heddiw, cyfrinach agored oedd eu presenoldeb. Heddlu cudd oedden nhw, ar alw'r Cyngor Gweithredol mewn argyfwng. Doedd neb wedi eu gweld yn cerdded coridorau'r Tŵr o'r blaen.

'You have interrupted an official meeting and vandalised Towr property,' datganodd un ohonynt. 'You must come with us now.'

'O peidiwch chi â phoeni,' dywedodd yr Athro Williams. 'Rydw i wedi hen orffen â'r twll yma. Hwyl fawr i chi i gyd.'

Doeddwn i ddim yn siŵr sut i ysgolhaig byr yn ei chwedegau hwyr lwyddo i gilgamu heibio'r ddau ddyn ifanc athletaidd, ond dyna wnaeth e. Am ennyd edrychodd y ddau ar ei gilydd, wedi drysu – doedd hyn ddim wedi bod yn rhan o'r cynllun. Ond yna fel un aethant i sefyll wrth y drws, eu rhybudd i'r gweddill ohonom yn ddiamwys.

Daliodd Emyr fy llygaid. Doedd neb ond ni'n dau nawr.

'A new central team will be responsible for looking through the recordings and solving any issues that arise,' parhaodd y Pennaeth, gan anwybyddu'r bathodynnau o gwmpas ei thraed. 'This way, the Towr can ensure that the system is fair for everyone. Everyone will be answerable for their words. You will have noticed that we also have a new security team.'

Security team. Un ffordd o'u disgrifio.

'They have the power to stop and search. Do not resist. They are here to ensure your safety.'

Nid sicrhau diogelwch oedd bwriad yr heddlu pan wnaethon nhw dorri asen Llion. Oedd hi'n amlwg mod i'n crynu?

'You must ensure that you carry your staff ID with you at all times. All doors will now be card operated. Your card will grant access to common areas – the library, gyms, café – and to the School of Arts corridor and teaching rooms. You will not have access to the corridors of any other School. The Executive Board regret that they have to enforce this. They have tried to persuade us to work and socialize within our schools, but too many of you continued to resist that policy. And so they have no choice but to curtail your freedom of movement.'

Ceisiais deimlo rhywbeth wrth glywed hynny. Ond gyda Sioned yn fy anwybyddu, i ble byddwn i'n crwydro beth bynnag?

* * *

'ID?'

Er imi estyn yn weddol gyflym am y cerdyn roeddwn i'n ei gadw gyda fy ffôn, roedd yr aelod o'r 'security team' yn colli amynedd ac yn syllu'n fwriadol ar y rhes hir o bobl tu ôl imi.

'Sori,' mwmiais.

Gwnaeth y dyn sioe fawr o edrych ar y cerdyn ac yna ar fy wyneb ac yna ar y cerdyn eto.

'You need a new photo.'

Teimlais wres yn lledu ar draws fy mochau.

'Next time have your card ready.'

Stwffiais fy ngherdyn i 'mhoced a brysio trwy'r fynedfa. Roedd pob sgwrs yn swnio'n uwch nag arfer, yn annaturiol. Y gweithwyr wrth y ddesg groeso yn galw 'Next'; myfyrwyr PhD yn rhoi cyfarwyddiadau i'w myfyrwyr coll 'we're up on the second floor today'; cwpwl o ddarlithwyr dewr yn gwneud trefniadau i gwrdd am goffi 'eleven sounds great, see you then'. Sefais yng nghanol yr ystafell, yn clustfeinio am nodyn o iaith gyfarwydd.

'Do you require assistance?'

Neidiais wrth i aelod arall o'r 'security team' ymddangos wrth fy ysgwydd, ei gynnig swta o gymorth yn swnio'n ffuantus.

'No… thank you…' Brysiais am y grisiau cyn cael stŵr arall. Roedd Ffion yn aros tu allan i'm swyddfa.

'Sori!' cyfarchais. 'Dere mewn.'

Ein cyfarfod olaf ni oedd hwn, hanner awr i fod. Ond yn syth wedi i Ieuan anfon e-bost brysiog yn dweud bod ganddo bethau pwysicach i'w gwneud, roeddwn i wedi amserlennu awr.

'Diolch…' Eisteddodd Ffion, ei llygaid ar fy mathodyn. 'Mae'n… rhyfedd yma eleni.'

'Ydy. Ro'n i'n teimlo… ar goll bore 'ma. Wedi drysu.'

'Dyna'n union sut dwi'n teimlo! Popeth yn anghyfarwydd nawr.' Doedd ei llygaid dal heb adael fy mathodyn. 'Ydyn ni'n cael… fan yma?'

'Ydyn,' gorfodais hyder i'm llais. 'Gan mai sesiwn ddysgu yw hon, rydyn ni'n cael siarad Cymraeg.'

Roeddwn i'n gallu gweld yn barod mai bad achub fyddai'r sesiynau dysgu imi'r semester yma. Mewn ffordd afiach, roedd ymadawiadau Rhian a'r Athro Williams wedi gwneud lles i mi ac Emyr. Wrth gwrs, byddai'n rhaid i ni nawr weithio'n galetach er mwyn llenwi'r bylchau, ond doedd hynny ddim yn sialens arbennig – roeddwn i wedi hen ddod i arfer â gweithio tan ddeg, digon hawdd fyddai ymestyn y diwrnod gwaith tan hanner nos. A gyda phob sesiwn ddysgu ychwanegol byddai cyfle i siarad Cymraeg.

'A dyw'r bathodynnau ddim yn gallu deall Cymraeg. Ddim eto beth bynnag…'

Am ddatganiad hollol wallgof! Sut allai bathodyn 'ddeall' unrhyw iaith?! Roeddwn i wedi llyncu geiriau'r Pennaeth yn gwbl anfeirniadol, sylweddolais yn sydyn. Beth os oedd rhyw gynllwyn tywyll ar waith? Beth os oedd y bathodynnau yn 'deall' Cymraeg mewn gwirionedd, a'r Tŵr yn gwrando am gamymddygiad?

Na. Hi oedd y Pennaeth. Roedd rhaid imi ei chredu. Allwn i ddim fforddio colli fy hun i wallgofrwydd paranoia.

'Felly galli di ddweud beth bynnag yr hoffet ti yma!' gorffennais gyda mwy o hyder nag oeddwn i'n ei deimlo.

Roedd Ffion yn astudio ei dwylo. Doedd fy ateb ffug-hyderus heb agor y llifddorau yn syth. Roeddwn i'n deall. Roedd rhywun yn dod i arfer â thawelwch, yn dod i arfer â chnoi tafod. Na, roedd y syniad o gnoi tafod yn estron ynddo'i hun, erbyn meddwl. Roeddwn i wedi dysgu fy ngheg i beidio â meddwl ffurfio geiriau.

'Mae arna i ofn,' sibrydodd o'r diwedd.

'Fi hefyd.'

'Ma nhw'n gwrando arnoch chi,' siglodd Ffion ei phen. 'Mae'n hollol hurt. A'r "security team" newydd... ma nhw ym mhobman! Ges i fy stopio a'm holi bore ma. Doedden nhw ddim yn credu mai myfyriwr Cymraeg oeddwn i! A sut ydw i fod i brofi mod i'n fyfyriwr Cymraeg os nad ydw i'n cael siarad Cymraeg?!'

'Ddylet ti ddim fod yn gorfod profi dy fod yn fyfyriwr Cymraeg,' sibrydais. 'Dwi'n sori.'

Doedd yr ymddiheuriad ddim yn ddigonol. Ond beth mwy allwn i ei ddweud? Faint o amser oedd wedi pasio ers y tro cyntaf i Ffion ddod ata i gyda'i phryderon am y ffordd y câi ei thrin ar goridorau'r Tŵr? Dwy flynedd erbyn hyn, efallai? A beth oeddwn i wedi ei wneud yn y ddwy flynedd ddiwethaf? Doedd dim pwynt cynnig addewid gwag o help nawr.

'Bydd protestiadau?'

'Annhebygol. Dim ar ôl beth ddigwyddodd i staff Ysgol y Dyniaethau.'

Siglodd Ffion ei phen mewn rhwystredigaeth. 'Ond petai *pawb* yn protestio, byddai'n rhaid iddyn nhw wrando...'

Roedd hyn yn teimlo fel sesiwn ychwanegol o Llenyddiaeth a Phrotest. Ond heb lenyddiaeth na phrotestio.

'Mae gormod o bobl yn elwa o'r drefn,' dywedais yn dawel. 'A gormod o ofn ar y lleill. Byddai'n hawdd iawn iddyn nhw gael eraill yn ein lle, ti'n gweld. Dydyn ni, fel unigolion, yn werth dim byd i'r Tŵr. Petaen nhw'n penderfynu cael gwared ohona i, byddai degau yn neidio i'r swydd.'

'Felly, beth nawr?'

'Aros. Gobeithio am newid.'

Beth arall oeddwn i wedi ei wneud erioed?

'Mae aelodau'r Cyngor Gweithredol yn mynd a dod,' gorfodais fy hun i falu awyr. 'Dyw hi ddim yn rhy hwyr i weld newid.'

Doeddwn i ddim yn credu'r un o'r geiriau a ddaethai o'm ceg. Roedd hi'n rhy hwyr i'r Tŵr nawr. Doedd dim dychwelyd o newidiadau'r semester yma. Ond roedd Ffion yn rhy ifanc i'w cholli i anobaith. Atseiniai geiriau Rhian yn fy nghlustiau. Bydden ni i gyd yn ddibynnol ar y genhedlaeth hon yn y dyddiau i ddod.

'Wyt ti'n bwriadu gwneud cais PhD?' Roeddwn i'n casáu fy hun am ofyn.

Hedfanodd y drws ar agor. Neidiais a dechrau asesu'r trwbl roeddwn i ynddo, er mod i ddim yn gwneud dim yn anghywir.

'Sorry to interrupt!'

'Dim... no problem,' gorfodais y geiriau a'r wên gyda nhw. 'I thought you weren't attending this meeting?' Roedd y cwestiwn Saesneg yn swnio'n anghywir yn fy ngheg. 'We would have waited for you otherwise.'

'Oh no, I don't need to be here for your meeting. We've finished all the hard work after all,' chwinciodd Ieuan ar Ffion. Doedd e'n amlwg ddim yn cael trafferth dod i arfer â'r drefn

Saesneg newydd. 'But I do need the office for a meeting. You'll have to move your chat to the café.'

'Of course.'

'I'll need the office for the rest of the day too.'

Nodiais yn barod fy nghymwynas a brysio o'r swyddfa. Cerddodd y ddwy ohonon ni i lawr y pum set o risiau mewn tawelwch.

'Ddylach chi ddim gadael iddo fo siarad efo chi fel yna,' dywedodd Ffion o'r diwedd, wedi imi archebu coffi.

'Dwi'n gwybod,' ochneidiais. 'Ond fe yw'r Pennaeth Cynorthwyol. Wrth bwy allwn i gwyno nawr?'

Yr amser i gwyno oedd pan oedd Llion wedi argymell imi gwyno, sylweddolais, yr atgof yn dod â dagrau annisgwyl i'm llygaid. Dylwn i fod wedi gwrando arno fe. Dylwn i fod wedi sylweddoli mai amddiffynfa dros dro oedd fy nhawelwch.

'Beth bynnag, i ddychwelyd at ein trafodaeth, wyt ti'n bwriadu gwneud PhD?'

Siglodd Ffion ei phen.

'Wyt ti'n siŵr? Roedd dy draethawd gradd meistr yn wirioneddol wych, ac mae gen ti gymaint o syniadau eraill gallet ti eu datblygu.'

Gorfodais fy hun i ffocysu ar y gwaith, a dim ond y gwaith. Roedd gwaith Ffion yn wych, roedd ganddi'r gallu i wneud cyfraniad sylweddol i'r pwnc ac i ddyfodol yr iaith, roedd rhaid ceisio ei chadw.

Ond roedd bywyd y ferch ifanc yn eistedd gyferbyn â fi yn werth mwy na'r gwaith. Ddylwn i ddim fod yn gwneud hyn.

'Byddai rhaid i mi gael cyllid o rywle,' dechreuodd Ffion yn betrus. 'Ac wel, does dim i'w gael.'

'Roedd un ysgoloriaeth yn arfer bod, yn gystadleuol wrth gwrs, ond byddai siawns dda gyda ti…'

Roedd grŵp o fyfyrwyr ar fwrdd cyfagos yn syllu arnon ni. Roeddwn i'n tybio mod i'n gwybod pam… Anwybyddais nhw.

'Na, nathon nhw gael gwared o'r holl ysgoloriaethau ar gyfer astudiaethau ôl-radd yn Ysgol y Dyniaethau ac Ysgol y Celfyddydau ddechrau semester yma.'

Suddais yn ôl i'm sedd. Ychydig iawn o bobl fyddai â'r gallu i dalu i wneud PhD yn y Celfyddydau, llai fyth â'r awydd i wneud yn yr hinsawdd economaidd oedd ohoni.

'Wyt ti wedi edrych ar opsiynau mewn sefydliadau eraill?' gofynnais yn ofalus, y cwestiwn yn gwneud rhywbeth i leddfu'r euogrwydd. Doedd yr amodau ddim mor wael mewn prifysgolion eraill. Neu oedden nhw? Roeddwn i wedi hen golli cyswllt gyda'm ffrindiau yng Nghaerefydd. Efallai bod y Gymraeg wedi hen ddiflannu o'u coridorau nhw.

'Does fawr o gyfleoedd i'w cael. Ond a bod yn onest, Heledd… dwi jest ddim wir isio ddim mwy.'

'You shouldn't be speaking Welsh here!' Roedd cysgod aelod o'r 'security team' wedi syrthio dros y bwrdd. Roedd y grŵp o fyfyrwyr ar y bwrdd drws nesaf yn gwylio'n awchus. Daliais lygaid un ohonyn nhw, fy ngwaed i'n corddi.

'This is a teaching session. A Welsh teaching session.'

Roedd y dyn wedi ei daflu rhywfaint gan fy nhôn ddigyfaddawd. 'ID?'

Cymerais fy amser i estyn am fy ngherdyn. Cymerodd y dyn ei amser i'w astudio.

'Conduct teaching sessions in an appropriate room next time.'

'I will conduct teaching sessions in an appropriate room when such a room is provided by Y Tŵr,' gwenais yn felys arno.

Diflannodd y tân o'm stumog y funud i'r dyn droi i adael. Roedd y weithred fach o brotest yn teimlo'n frwnt. Gweithred rhywun oedd dim ond yn protestio pan oedd hi'n ddiogel gwneud.

'Dwi'n mynd i gymryd peth amser i wneud profiad gwaith a ballu,' parhaodd Ffion, gan osgoi edrych i gyfeiriad y criw o fyfyrwyr ar y bwrdd drws nesaf. 'Ac wedyn gweld be dwi isio gneud.'

'Fi'n deall,' sibrydais, yn falch mewn gwirionedd fy mod i wedi methu â'i pherswadio i aros. 'Fi'n drist iawn i dy golli di, wrth gwrs. Ond fi'n deall.'

'Diolch am bopeth, Heledd.'

Er gwaethaf terfynoldeb y datganiad, ni wnaeth Ffion ymdrech i symud. Roedd y ddwy ohonom yn gwybod bod gorffen y cyfarfod yn golygu dychwelyd i'r Saesneg neu dawelwch. Ond roedd y myfyrwyr yn dal i syllu arnon ni. Ochneidiodd Ffion a chodi.

Codais i hefyd a pharhau i wenu trwy'r tor calon. Roedd Y Tŵr wedi colli cymaint yr wythnos hon – aelodau hynaf ac ieuengaf y grŵp Cymraeg. Doedd y brifysgol ddim yn cynnig lloches i dalent bellach.

'Heledd?'

Edrychais i fyny o'm meddyliau.

'Ella dylech chi… ella dylech chi ystyried gadael hefyd.'

Gyda hynny rhuthrodd Ffion am y grisiau, fel petai'n ofni fy mod i'n mynd i'w cheryddu am groesi llinell.

* * *

Dechreuais ar yr arfer o weithio yn y caffi. Doedd fy niwrnodau swyddfa i ddim yn sanctaidd bellach – roedd Ieuan wastad yn dod o hyd i reswm i fy nhroi allan i'r coridor. Doedd gen i mo'r nerth na'r awydd i'w wrthsefyll. Roedd tawelwch y llyfrgell yn rhy drwm, gan gyfrannu at yr ymdeimlad anffodus bod y sawl a weithiai yno'n cael eu claddu'n fyw. Ac roedd rhan gudd ohonof hefyd yn gobeithio byddwn i'n gweld Sioned.

Setlais i batrwm o wario ffortiwn ar goffi gwan a brechdanau siomedig. Weithiau, pan oeddwn i'n gweithio'n hwyr, byddwn i'n perswadio fy hun bod cyfraniad G&T at leddfu'r boen yn werth y pris roedd y caffi/bar yn ei godi. Wrth i'r nosweithiau lithro heibio, dysgais bod y fodca tŷ a dŵr tonig o'r biben yn gyfuniad rhatach ac yn cael yr un effaith. Os oeddwn i'n teimlo'n arbennig o wyllt, byddwn i'n dathlu dyfodiad y penwythnos gyda wisgi.

Doedd Sioned byth yno. Ac ychydig iawn o waith roeddwn i'n llwyddo i'w gyflawni. Er bod sŵn sgwrsio cefndirol ychydig yn well na thawelwch llethol y llyfrgell, roedd y geiriau i gyd yn Saesneg. Roeddwn i'n brwydro i beidio â dod yn gyfarwydd â hynny. Petawn i'n ildio, petawn i'n dechrau disgwyl clywed Saesneg ym mhob cornel o'r Tŵr, petawn i'n normaleiddio absenoldeb y Gymraeg, yna bydden nhw'n ennill. Treuliais ganran sylweddol o'm hamser yn clustfeinio'n ofer am obaith.

Rhwng yr ysbeidiau hir o hel hunllefau, byddai cannoedd o e-byst yn cystadlu am fy sylw. Roeddwn i'n dysgu'r deg dosbarth Employability Skills o hyd, ynghyd â'm dosbarthiadau Cymraeg arferol a'r dosbarthiadau ychwanegol a ddaeth yn sgil ymadawiadau Rhian a'r Athro Williams. Er, roedd Emyr wedi cymryd mwy na'i siâr o'r sesiynau hynny, a bod yn deg. Ond doeddwn i ddim yn rhoi tegwch i'r myfyrwyr ar y modiwl Employability Skills. Roeddwn i'n araf yn uwchlwytho deunydd i Gateway, yn araf yn marcio, yn araf yn ymateb i e-byst. Y broblem oedd, doedd gen i mo'r awydd i'w dysgu nhw.

Dechreuais anwybyddu'r e-byst oedd yn cwyno. Treuliwn fy amser yn sgrolio 'nôl trwy luniau ohonof i a Llion. Doeddwn i ddim yn siŵr beth oedd waethaf: sgrolio am 'nôl, neu fynd 'nôl i'r cychwyn a dechrau oddi yno.

Roedd ambell lun o'n dêts cyntaf dros yr haf ddwy flynedd yn ôl. Diod ar fainc bren tu allan i dafarn. Coffi yn y parc. Roedd y lluniau'n cynyddu wedyn wrth i ni fynd i'r gaeaf. Roedd Llion wedi mynnu recordio pob un o'n gweithgareddau 'Nadoligaidd'. Llai o luniau wrth i ni fynd i'r ail semester, ond y cofnod yn cynyddu eto dros y gwanwyn. Roeddwn i wedi anghofio iddo brynu wy Pasg anferthol imi. Roedden ni wedi yfed lot dros yr Haf, dyna oedd fy nghasgliad o'r lluniau nesaf. Ac yna symud mewn gyda'n gilydd. Roeddwn i wedi bod yn llawn cyffro ac wedi tynnu degau o luniau o bob ystafell. Roedd Llion wedi dechrau garddio ac roeddwn i wedi tynnu ambell lun ohono fe heb iddo sylweddoli. Wrth agosáu at ein hail aeaf, roedd llai o luniau. Ambell bryd bwyd allan, ambell olygfa wrth fynd am dro. Ond aeth y lluniau'n brinnach a phrinnach, cyn stopio'n llwyr.

Oedais wrth edrych ar y llun olaf. Yn y car oedden ni, ar y ffordd i'r gwaith. Roedd Llion wedi gwneud môr a mynydd o'r ffaith mod i byth yn gyrru, ac felly roeddwn i wedi mynnu cymryd y llyw y dydd hwnnw, a mynnu ei fod e'n tynnu llun i goffáu'r achlysur. Tynnwyd y llun rhyw saith mis ynghynt. Doedd pethau ddim mor wael bryd hynny – doedd y streic heb ddigwydd eto, doedd dim sôn am y 'micro-chipped name badges', ac roedd yr heddlu yn gudd o hyd. Ond roedd Y Tŵr eisoes wedi gadael ei ôl ar fy wyneb. Y cysgodion yn fy llygaid oedd waethaf. Roeddwn i wedi hen ddod i arfer â chysgodion o dan fy llygaid, sgileffaith anffodus o weithio ym myd addysg uwch. Ond roedd y düwch wedi lledu i mewn i'm llygaid, yn sefyll allan yn erbyn y croen gwelw.

Doeddwn i ddim yn adnabod y fenyw yn y lluniau o'n Nadolig cyntaf gyda'n gilydd.

* * *

Neidiodd fy nghalon. Doedd dim angen fawr o sbardun y dyddiau hyn, a bod yn deg. Aelod o'r 'security team' yn y coridor. Myfyriwr yn codi llaw. E-bost. Ond nid neidio gyda braw y tro hwn. Neidio oherwydd imi weld gwallt pinc cyfarwydd yn pwyso dros liniadur wrth un o'r byrddau uchel yn y caffi.

'Sioned!' Rhuthrais draw a stopio o flaen y bwrdd, y gwaharddiad ar y Gymraeg wedi ei anghofio. 'Ble wyt ti 'di bod? Dwi 'di bod yn edrych amdanat ti bob dydd!'

'Helô, Heledd.'

Roedd hi'n gwenu arna i. Gwên go iawn – doedd Sioned ddim yn un i ffugio hapusrwydd na chwrteisi. Efallai nad oedd hi yn fy nghasáu i? Ceisiais beidio â gobeithio gormod. Ond doeddwn i heb deimlo gobaith ers amser hir ac roedd yr emosiwn rhyfedd gymaint yn fwy meddwol na fodca'r caffi/bar. Petai gen i Sioned eto, wedyn efallai byddai popeth yn iawn. Cymerais sedd betrusgar gyferbyn â hi.

'Dwi ddim wedi bod yn dy osgoi di,' dywedodd yn ei dull swta arferol. 'Dyma'r diwrnod cynta dwi 'di gallu gadael y swyddfa amser cinio'r semester hyn…'

Roedd yna gylchoedd anghyfarwydd o dan ei llygaid, sylwais. Ac roedd ei gwallt pinc yn llai… wel, yn llai pinc. Wrth reswm, lliwio ei gwallt a wnâi Sioned. Ond doeddwn i erioed wedi *sylwi* ar hynny o'r blaen.

'Dwi'n sori,' dywedais yn ysgafn. Sori bod Sioned mor brysur? Neu am rywbeth arall? Gadewais i'r amwyster orffwys rhyngon ni.

'Ma'n iawn,' atebodd Sioned yn yr un dôn ysgafn. Gyda'i llygaid, rhoddodd gaead ar y sgwrs am rywbeth arall. Roedd y rhan lwfr ohonof yn falch. Ond roeddwn i'n synnu hefyd – dweud ei meddwl fyddai Sioned, fel arfer.

Yna cofiais fod pob un o'n geiriau yn waharddedig erbyn hyn.

Gwingais a chwarae gydag ymyl plastig fy mathodyn. Faint o amser cyn i'r system sylweddoli ein trosedd?

'Ti'n gallu troi hwnna bant, ti'n gwybod,' dywedodd Sioned, gyda mymryn o'i hen ddireidi.

'Sut?!'

Estynnodd draw a phwyso ei bys ar logo'r brifysgol. 'Un… dau… tri… pedwar… pump.'

Bip. Syrthiodd y golau coch yn ddistaw.

'Ha!' dywedais, yn benysgafn. Pentyrrodd yr holl eiriau melys ar fy nhafod. Ond ble i ddechrau?!

'Croeso. 'Nes i weithio hynny allan o fewn dwy awr,' chwarddodd Sioned, er i'r cylchoedd o dan ei llygaid lyncu'r hiwmor. 'Jyst cofia roi fe 'nôl arno cyn bod ti'n dysgu, rhag ofn iddyn nhw sylwi.'

'Ond pam dylunio nhw fel yna?'

'I bobl bwysicach na ni allu plygu'r rheolau pan mae'n siwtio nhw, rwy'n cymryd,' atebodd Sioned.

'O, ie.' Roedd yr ateb yn amlwg. Doeddwn i heb gael digon o goffi bore 'ma. 'Sut mae pethau yn Ysgol y Dyniaethau?' mentrais.

Cododd Sioned ei hysgwyddau a gadawodd i'r cysgodion ledu ar draws ei llygaid. 'Gwael. Ma nhw di cael gwared â gormod ohonon ni nawr. Mae'r gwaith yn… does dim digon o amser.'

'Dwi'n sori.'

Roeddwn i eisiau ymestyn ar draws y bwrdd i afael yn ei llaw, ond roedd rhyw furiau anweledig yn fy nghau i allan. Braidd oeddwn i'n gallu gweld y Sioned gyfarwydd trwy ei hamddiffynfeydd. Roedd rhaid i mi edrych i ffwrdd. Roedd Sioned wastad wedi bod yn feirniadol o bolisïau'r Tŵr. Ond roedd hi wastad wedi chwerthin hefyd. Chwerthin yn dywyll, yn sicr, ac yn gynyddol dywyll wrth i amser fynd yn ei flaen. Ond chwerthin oedd hynny o hyd. Roedd wastad pwysau, wrth gwrs, ac roedden ni wastad yn cwyno bod pwysau. Ond dim cwyno go iawn; y math o gwyno chwareus mae rhywun yn ei wneud am y tywydd.

'Yr unigrwydd sydd waethaf.'

Saethodd fy llygaid 'nôl i'w hwyneb. Nid yn ei llais yn unig oedd y dagrau. Caeodd Sioned ei llygaid a chymryd anadl ddofn.

'Sioned…'

'Fi'n iawn, ma'n ocê.'

Ond doedd e ddim yn ocê. Doedd e ddim wedi bod yn ocê ers amser maith.

'Does neb yn siarad â'i gilydd bellach, ti'n gweld. Dwi'n gwybod oeddech chi bach fel 'ny yn Ysgol y Celfyddydau beth bynnag, ond gyda ni… roedden ni i gyd wastad yn siarad, pobl yn stopio i sgwrsio yn y coridor… Ond does 'na neb yn gwneud hynny mwyach.'

'Pawb yn rhy brysur?' Roedd yn frwydr i gadw fy llais i'n wastad.

'Yn rhannol, ie… ond ma ofn ar bobl hefyd…' Caeodd Sioned ei llygaid eto. 'Pawb yn ofni'r fwyell. A nawr, gyda'r "microchipped name badges" hyn… Ma nhw wastad yn gwrando arnon ni.'

Roedd tawelwch wedi disgyn dros Ysgol y Celfyddydau hefyd, sylweddolais. Ond am Ieuan. Roedd e mor uchel ei gloch ag arfer. Efallai mai dyna pam doeddwn i heb sylwi.

'Dwi'n ysu i gael siarad gyda phobl,' parhaodd Sioned. 'Bob tro dwi'n mynd i'r tŷ bach, neu i ddefnyddio'r argraffydd, dwi'n dyheu am fwrw mewn i rywun… bydde jyst "bore da" syml yn gwneud gymaint o wahaniaeth.'

Daliais i ei llygaid hi y tro hwn. A doedd dim rhaid i'r un

ohonom leisio'r datganiad oedd yn llechu yno. *Dydyn ni ddim yn cael dweud hynny mwyach.*

'Dwi ddim yn gallu siarad Saesneg gyda chyd-weithwyr... ffrindiau... dwi 'di bod yn siarad Cymraeg gyda nhw ers 'y niwrnod cynta i yma,' sibrydodd Sioned.

Wnes i afael yn ei llaw bryd hynny.

'Dwi'n colli rhan o'm hunan bob tro dwi'n gorfod gwneud.'

'Dwi'n gwybod.'

Ond beth allen ni ei wneud? Roedd hi'n rhy hwyr nawr, roeddwn i'n sicr o hynny. Pa brifysgol oedd wedi newid ei meddwl ar ôl cyflwyno mesur erioed? Na, cynnydd oedd y naratif. Parhau tua'r nod. Beth bynnag oedd y nod. Roedd yr euogrwydd yn llethol. Roedd ymgais wedi bod i stopio hyn. Roedd Sioned wedi bod yng nghanol y peth. Dyna lle dylwn i fod wedi bod hefyd.

'Dwi'n sori,' ailadroddais. Doedd dim amwyster yn fy llais tro hwn.

'Fi'n gwybod.' Syllodd Sioned yn syth i'm llygaid, ond doedd dim o'r caledwch roeddwn i'n disgwyl ei weld. 'Dwi eisiau bod yn grac gyda ti. Wnest ti droi cefn arna i pan o'n i wir dy angen di. Dwi wir eisiau bod yn grac gyda ti. Ond dwi 'di blino gormod. A dwi wir... dwi wir jyst eisiau siarad... dwi jyst eisiau sgwrs gyda rhywun. Unrhyw un.'

Gwnaeth y geiriau eu gwaith yn ddidrugaredd o effeithiol. 'Unrhyw un' oeddwn i bellach.

'Wrth gwrs,' sibrydais.

Ac felly siaradodd Sioned. Am Cathy. Am y pwysau ar eu perthynas yn dilyn y streic llynedd. Am Cathy yn colli ei thymer ac oedi'r cynlluniau i fabwysiadu oherwydd bod Sioned yn treulio cymaint o amser yn y gwaith. Am Cathy'n pacio'i bagiau.

''Nes i ymbil arni hi i aros,' dywedodd Sioned. 'Mae gen i

ddau fyfyriwr sydd yn eu misoedd olaf o'u PhDs, alla i ddim eu gadael nhw yma ar eu pennau eu hunain… Ma'n rhaid i fi aros nes iddyn nhw orffen. Nath hi ildio. Ond dyw hi dal ddim yn hapus.'

Er bod ei bywyd personol hi'n swnio'n llanast llwyr, roedd dal rhyw olau yn llygaid Sioned wrth iddi sôn am Cathy, ei gwallt yn ymddangos ychydig yn bincach. A doedd Cathy heb adael. Teimlais fflach o genfigen.

Dim ond unwaith o'r blaen roedd Sioned wedi datgelu cymaint am ei bywyd personol. Y diwrnod tyngedfennol hwnnw dros flwyddyn yn ôl, wedi fy nghyfarfod gyda Simon Edwards. Treulion ni brynhawn cyfan yn eistedd yma (wrth yr un bwrdd efallai?) gyda Sioned yn rhyw fân siarad i dynnu fy sylw oddi ar y profiad erchyll. Y prynhawn hwnnw, roedd penderfyniad Sioned i'm caniatáu i weld tu hwnt i'w bywyd gwaith 9–5 wedi dod â ni'n agosach at ein gilydd. Cariad tuag ata i oedd wrth wraidd y gwahoddiad. Heddiw doedd dim o'r agosatrwydd hwnnw. Roedd y pynciau mawr bydden ni fel arfer yn eu trafod yn gorffwys yn lletchwith yn y gwacter rhyngon ni.

* * *

Rhywsut, llwyddais i oroesi wythnos arall. Ac yna un arall. Er, doedd dyddiau Gwener ddim yn dod â rhyw lawer o bleser mwyach. Ers i Llion fy ngadael roeddwn i wedi gorfod symud i fflat stiwdio, a doeddwn i'n dal heb ffeindio'r amser – neu'r egni, debyg fod digon o amser mewn penwythnos i'r sawl na fyddai'n treulio'r holl amser yn syllu ar y wal – i brynu gwely go iawn, felly cysgu ar fatres campio ar y llawr byddwn i. Ac ers i'r Tŵr gyflwyno gostyngiad yn fy nghyflog, doeddwn i ddim eisiau gorddefnyddio'r gwres canolog.

Fel pob diwrnod arall, roedd hi'n dywyll erbyn imi adael, yn tynnu at ganol nos. Byddwn i wedi aros yn hirach ond roedd staff y caffi/bar wedi dechrau fy meirniadu am dreulio cymaint o amser dros yr un fodca a thonig.

'Heledd?' Roeddwn i'n troi'r allwedd yn nrws fy nghar – roedd y botwm electrig wedi torri – pan gerddodd Emyr ar draws y maes parcio lledwag i'm cyfarch.

'O, helô. Ti'n gweithio'n hwyr.'

Aeth fy llaw i'm bathodyn. *Staff must ensure that they are wearing their badge at all times on Towr property.* Oedd y maes parcio'n cyfri? A fyddai rhywun yn sylwi? Roeddwn i wedi dechrau parcio yn y gornel bellaf, tu hwnt i olwg a chlyw'r gwarchodwr wrth y drws.

'A ti.'

Codais fy ysgwyddau. Doedd dim pwynt egluro wrth Emyr bod gormod i'w wneud. Roeddwn i'n gallu gweld y cylchoedd o dan ei lygaid ef hefyd, a doedd ei siwmper ddim yn ymddangos yn arbennig o lân. Debyg nad oedd y farf anniben yn ddewis ffasiwn bwriadol chwaith.

'Sut wyt ti'n ymdopi?' gofynnodd e'n ysgafn gan dynnu ei fathodyn a'i osod yn ei fag.

'Wel… ti'n gwybod fel ma hi,' atebais gan ddilyn ei esiampl.

Syrthiodd tawelwch rhyngon ni. Doeddwn i ddim eisiau iddo adael. Roeddwn i eisiau cwmni. Ond doeddwn i ddim wir yn cofio sut oedd cynnal sgwrs.

'Hoffet ti eistedd yn y car gyda fi am ychydig?' mentrais. 'Mae'n oer tu allan.'

Nodiodd Emyr a gyda chytundeb distaw aeth y ddau ohonom i eistedd ochr yn ochr ar y sedd gefn. Roedd sedd y teithiwr wedi diflannu o dan tomen o lyfrau, pecynnau bwyd, a hen ddillad yoga, ond wrth lwc doedd y llanast heb ledu i'r cefn eto. Car bach oedd gen i, ac roeddwn i'n gallu teimlo ei agosrwydd.

Heb boeni rhyw lawer am sut fyddai'n ymateb, gorffwysais fy mhen ar ei ysgwydd.

'Mae'n neis gallu siarad Cymraeg,' sibrydais.

'Ydy.'

Gadewais i'r un gair syml anwesu fy nghlustiau.

'Ro'n i'n drist i glywed am Llion,' dywedodd Emyr yn dawel. 'Rwy'n gwybod pa mor hapus oeddet ti gyda fe.'

Hapus. Roeddwn i wedi teimlo'r emosiwn estron hwnnw ar y dechrau. Ond goddef ein gilydd oeddwn i a Llion erbyn y diwedd. Doeddwn i ddim wedi gwerthfawrogi'r cwmni oedd gen i – tan ei bod yn rhy hwyr.

'Dwi'n gweld eisiau Rhian,' sibrydais. Dim yn ymateb i sylw Emyr, ond yn ddatganiad lled-gysylltiedig.

'A fi. A'r Athro Williams hefyd.'

'Ches i fyth cyfle i ddod i'w nabod e'n iawn.'

'Wyt ti wedi clywed y stori amdano fe'n mynd â'r myfyrwyr ar drip i'r Gyngres Geltaidd yng Nghaerefydd?'

'Na.' Ymgartrefais drws nesaf i Emyr wrth iddo sôn am yr Athro Williams yn gyrru'r bws mini i mewn i ddibyn ar ochr y ffordd, gwenwyn bwyd (efallai'n fwriadol...), a'r ornest academaidd rhyngddo fe a'i elyn pennaf yng Nghaerefydd, a ffrwydrodd yn ddadl hanner awr yn dilyn papur gan un o fyfyrwyr benywaidd y gelyn dan sylw ar eirynnau berfol mewn Cymraeg Canol. Am ychydig, roedd dihangfa. Ymdrochon ni yn nyddiau'r hen gampws, cyn y 'micro-chipped name badges', cyn y 'lecturer-meter', cyn y toriadau. Cyn Y Tŵr.

'Diolch,' sibrydais, wedi i Emyr dawelu.

Edrychais i fyny arno, a gweld y cwestiwn yn ei lygaid. Atebais yn reddfol, gan dynnu ei ben tuag ata i a gosod cusan arbrofol ar ei wefus. Ymatebodd yn syth, ei ddwylo'n neidio i grwydro dros fy nghorff, yn datod botymau ac yn ffeindio ffordd i fy ngwasgu'n agosach ato yn y lle cyfyng. Doedd y profiad ddim yn arbennig o gyfforddus nac ychwaith yn arbennig o ddymunol. Ond ar ôl treulio wythnosau ac wythnosau unig yn ofni pob sgwrs, roedd yna bleser unigryw i'w gael o'r agosrwydd. Doeddwn i ddim yn dyheu am Emyr, nac ef amdana i. Dyheu am gyffyrddiad roedden ni. A gorau oll, cyffyrddiad rhywun arall oedd yn deall.

Gorffwysais fy mhen yn ei gôl a thynnu fy mhengliniau i'm stumog, yn belen fach ar y sedd gefn, yn rhy fach a dibwys i ddenu sylw neb o'r tu allan. Syrthiais i gysgu gan ddychmygu mai bysedd Llion oedd yn mwytho fy ngwallt.

Deffrais yn ddiweddarach, fy ngheg yn sych a'm pen yn curo. Roedd Emyr wedi mynd, a'r sedd lle bu'n eistedd yn oer. Crafangais am fy ffôn. 03:04. Ymestynnais allan ar y sedd gefn a chau fy llygaid. Doedd dim pwynt gyrru adref nawr.

* * *

Aeth hi'n rhyw fath o ddefod wedi hynny. Fi, Emyr a sedd gefn fy nghar. Doedden ni ddim yn cysylltu o flaen llaw. Byddwn i'n cyrraedd fy nghar tua hanner nos, ac yn aros am ddeng munud. Os na fyddai Emyr yn ymddangos, byddwn i'n gadael.

Arferai ymddangos unwaith neu ddwywaith yr wythnos i ddechrau, yna'n fwy aml. Erbyn wythnosau olaf y semester roedden ni'n cwrdd yn sedd gefn fy nghar bob noson waith. Yn aml iawn, eistedd mewn tawelwch fydden ni. Byddwn i'n syrthio i ryw hanner-cwsg gyda'm pen yn gorffwys ar ei ysgwydd neu yn ei gôl (er, roeddwn i wedi ei rybuddio i'm deffro cyn gadael ar ôl y noson esgeulus gyntaf). Doedd e byth yn aros am fwy nag awr, oherwydd ei wraig, siŵr o fod. Weithiau bydden ni'n cymryd cysur mewn agosrwydd corfforol. Roedd Sioned wedi taro'r hoelen ar ei phen: unigrwydd oedd un o arfau pennaf

Y Tŵr. Wnes i ond sylweddoli hynny wrth i'r cyfnodau byr yng nghwmni Emyr godi fy ysbryd. Roeddwn i'n cysgu llai nag erioed, ond doedd y blinder ddim mor llethol. Roedd rheswm gen i dros gyrraedd terfyn y diwrnod gwaith.

Yn achlysurol, bydden ni'n siarad. Doedd dim pleser i'w gael o drafod y dinistr o'n cwmpas, ond o leiaf roeddwn i'n teimlo'n llai unig – doeddwn i ddim yn dioddef ar fy mhen fy hun o dan sawdl y Cyngor Gweithredol.

'Beth ddigwyddodd i dy ffrind di?' gofynnais yn ystod un sgwrs o'r fath.

'Hm?' Roedd llygaid Emyr ynghau.

'Roedd gen ti ffrind oedd yn gweithio yn y Swyddfa Ganolog. Ai sortio trwy recordiadau mae'n gwneud erbyn hyn?' Doeddwn i ddim yn gallu cadw'r chwerwder o'm llais.

'Dim ei fai e yw e,' atebodd Emyr yn ysgafn. 'Maen nhw'n gymaint o garcharorion â ni yn y Swyddfa Ganolog ti'n gwybod. Cymro sydd ddim yn cael siarad Cymraeg yw e hefyd.'

Ochneidiais. Roedd e'n iawn. Dylwn i ymddiheuro. Ond roedd y rhwystredigaeth yn pwyso ar fy nhafod.

'Dilyn rheolau. Dyna beth ni i gyd yn ei wneud erbyn hyn,' parhaodd Emyr. 'Ond i ateb dy gwestiwn, dyw e ddim wedi cael mynd yn agos at y *chips* – mae tîm arbennig gyda nhw sy'n delio gyda'r holl waith datblygu a dadansoddi.'

'Ti ddim yn nabod neb ar y tîm hwnnw?'

'Na… maen nhw wedi dod o'r tu allan.'

'Buddsoddiad mawr.'

'Ie…' roedd Emyr wedi troi i syllu trwy'r ffenest. Roedd ambell olau unig yn galw am gymorth yn y pellter. 'Ma Marc yn dweud eu bod nhw'n gweithio ar Lefel 19 ond bod neb wedi'u gweld na'u clywed nhw.'

'Falle bod lifft cyfrinachol…'

'Lifft y mae'r Is-Ganghellor hefyd yn ei ddefnyddio...' awgrymodd Emyr gyda gwên.

Roedd hi wedi datblygu'n jôc rhyngon ni nad oedd neb wedi gweld yr Is-Ganghellor nac unrhyw aelod o'r Cyngor Gweithredol ar gyfyl Y Tŵr erioed. Yng nghwmni Emyr roeddwn i wedi ailafael yn y gallu i ddod o hyd i hiwmor yn y tywyllwch.

* * *

'Good afternoon, Heledd.'

'Pryn— good afternoon, Ieuan.' Agorais a chau fy llygaid sawl gwaith er mwyn ceisio cuddio'r cwmwl o flinder. Roedd y caffi mor brysur heddiw roeddwn i wedi ffoi i'r swyddfa. 'Can I help?' mentrais.

'I have a message for you, actually. Simon, Professor Edwards, wants a word with you.'

'Oh? Why?' gofynnais yn wan. Roeddwn i'n gallu dyfalu'r ateb. Rhaid fod Simon Edwards wedi clywed am ymadawiad Rhian. Rhaid fod Simon Edwards yn gwybod bod neb ar ôl i'm hamddiffyn rhagddo.

'He wants to discuss your progress with your research since your last meeting.'

Progress. Roedd blwyddyn a hanner wedi pasio ers fy nghyfarfod diwethaf gyda Simon Edwards. Doeddwn i ddim wedi cyflawni llawer o waith ymchwil yn yr amser hynny. Na, cywirais fy hun yn greulon: doeddwn i ddim wedi cyflawni unrhyw beth. Ond doeddwn i ddim yn awyddus i ddatgelu hynny wrth Simon Edwards. Simon Edwards oedd wedi gosod llaw ar fy nghoes y tro diwethaf i ni gwrdd. Simon Edwards oedd wedi dwyn un o'm herthyglau Cymraeg a'i chyhoeddi yn

Saesneg. Na, doeddwn i ddim yn awyddus i gyfarfod â Simon Edwards.

'Oh, I see. I'll email him to arrange a meeting.'

'No, he wants to see you now. He's very busy so you should be grateful that he can fit you in.'

Oedd Ieuan wastad wedi bod mor swta, neu ai'r iaith Saesneg oedd ar fai?

'Oh, ok.' Dylwn i fod wedi trio dod o hyd i esgus o leiaf, ond doedd gen i mo'r egni.

'I'll use the office while you're with Professor Edwards.'

'Ok.'

'Probably best to take your things as it'll be past five by the time Professor Edwards is finished with you, and you won't have to disturb me before you head home then. I have disciplinary meetings to organise unfortunately.'

Disciplinary meetings to organise. Nodiais yn fud a dilyn gorchmynion y Pennaeth Cynorthwyol gyda'r ufudd-dod y llwyddai'r fath wybodaeth anecdotaidd i'w ennyn.

Roedd swyddfa Simon Edwards yn rhy agos. Oedais tu allan i'w ddrws agored.

'You wanted to see me, Professor Edwards.'

'Ah! Heledd. Yes, I did. Thank you for dropping by.'

Doeddwn i ddim yn siŵr pam ei fod yn gwastraffu ei amser yn cyfarfod â fi. Roedd popeth am ei swyddfa'n pwyntio at ddyn oedd â gormod i'w wneud. Roedd y papurau'n bentyrrau ar ei ddesg (ac ar y llawr – roedd rhaid imi hercian i'w hosgoi), a'i gyfrifiadur yn atseinio PING nodweddiadol bob nawr ac yn y man. Ond roedd Simon Edwards ei hun yn ymlacio yn ei gadair esmwyth. Byddwn i wedi bod yn hapus i sefyll, ond roedd rheolau cymdeithasol yn fy ngorchymyn i dderbyn ei wahoddiad i eistedd ar y soffa.

'I wanted to discuss your progress since our last meeting. Have you developed any of the good ideas that you shared with me?'

Teimlais fflach o ddicter poeth yn llosgi trwy'r awydd i fwmian ymateb i'm esgidiau. Roedd Rhian wedi gosod ei hun yn gadarn rhyngof i a'r dyn ofnadwy hyn, wedi dangos i mi nad oedd raid ymgreinio o'i flaen.

'When we last spoke, you didn't want me to develop new ideas, you wanted me to focus on consolidation.' Roeddwn i'n gallu cofio pob manylyn o'm cyfarfod diwethaf. Bwrn oedd yr atgofion fel arfer, ond yn yr achos yma roeddwn i'n falch.

Pwysodd Simon Edwards yn bellach i'w gadair a'm hastudio gyda diddordeb newydd. Debyg doedd e ddim wedi arfer â menyw yn ei herio. Gwingodd fy stumog wrth feddwl am hynny. Faint o fenywod eraill oedd e wedi eu harteithio ar ei soffa ddrud? Roedd y lledr yn glynu'n anghyfforddus at gefn fy nghoesau.

'My memory of our meeting is… imprecise I'm afraid. I meet so many staff, it's hard to keep track. But I'm sure that you're quite right.' Roedd gwên fach yn dawnsio ar ei wefus nawr. 'Can I ask what you've been doing to "consolidate" your work as you say?'

Roeddwn i'n barod am hyn. Roedd y cannoedd o oriau o ddysgu sgiliau cyflogadwyedd wedi fy nysgu sut i falu awyr o leiaf.

'I've been working to increase the reach of my existing publications through improving my online presence.'

'Very good, very good.'

Roedd e'n aros am fwy. Syllais arno, yn ystyfnig fy nistawrwydd.

'It is a shame that you haven't produced anything new though. You haven't produced anything new, have you?'

Doedd siglo fy mhen ddim yn ddigon i fodloni Simon Edwards. 'No.'

'That's a real shame. You showed such potential.'

Roedd rhyw hyder dieithr wedi dechrau llygru fy ngheg ers cychwyn y sgwrs, gan ganiatáu i mi fentro gair o her yma ac acw. Ond nawr roedd fy ngheg wedi ei feddiannu'n llwyr.

'I've been very busy with teaching. I've been asked to cover additional modules.'

'I understand, of course.' Aeth Simon Edwards dros ben llestri i arddangos ffuantrwydd ei gydymdeimlad. 'But it is regrettable that you let that hinder your progress with your research. It means we can't include you in our submission for the next National Assessment. For you personally, you'll find it difficult to secure any further promotions. Indeed, we might have to let you go if the purse strings need to be tightened.'

Os bwriadu lladd fy hyder oedd e, cafodd ei siomi. Doeddwn i ddim wedi teimlo mor hyderus ers rhyw flwyddyn o leiaf. Doeddwn i ddim yn gwybod pam chwaith, ond rhywsut roedd gen i'r hyder i'w herio mewn ffordd doeddwn i erioed wedi gallu herio Ieuan.

'And will you be submitting your article exploring feminist readings of depictions of the body in twentieth-century prose works to the next National Assessment?' gofynnais yn oeraidd.

'Yes, I will actually,' atebodd Simon Edwards yn syn.

'Well, I don't think—' Doedd gen i ddim syniad sut oedd y frawddeg yn mynd i orffen – teimlad rhyfedd oedd gadael i eiriau lithro o'm ceg yn ddi-rwystr. Ond chefais i mo'r cyfle i weld y frawddeg yn blodeuo.

'One moment,' ystumiodd Simon Edwards dawelwch cyn codi i gau'r drws. Yn rhyfedd, estynnodd allwedd o'i boced a'i gloi, cyn dychwelyd yr allwedd.

Agorais fy ngheg i brotestio ond roedd fy hyder i wedi'i ysgwyd nawr. Beth fyddwn i'n ei ddweud? Fy mod i ddim eisiau iddo fe gloi'r drws? Roedd e wedi cloi'r drws yn barod wedi'r cyfan. Ac efallai ei bod hi'n arferol i gloi'r drws yn ystod cyfarfodydd pwysig? Doeddwn i ddim wedi cael cyfarfod pwysig ers cymaint o amser.

'The Assistant Head of School keeps bursting in. Knocks and just walks in! Honestly, the enthusiasm of youth,' chwarddodd Simon Edwards.

Roedd yna eglurhad synhwyrol, cysurais fy hun. Wel, eglurhad o leiaf. Y mwyaf i mi ystyried y peth, y lleiaf o synnwyr roedd yn ei wneud.

Ond doedd Simon Edwards ddim yn talu sylw i mi bellach. Roedd e wedi crwydro tu ôl i'w ddesg ac yn estyn potel o wisgi a dau wydr o'r drôr. Roedd hynny yn erbyn y rheolau, yn doedd? Roeddwn i'n eithaf siŵr bod yfed mewn cyfarfodydd yn erbyn y rheolau.

'It's five o clock after all,' chwinciodd wrth fy ngweld i'n edrych. Ac yna roedd e wedi croesi'r ystafell ac yn gwthio gwydr i'm llaw. 'You deserve it, you're nearly at the end of the semester.'

Roedd arogl cryf yn codi o'r gwydr. Roedd fy isymwybod wedi asesu'r botel, yn gwybod bod hwn yn wisgi da, yn botel na fyddwn i byth yn medru ei fforddio. Roedd e mewn cynghrair ar wahân i'r wisgi roedden nhw'n ei weini yn y caffi. Ond doedd e ddim yn apelio. Dim yma, dim nawr, dim yn rhodd gan y dyn hwn.

'I can see you're tempted,' chwarddodd Simon Edwards. 'You have quite a taste for it, don't you? You're a loyal customer at the bar I hear.'

Na.

Ceisiais symud, ond roedd y lledr yn fy nal yn sownd. Roedd

fy mochau i'n fflamau. Roedden nhw wedi bod yn fy ngwylio i. Pwy bynnag oedden 'nhw'. Na, rhaid mod i'n colli'm pwyll nawr. Darlithydd ifanc oeddwn i, ac nid yn un arbennig o dda chwaith. Doeddwn i ddim yn deilwng o'r fath sylw. Wrth iddo barhau i syllu arna i, cymerais lymaid, ac yna ddracht mwy tan iddo nodio'n fodlon. Roeddwn i'n gallu teimlo'r chwys yn casglu ar gefn fy ngwar.

Ac yna roedd e wedi gadael ei sedd esmwyth ei hun i ddod i eistedd drws nesaf i mi ar y soffa, ei goes yn pwyso yn erbyn fy nghoes i. Gorfodais fy hun i aros yn hollol lonydd.

'Now, what were we talking about? Oh yes, my article. Have you seen it? It's in *Studies in Modern Literature.*'

Trois i edrych arno. Doedd e ddim o ddifri?

'I can send you a copy if you'd like.'

Am eiliad anghofiais am y pwysau yn erbyn fy nghoes. Fy ngwaith i oedd yr unig beth oedd gen i ar ôl. Er mod i heb gynhyrchu dim byd newydd yn y ddwy flynedd ddiwethaf, roeddwn i wedi cyhoeddi llu o bapurau diddorol cyn i'r Tŵr gipio'r awydd a'r amser i ymchwilio. Gwaith roeddwn i'n hynod falch ohono. Ond doedd y gwaith hwnnw ddim yn eiddo i mi bellach. Roedd e wedi ei ddwyn. Doedd gen i ddim byd. Teimlais ddagrau yn cronni yn fy llygaid.

'Oh, I'm sorry, have you had a rough day?'

Roedd ei law wedi symud i orffwys ar fy nghlun, y cyffyrddiad yn hunllefus o gyfarwydd. Yr un cyffyrddiad roeddwn i wedi ei ail-fyw cymaint o weithiau, ond wedi gobeithio na fyddwn i byth yn ei brofi eto.

'Please, don't touch me.' Roedd fy llais yn rhyfeddol o wastad.

'Drink up, you've barely touched your whisky,' gorchmynnodd, ei fysedd yn llithro 'nôl ac ymlaen.

Doedd e ddim wedi clywed? Ond roedden ni'n eistedd mor agos.

'Please don't touch me,' dywedais eto.

Chwarddodd.

'You don't mean that.'

Edrychais i fyny. Roedd ei lygaid hanner ynghau, y gwydraid o wisgi yn chwyrlio yn ei law dde.

'I can tell there's something else you want to say,' dywedodd yn slic. Fel petawn i'n fyfyriwr mewn goruchwyliad.

'You stole my work,' brathais. 'That article was mine.'

'I think you've had enough of that,' dywedodd. Symudodd ei law o'r diwedd, gan estyn am fy ngwydr a'i osod ar y bwrdd. 'You're getting emotional. It's all too much, I know, the stress of the semester.' Gwenodd arna i a symud ei law i'm gên a thynnu fy wyneb tuag ato. 'It happens all the time. Young women who try to do too much and then get overwhelmed and lash out. But it's ok, I won't hold it against you.'

'I'm not—'

'The thing is Heledd, I like you very much. You're beautiful, and bright too. That's pretty rare here.'

Roedd pwysau'r geiriau'n annioddefol o drwm. Doeddwn i ddim wedi clywed rhywun yn fy nghanmol ers amser maith. Llion oedd y diwethaf i gynnig sylw caredig, ac roedd e wedi stopio gwneud ymhell cyn iddo fy ngadael. Doeddwn i ddim wedi sylweddoli cymaint roeddwn i'n dyheu i rywun ddweud mod i'n hardd, i ddweud mod i'n glyfar.

Ond dim fel hyn. Byddwn i wedi teimlo'n well petai Simon Edwards wedi traethu ar fy hylltra a'm twpdra.

Roeddwn i'n cael trafferth anadlu. Roedd rhaid i mi adael. Codais yn frysiog a rhuthro am y drws. Gwrthododd y bwlyn symud yn fy llaw. Tu ôl i mi, roedd Simon Edwards yn chwerthin.

'Please unlock the door,' sibrydais.

'No.'

Trois yn ôl yn araf i edrych arno. Roedd e'n pwyso 'nôl ar y soffa, ei freichiau'n ymestyn ar hyd y cefn lledr a'i goesau ar led.

'Please?'

'No. I don't feel like moving.'

Roedd ei lygaid wedi fy hoelio i'r unfan.

'You know where the key is. Come and get it.'

Doeddwn i ddim yn meiddio symud modfedd. Taflais olwg ar y ffenest, yn ystyried… ond na, roedden ni ar Lefel 6. Tyfodd gwên Simon Edwards wrth wylio fy mhanig a chymerodd ddracht araf arall o'r wisgi. Symudodd ei lygaid i lawr yn araf iawn, iawn.

'I'll come to help you out, then.'

Neidiais wrth glywed sŵn y gwydr yn cael ei osod ar y bwrdd. Roeddwn i eisiau symud, roedd y llais yn sibrwd arna i i symud, ond doedd dim unman i fynd. Ychydig o gamau ac roedd fy nghefn i yn erbyn y wal.

Roedd ei anadl yn drwm ar fy moch.

'You know where it is, cariad.'

Caeais fy llygaid a gwasgu fy hun i mewn i'r wal, ond roedd y plaster yn rhy gadarn i'm llyncu.

'I'm a little offended that you're trying so hard to get away,' sibrydodd i'm clust. 'You're out there fucking Emyr every night. Why the resistance now? I can assure you that you'll have a better time with me.'

Na.

Na.

Na.

Roeddwn i'n sgrechian, ond doedd dim sŵn.

Na. Na. Na.

Roedd e'n gwylio. Pam?! Pam oedd e'n gwylio?! Pwy arall oedd yn gwylio?

'But perhaps you're just playing hard to get.'

Llwyddodd y sgrech i ddianc, ond ar ffurf sŵn nadu pathetig.

Roedd Simon Edwards wedi newid cyfeiriad nawr, yn mwytho 'ngwallt i gydag addfwynder annifyr. 'I know it's been hard for you, since your boyfriend left you. It's been lonely, hasn't it?'

Doeddwn i heb siarad gyda'r dyn hwn ers dros flwyddyn, ond rhywsut roedd e'n gwybod pob dim amdana i. Roedden nhw i gyd yn siarad amdana i, i gyd yn chwerthin ar fy mhen.

'Let me help you.' Llithrodd ei law i'm gwasg ac yna i fyny tu fewn i'm crys. Roeddwn i wedi colli cymaint o bwysau yn ddiweddar ond heb drafferthu i brynu dillad newydd, felly tasg digon hawdd oedd i'w fysedd sleifio heibio'r metel i wasgu fy mron. Roedd arogl y wisgi yn gryf yn fy wyneb, a phwysau ei godiad yn erbyn fy nghoesau.

Roedd rhaid imi wneud rhywbeth. Ond roeddwn i'n teimlo mor benysgafn, fy nghoesau'n cael trafferth cynnal fy mhwysau. Ac roedd ei gorff yn fy hoelio i'r wal.

'You can stop this anytime you know,' dywedodd Simon Edwards, ei law yn crwydro o'm bron i lawr i'm trowsus. Roedd rheiny'n rhy llac erbyn hyn hefyd. 'You know where the key is.'

Pŵer. Dyna oedd hyn i Simon Edwards. Arddangosiad o'i allu i gymryd beth bynnag a fynnai, pryd bynnag y mynnai.

Doedd gen i ddim dewis ond ildio i'w gêm. Roedd rhaid imi ddianc. Edrychais i lawr. Pa boced? Doeddwn i ddim yn gallu cofio. Yfed o'i law dde oedd e? Gorfodais fy llaw i'w boced. Roedd y trowsus yn dynnach o lawer na'm rhai i. Cyn imi allu dal gafael yn yr allweddi roedd ei law ef yn gwasgu yn erbyn fy llaw i trwy'r defnydd, yn tynnu fy mysedd i un ochr. Chwarddodd i'm clust wrth imi frwydro yn ei erbyn. Ond yna roeddwn i'n gafael yn yr allweddi, y metel yn gysurus o oer. Gwthiais ef i ffwrdd. Ni wnaeth ymdrech i'm stopio. Roeddwn i ond yn cael dianc oherwydd roedd e am imi wneud.

Pŵer. Pŵer llwyr.

'Well, it seems that we need to leave it there for today, Heledd. Always a pleasure.'

Gorfodais heibio iddo cyn i mi chwydu ar y carped. Cymerodd amser i fy mysedd crynedig ffitio'r allwedd i'r drws. Trois i edrych. Roedd e wedi dychwelyd at y soffa ac yn prysur ddatod ei drowsus. Roedd e wedi colli diddordeb ynof i yn llwyr. Rhuthrais oddi yno.

* * *

Cyrhaeddodd Emyr am ddeng munud wedi hanner nos. Roeddwn i wedi treulio awr yn edrych trwy bolisïau'r Tŵr ar aflonyddu rhywiol a phrosesau cwyno yn fy nghopi printiedig o'r llawlyfr. Oherwydd roedd rhaid i mi wneud rhywbeth. Cwyn ddi-enw fyddai fwyaf diogel – ac roedd opsiwn i wneud hynny. Ond byddai mwy o siawns i'r gŵyn gael ei chynnal petawn i'n rhoi fy enw. Wedyn byddai'r Tŵr yn rhoi ystyriaeth i dystiolaeth y 'micro-chipped name badges'. Rhoddais y llawlyfr i'r naill ochr, ond nid cyn i Emyr weld ar beth roeddwn i'n edrych.

'Beth ddigwyddodd?'

Siglais fy mhen.

'Heledd?' Gosododd law ysgafn ar fy moch. Gwingais i ffwrdd o'r cyffyrddiad.

'Maen nhw'n ein gwylio ni.'

Pwysodd Emyr ymlaen ac edrych drwy'r ffenest, gan felltithio o dan ei anadl. Roedd y dyn a gwestiynodd fy honiad bod Simon Edwards wedi gofyn imi gyhoeddi llai yn Gymraeg wedi hen ddiflannu.

'Pwy ddywedodd wrthot ti?' Roedd llygaid Emyr wedi dychwelyd i ble roeddwn i wedi storio'r llawlyfr.

'Simon Edwards.'

'Ac mae e'n gwybod bod ni'n cwrdd fan hyn? Y ddau ohonon ni?'

'Ydy,' dywedais yn flinedig. 'Emyr—'

'Well i mi fynd,' torrodd ar fy nhraws.

Roedd ofn arno fe. A gyda rheswm da. Roedd yr holl atgofion yn rhy drwm, yn pwyso ar fy ymennydd. Y 'security team' gyda'u batonau yn ymddangos o'n cwmpas yn y tywyllwch. Dwylo Simon Edwards yn crwydro dros fy nghorff. Ond doeddwn i ddim eisiau gadael. Mynd i gyfeiriadau gwahanol fydden ni. Byddai Emyr yn dychwelyd at ei wraig a fi i'm fflat gwag.

'Alli di aros, jyst am ychydig? Jyst i eistedd fan hyn. Plis.'

Siglodd Emyr ei ben a ches i fy nhaflu o'r neilltu. Yn union fel y noson honno yn ei swyddfa ar yr hen gampws.

* * *

'Heledd? A word please.'

Oedais tu allan i ddrws agored y Pennaeth, fy nghalon yn suddo. Roedd hi wedi codi o'i desg ac yn ystumio i mi gymryd sedd wrth y bwrdd sgyrsiau difrifol. Beth oeddwn i wedi ei wneud nawr?

'Of course,' sibrydais.

Caeodd y Pennaeth y drws a dod i eistedd gyferbyn â fi. Astudiodd fi am ychydig, gan wneud yn glir bod ganddi amser heddiw am gyfarfod go iawn.

'I regret that we haven't had a formal Professional

Development meeting in quite some time,' dywedodd. 'It means that I haven't been able to enjoy as much direct oversight over your progress as I'd have liked. However, I should say that Dr Richards and Professor Edwards have been keeping me updated and I have full confidence in their monitoring procedures.'

Nodiais yn dynn. Ai cyfarfod i'm ceryddu am fy mherfformiad oedd hwn, felly?

'Is there anything you'd like to share with me, Heledd?'

Edrychais arni'n syn. Doeddwn i ddim yn cofio'r tro diwethaf i un o reolwyr Y Tŵr holi'r fath gwestiwn penagored. Siglais fy mhen yn awtomatig.

'It has come to my attention that you've had an altercation with Professor Edwards and were planning on lodging a complaint.' Crychodd ei gwefusau'n anfodlon. 'I do apologise if I have not been clear enough on this point, but I must insist that all such complaints come to me first.'

Sut oedd hi'n gwybod? Doeddwn i heb sôn wrth neb. Doeddwn i heb hyd yn oed benderfynu mod i'n mynd i gwyno. Y cwbl wnes i oedd edrych ar ambell dudalen berthnasol yn y llawlyfr. Oedd y *chips* yn gallu darllen meddyliau erbyn hyn?!

'I hadn't planned…' dechreuais, cyn ailystyried. Roedd Y Tŵr eisoes wedi penderfynu mai cwyno oedd fy mwriad, fyddai gwadu hynny ddim yn gwneud gwahaniaeth. Ac roedd gen i gyfle yma – petawn i'n rhannu'r profiad, efallai byddai'r Pennaeth yn deall. Efallai ei bod hi wedi cael profiadau tebyg. 'Simon Edwards assaulted me yesterday.'

Bron i'r rhyddhad o leisio hynny ddod â dagrau i'm llygaid. Doeddwn i ddim yn cario'r bwrn ar fy mhen fy hun mwyach.

Roedd y Pennaeth yn fy ngwylio gyda golwg annarllenadwy ar ei hwyneb. 'That is your interpretation of events, Heledd,' dywedodd hi'n dawel. 'I fear Professor Edwards may have a different interpretation.'

'But—'

Cododd y Pennaeth law i'm tewi. 'Please listen very carefully, Heledd. Professor Edwards has already been to see me this morning to share his interpretation of yesterday's allteraction. He was informed that you were planning to lodge a complaint against him and wanted to convey his side of the story. He explained that you had a meeting with him to discuss your research. When he expressed regret at your lack of progress, you attempted to seduce him.'

'The recordings will show that that isn't what happened! Listen to them!'

Ochneidiodd y Pennaeth a siglo'i phen, fel petawn i'n fyfyriwr oedd heb ddeall cwestiwn arholiad. 'Come now, Heledd. You must understand the position that you're in. Simon Edwards is an eminent professor, one of our most eminent professors, in fact. He is a public figure and has many close friends among the Executive Board. The recordings will show that his interpretation is correct.'

Syllais arni mewn syndod. Cydnabyddiaeth o seiliau llygredig Y Tŵr. Ond yr hyn oedd yn fy synnu i fwy oedd y ffaith iddi gyfaddef hyn oll heb owns o gydymdeimlad. Roedd hi'n gwybod mod i'n dweud y gwir. Ond doedd dim ots am hynny. Nid fi oedd y cyntaf i brofi'r sgwrs arbennig hon, sylweddolais.

'You have to be smart, Heledd! I appreciate that it can be challenging to work in a School that is so male dominated, especially when they all have such… lively personalities. But these are important men. You want them to back you; you want them to have your back. And for that to happen, you need to be on their side. You need them to like you.'

Ai dyma sut oedd y Pennaeth wedi codi i'w safle presennol? Edrychais arni a gweld menyw oedd wedi aberthu gormod er mwyn llwyddo. 'So, I should just let Simon Edwards assault me?' heriais hi.

'Be smart, Heledd,' dywedodd hi'n isel. 'It didn't happen. Anyway,' parhaodd yn ei llais arferol. 'Professor Edwards isn't going to lodge a formal complaint, but he does want to see you reprimanded for your behaviour. He's especially concerned as he is a married man with two children, and he drew my attention to your track record on that front. He is keen to avoid the impression that young women can sleep their way to the top at this university, so to speak. I have decided, as a consequence, to put you on a behavioural therapy course. I'll be monitoring the reports to ensure that you're making good progress. I have consulted with Professor Edwards, and he agrees with this course of action.'

Y Pennaeth oedd yn siarad. Ond Simon Edwards oedd biau ei llais.

'You're complicit in this,' dywedais.

'In what?'

Dychwelodd y Pennaeth i eistedd tu ôl i'w desg.

Blwyddyn 3
SEMESTER 2

The Newsletter

Y Tŵr celebrates success! Student satisfaction at its highest level yet. For full results of the National Survey, click <u>here</u>.

1. *Window for Voluntary Redundancies remains open. Competitive package on offer. Contact Central Office for a free consultation.*

2. *Change of time for staff coffee afternoons. All staff to gather in their Head of School's Office, Fridays at 7pm.*

'Any questions?'

Doeddwn i ddim eisiau edrych. Roedd y grŵp yma yn dal fy nhynged yn eu dwylo. Roeddwn i wedi bod ar waelod y tabl am bythefnos nawr. Roedd rhaid imi wneud yn dda yr wythnos hon, neu fyddwn i o flaen y pwyllgor disgyblu. Ond doedd gen i mo'r egni i frwydro. Doedd gen i mo'r egni i geisio gwneud yn well. Dyna i gyd oeddwn i'n gallu ei wneud oedd sefyll o flaen y dosbarth a gobeithio'r gorau.

'Yes?' gofynnais, fy nghalon yn suddo o weld ambell law yn saethu i'r awyr.

'The reading for next week isn't on Gateway yet.'

'I'm so sorry,' dywedais yn frysiog. 'Thank you very much for drawing my attention to that. I'll upload the material immediately after we finish this session.'

'The essay questions you uploaded are last year's,' dywedodd rhywun arall.

'Oh…' Roeddwn i'n siŵr mod i wedi treulio amser yn llunio cwestiynau newydd. Breuddwyd efallai. 'I'll check that too.'

Wnes i fy ngorau i wenu'n gyfeillgar arnyn nhw, gan obeithio y byddai hynny'n gwneud gwahaniaeth. Roedden nhw'n grŵp da a bod yn deg, ac yn haeddu athro cymaint yn well na fi. A doedden nhw ddim fel rheol yn cymryd rhan yn y 'lecturer-meter' – doedd y myfyrwyr gorau byth yn gwneud, roedden nhw'n rhy brysur yn astudio. Ond roedd cyn lleied o'r myfyrwyr yn defnyddio'r 'lecturer-meter' erbyn hyn, byddai un neu ddau sylw negyddol yn ddigon i'm hanfon i'r gwaelod.

PING. **Reminder: Therapy, Level 15**.

Caeais fy llygaid. Roeddwn i wedi anghofio. Wnes i fy ngorau i uwchlwytho'r rhan fwyaf o'r darllen ar fy ffôn wrth imi ddringo'n araf iawn i Lefel 15. Ddim yn gwbl lwyddiannus, ond ro'n i'n gobeithio byddai'r argae'n dal nes imi ddychwelyd at fy nghyfrifiadur wedi'r sesiwn.

Dyma oedd fy sesiwn therapi olaf, diolch byth. Hawl i dair sesiwn yn unig oedd gan bob aelod o staff cyn gorfod talu yn ychwanegol. Roeddwn i wedi cael un sesiwn ddiwedd y semester diwethaf, ac un ar ddechrau'r semester yma. Doeddwn i'n sicr ddim eisiau – nac yn gallu – talu'n ychwanegol, felly roeddwn i wedi gwneud sioe o'm 'progress'. Un awr arall o nodio cytundeb ffug a byddwn i'n rhydd.

'Good morning, Heledd.'

'Good morning, Angharad.'

Doedd gen i ddim cwyn yn erbyn Angharad. Roedd hi'n fy nharo i yn unigolyn caredig iawn. Roeddwn i'n tybio y byddai sgwrsio'n onest gyda hi wedi gallu gwneud rhyw wahaniaeth. Ond doedd hi ddim wedi cael gwybod y gwir. Gan ddilyn yr un patrwm â'r ddwy sesiwn ddiwethaf, roedd y camera yng nghornel yr ystafell yn fflachio'n goch. Yn fy atgoffa nad oedd y sesiwn therapi yn gyfrinachol, er gwaethaf yr holl ffurflenni roeddwn i wedi eu harwyddo.

'During our last session you mentioned that you were feeling very isolated, because most of your friends were in the School of Humanities. Did you follow my advice to attend your School's Friday social session?'

Nodiais yn dawel.

'And how was that?'

Codais fy ysgwyddau. Roedd llai wedi bod yno wythnos diwethaf, nawr eu bod nhw wedi symud y sesiynau i saith yr hwyr ar nos Wener. Roedd gan rai o'm cyd-weithwyr fywydau tu allan i'r gwaith wedi'r cyfan – teuluoedd, plant. Neu ddim eisiau treulio eu nosweithiau Gwener yn swyddfa'r Pennaeth. Roedd Ieuan wedi bod braidd yn ymosodol wrth wneud nodyn o'r absenoldebau, ac roeddwn i'n amau y byddai'r fwyell yn hawlio ambell gyd-weithiwr arall cyn diwedd y semester.

'The Head of School has decided that we are changing our drink of choice for these Friday evening social gatherings.' Roedd Ieuan wedi dringo ar ben y bwrdd crwn 'sgyrsiau difrifol' i wneud ei ddatganiad. *'Instead of coffee, we'll be drinking wine.'*

Roedd cymeradwyaeth eithaf eang wedi dilyn ei ddatganiad. Y rhan fwyaf eisiau anghofio'r wythnos a fu, mae'n debyg. Doeddwn i ddim yn eu beio.

'There won't be any change to the usual order – a contribution will be collected from everyone's wages, but obviously that contribution will be higher. Wine is more expensive than coffee after all,' chwarddodd. *'And can I remind you that these sessions are compulsory and that you need to sign in and out.'*

'You were worried about seeing your colleague, the one you'd had an altercation with. Did you come across him?'

Doedd fawr o chwant gwin arna i, ond wnes i helpu fy hun i wydraid i dawelu fy nerfau. Gwasgais fy hun i gornel lle na fyddai neb yn talu sylw imi. Lle na fyddai Simon Edwards yn talu sylw imi. Ond doedd dim rhaid i mi boeni. Roedd e wedi dod o hyd i darged newydd erbyn hyn. Doeddwn i ddim yn ei hadnabod hi. Myfyriwr PhD, efallai? Roedd y rhan ohonof oedd ag egwyddorion o hyd yn teimlo'n euog am brofi'r fath ryddhad.

Roedd Angharad yn fy ngwylio, yn aros. Siglais fy mhen.

'Do you think it would help you to have a conversation with him?'

'No, I'd rather focus on building new relationships,' gorfodais y geiriau o 'ngheg. Roeddwn i wedi dysgu i siarad iaith Y Tŵr yn y sesiynau hyn. Unrhyw beth i'w stopio rhag argymell fy rhoi mewn ystafell gyda Simon Edwards.

Syllodd arna i am oes, gan weld gormod ond eto ddim digon.

'That's good,' dywedodd o'r diwedd. 'Focus on achieving positive interactions.'

Nodiais yn dynn.

'Did you get a chance to talk to your colleagues? To get to know some of them a bit better?'

Roedd Emyr wedi bod yno, ond doedden ni heb siarad – nac edrych ar ein gilydd hyd yn oed. Ffordd nodweddiadol Emyr o achub ei groen ei hun. Petai rhywun wedi holi, debyg y byddai wedi gwadu iddo gwrdd â mi erioed. A fi… roeddwn i wedi treulio digon o amser gyda'm hatgofion dros y Nadolig i sylweddoli mai un person yn unig a wyddai mod i wedi ystyried gwneud cwyn yn erbyn Simon Edwards.

'Your colleagues,' ailadroddodd Angharad, 'you got to know them a bit better?'

'Yes, I suppose so.'

'Perhaps you can tell me a bit more about that?'

Edrychais i fyny o 'nwylo. Roedd y therapydd yn edrych arna i gyda phryder. Yn y cefndir roedd y camera'n parhau i fflachio. Roedd rhaid imi chwarae'r gêm yn well.

'It was… nice. I chatted to a few different people, and I'm looking forward to seeing them next week again. Maybe next week I'll try to set up a lunch get together with one or two of them to discuss the possibility of collaboration.'

'That's excellent, Heledd,' dywedodd Angharad, er doedd hi'n amlwg ddim yn fy nghredu i. Ond gweithio i'r Twr roedd hithau hefyd. 'Is there anything else you'd like to raise with me?'

'No. These sessions have been a real help, thank you. I feel much better now.'

Nodiodd Angharad yn araf gyda gwên nad oedd yn cyrraedd ei llygaid. Roedd hi'n gallu gweld y celwydd yn iawn. Faint o droeon oedd hi wedi clywed yr un celwydd? Faint o fenywod oedd wedi gorfod eistedd o'i blaen yn trafod problemau ffug wrth i'r Tŵr wadu dilysrwydd eu problemau go iawn?

Estynnodd Angharad ac ysgwyd fy llaw. Syllais arni'n syn. Roedd unrhyw fath o gyffyrddiad yn erbyn y rheolau. Ond wrth iddi ddal yn fy llaw, tynnodd fi ychydig yn agosach. 'Cymer ofal, Heledd,' sibrydodd.

'Diolch.'

Gwnaeth y tri gair hynny fwy o wahaniaeth na'r tair sesiwn. Doeddwn i ddim ar fy mhen fy hun.

* * *

Sioned: Coffi am 2.

Doeddwn i heb weld enw Sioned yn fflachio ar sgrin fy ffôn ers cymaint o amser. Neidiais i deipio ymateb cadarnhaol. Doedd dau o'r gloch ddim wir yn gyfleus – roedd gen i ddosbarth am dri doeddwn i heb baratoi ar ei gyfer – ond doeddwn i heb weld Sioned ers semester diwethaf. Ac roedd rhywbeth yn bod. Mwy na'r amlwg, hynny yw. Roedd absenoldeb y marc cwestiwn yn rhyfedd, a natur byr ac uniongyrchol y neges, yn enwedig ar ôl bron i flwyddyn o ddistawrwydd. Efallai mod i'n gorddadansoddi. Ond roedd yna bleser annisgwyl o'r cyfle i orddadansoddi neges gan Sioned. I orddadansoddi neges gan unrhyw un.

'Popeth yn iawn?' cyfarchais Sioned wrth lithro i sedd gyferbyn â hi. Roedd hi'n edrych yn well heddiw. Doedd hi'n dal heb liwio ei gwallt, ond roedd peth o'r siarprwydd arferol wedi dychwelyd.

'Dwi'n gadael.'

Cyfrais i dri. 'Beth?'

'Dwi'n gadael Y Tŵr!' chwarddodd, rhywfaint yn wyllt. 'Fel rhyw fath o Rapunzel.'

'Rhaid i ti dyfu dy wallt dipyn cyn bod ti'n gallu dringo'r holl ffordd o Lefel 5,' gwenais.

Atebodd Sioned fy ngwên, ac am un eiliad brydferth, roedd popeth yn iawn.

'Ond o ddifri, Heledd, dwi'n rhoi rhybudd heddiw.'

Nodiais yn araf, er bod fy nghalon i'n hollti. 'Pam nawr?'

'Rhywbeth bach, mewn gwirionedd. Newid y prynhawniau coffi Gwener yn nosweithiau gwin Gwener. Nath Cathy ddweud bod hi wedi cael digon. Bod fy myfyriwr PhD ola i wedi gorffen ei thraethawd wythnos diwethaf a bod dim esgus gen i nawr. Bod rhaid i mi benderfynu beth o'n i eisiau blaenoriaethu.'

'Fi'n deall,' sibrydais, gan feddwl am sut wnes i adael Llion wrth y bwrdd brecwast y bore wedi'r streic.

Estynnodd Sioned a gafael yn fy llaw. Er bod y cyffyrddiad yn teimlo'n ysgytwol doeddwn i ddim yn gallu meddwl am ddim ond ei hewinedd. Arferai eu paentio. Neu ai Linda oedd hynny? Bryntni oddi tanynt oedd yr unig liw yno nawr beth bynnag.

'Edrych arna i.'

Doedd dim dadlau â'r gorchymyn.

'Dwi'n deall pam wnest ti ddim ymuno â'r streic, wir i ti, dwi'n deall. Ni wedi cael ein llyncu gan y system. Mae'r system wedi'n dysgu ni i fod yn ddiolchgar. Diolchgarwch am unrhyw beth sy'n syrthio o fwrdd y pwysigion.'

Roedd cysur i'w gael o wrando ar Sioned yn rhoi llais i'm diffyg hunan-barch a hunan-werth. Roedd cysur i'w gael o'i chlywed yn cyfeirio aton 'ni'.

'Mae'r system wedi ein dysgu i ofni. I ofni tynnu sylw aton ni ein hunain. I ofni alltudiaeth. Ond efallai dyw alltudiaeth ddim mor wael â hynny. Ti'n haeddu gwell na hyn,' dywedodd Sioned yn bendant.

Roedd dagrau yn ymgasglu yn fy llygaid unwaith eto. Doeddwn i ddim wedi dweud wrthi am Simon Edwards. Ddim wedi dweud wrthi am ymateb y Pennaeth. Byddai'n neis gallu dweud wrthi. Roedd pwysau unig y baich yn fy llorio. Y pwysau oedd y rheswm roeddwn i'n anghofio uwchlwytho dogfennau i Gateway yn gywir. Y pwysau oedd y rheswm roeddwn i'n cael trafferth ymateb i'r e-byst mwyaf syml. Y pwysau oedd y rheswm roeddwn i wedi dechrau archebu mwy nag un ddiod yn y caffi/bar gyda'r hwyr. Roedd y pwysau'n gorfforol boenus. Byddai rhannu'r pwysau yn... Ond na. Roeddwn i wedi bod mor hunanol yn y gorffennol. Y baich hwn oedd fy mhenyd.

'Dwi'n haeddu gwell na hyn, dyna pam dwi'n cerdded i ffwrdd. Dyw'r lle hyn ddim yn haeddu dy ffyddlondeb, ti'n gwybod,' parhaodd yn ddifrifol. Roeddwn i'n cael yr argraff mai er ei lles hi ei hun roedd y geiriau nawr, mwy na fi. 'Fydd y lle ddim yn dangos unrhyw ffyddlondeb atat ti.'

Pylodd fy ngwên. *Ffyddlondeb*. Roedd Sioned yn iawn mai dyna oedd yn fy nghadw i yma ar y dechrau. Arferon ni drafod yr angen i barhau â'r traddodiad, yr angen i gynnal gwaith ein cyndeidiau academaidd. Ond roedd hynny wedi newid. Doedd aros yma ddim yn ddewis bwriadol erbyn hyn. Cerdded yn fy niffyg cwsg oeddwn i. Doedd gen i ddim teimladau tuag at Y Tŵr bellach, dim ond rhyw wacter yn fy stumog. A'r sicrwydd na fyddai neb arall fy eisiau i. Wrth gwrs, gallwn i gerdded i ffwrdd. Ond i ble?

Roedd Sioned a fi wedi treulio gormod o amser ar lefelau gwahanol o'r Tŵr. Doedd hi ddim yn fy adnabod i mwyach.

'Bydda i'n gweld dy eisiau di,' sibrydais.

'Rwy'n gwybod,' atebodd Sioned yn chwareus, er bod yna

sglein i'w llygaid. 'Bydd rhaid i ti ddod draw ata i, galli di gwrdd â Cathy.'

Nodiais yn frwdfrydig, er doeddwn i ddim yn credu am eiliad y byddai hynny'n digwydd. Ffrindiau gwaith oedden ni wastad wedi bod. Doeddwn i ddim yn credu bod ein perthynas ni yn werth llai oherwydd hynny, ond doeddwn i ddim ar fin dechrau twyllo fy hunan ynghylch ei natur chwaith.

'A fyddwch chi ddim yn cael gwared ohona i mor hawdd â hynny, beth bynnag,' dywedodd Sioned yn ddifrifol. 'Bydda i ym mhobman.'

Codais fy aeliau yn gwestiwn.

'Dwi'n mynd i chwalu seiliau'r twll hyn. Dwi wedi cael swydd gyda gwefan newyddion, ti'n gweld. Fi fydd yn gyfrifol am adrodd ar faterion addysg! Rwy'n addo i ti, bydd Y Tŵr yn cael y sylw mae'n ei haeddu o'r diwedd…'

'Wna i sicrhau mod i'n darllen,' gwenais.

'Dwi'n bwriadu dechrau gydag erthygl hir ar sefyllfa addysg uwch, gan ddefnyddio'r Tŵr fel astudiaeth achos. Darllen anghyfforddus i'r swyddfa gyfryngau… Ac efallai bydd y Cyngor Gweithredol yn colli rhywfaint o gwsg…' Roedd adlais o'r hen ddireidi yn llygaid Sioned. 'A phwy a ŵyr, efallai bydd newid.'

Gyda hynny, dechreuais grio.

'Reit!' dywedodd Sioned, gan dynnu amlen drwchus allan. 'Dwi'n mynd lan i Lefel 19. Hoffet ti gerdded lan gyda fi?'

Lefel 2.

'Dwi'n teimlo'n llawn cyffro!' datganodd Sioned. 'Fel mod i'n dechrau pennod newydd.'

Nodiais trwy fy anadlu trwm. Roedd hi'n mynd yn rhy gyflym.

Lefel 3.

'Dim mwy o ddysgu modiwlau cyflogadwyedd!'

Chwarddais trwy fy nagrau.

Lefel 4.

'Dim mwy o eistedd mewn caffi gyda llyfrau wedi eu torri lan a'u troi'n addurniadau…'

Clywais Linda yn ymbil am gymorth. Ddylwn i fod wedi ei helpu.

Lefel 5.

'Dim mwy o siarad Saesneg yn y coridorau.'

Crebachodd fy nghalon. Pwy fydd ar ôl i mi siarad Cymraeg gyda nhw wedi i Sioned adael? Pwy arall fyddai'n meiddio?

Lefel 6.

Roedd Simon Edwards ac Ieuan yn loetran yn y drws i 'Ysgol y Celfyddydau'.

'Cyflymach,' sibrydais.

Lefel 7.

'Dim mwy o orfod delio gyda shits fel yna,' nododd Sioned.

Lefel 8.

Roeddwn i bron â dweud wrthi bryd hynny.

Lefel 9.

'Dim mwy o osgoi'r "security team".'

Gwelais Ffion, a'r heddlu cudd yn ei chylchu. Dylwn i fod wedi ei helpu.

Lefel 10.

'Dim mwy o ffycin toriadau.'

Arjun. Cyfeillgarwch arall roeddwn i wedi ei fradychu.

Lefel 11.

'Sori, falle dylen ni fod wedi cymryd y lifft…' dywedodd Sioned gan stopio am saib.

Gwenais yn wan, fy nghoesau fel jeli a'm pen yn troelli. 'Fi sydd ar fai, dwi ddim yn gwneud digon o ymarfer corff… Wnei di aros amdana i?'

Gwasgodd Sioned fy llaw.

Lefel 12.

'Edrych mlan at gael nosweithiau a phenwythnosau, erbyn meddwl. Efallai bydda i'n gallu perswadio Cathy bod gen i amser nawr i gael plentyn.'

Gwenais yn gefnogol trwy'r dagrau. Byddai'n rhaid iddi fyw'r dyfodol hapus, normal hwnnw dros y ddwy ohonom.

Lefel 13.

'Dim mwy o gael fy meirniadu ar sail adborth twp.'

'Pa sylwadau gest ti?'

'Un ddim yn licio 'ngwallt. Un arall yn meddwl mod i'n crybwyll fy ngwraig yn rhy aml. Gwneud nhw'n anghyfforddus.'

Chwarddais. Doeddwn i heb chwerthin ar ben polisïau twp Y Tŵr ers cyhyd.

Lefel 14.

'Dim mwy o orfod gofyn am ganiatâd i fynd i siarad gyda ffrind.'

Roedd hi wedi cyfeirio ata i fel ffrind eto. Stopiais i'w chofleidio, er gwaethaf fy stad chwyslyd.

'Ma'n ocê,' sibrydodd Sioned i'm gwallt. 'Bydd popeth yn ocê.'

Lefel 15.

'Dim mwy o sesiynau coffi a gwin gorfodol.'

Lefel 16.

'Dwi methu meddwl am fwy o stwff,' dywedodd Sioned yn feddylgar. 'Mae'r Tŵr yn wirioneddol rhy uchel.'

'Dwi'n credu alla i barhau,' cynigiais gyda gwên.

Lefel 17.

'Dim mwy o'r desgiau sefyll hollol hurt!'

'Ha! Ro'n i 'di anghofio am y rheiny.'

Lefel 18.

'Dim mwy o gael fy sensro,' brathodd Sioned i gyfeiriad drws y Media Office.

Lefel 19.

Stopiodd Sioned o flaen y drws. Trodd ata i, gwên lydan ar ei hwyneb. 'Dyma ni!'

Tynnodd fi ati. Faint o weithiau oedd hi wedi fy nghyffwrdd i yn yr hanner awr diwethaf? Doeddwn i ddim eisiau iddi stopio.

'Bydd popeth yn iawn,' sibrydodd. 'Gei di weld.'

Nodiais yn fud. Daliais hi'n dynnach, gan geisio trosglwyddo'r geiriau na allwn eu hyngan trwy gyffyrddiad yn unig. Roedd hi'n deall. Cusanodd fi'n ysgafn ar fy moch.

'Wna i dy weld di eto'n fuan.'

A gyda hynny rhyddhaodd Sioned ei hun o'm gafael a throi tua'r drws. Yn rhyfedd, doedd dim rhaid iddi sganio ei cherdyn. Hedfanodd y drws ar agor o'i blaen. Cododd ei hysgwyddau a chwifio wrth gerdded trwy'r drws. Hedfanodd y drws ar gau ar ei hôl.

Yn araf iawn, iawn dechreuais ar y daith 'nôl i Lefel 6. Er taw fy niwrnod i oedd hi, doedd fawr o awydd gen i i ddychwelyd i'r swyddfa. Ymestynnais i roi fy mathodyn 'nôl ymlaen, cyn sylweddoli mod i wedi anghofio ei ddiffodd.

* * *

Pwysais 'nôl yn fy sedd gan anghofio – eto – bod y cefn wedi torri. Roedd wythnos wedi llithro heibio ers i Sioned adael. Doeddwn i ddim yn gwybod beth oeddwn i wedi ei wneud gyda'r amser. Doedd dim tic wrth unrhyw un o'r tasgau ar y rhestr hirfaith a orffwysai ger fy llygoden.

Rhyfedd oedd gweld colled ar ôl rhywun a fu'n ddieithr am

dros flwyddyn. Ond roedd wastad siawns fain y byddwn i wedi dod ar ei thraws – yn y caffi, yn y llyfrgell, yn y maes parcio. Nawr roedd gwacter ble arferai'r siawns fain fod. Doedd dim pwynt imi esgus mod i'n gallu clywed ei rhegfeydd trwy nenfwd Lefel 5.

Gwacter. A gwacter oedd dipyn yn fwy brawychus o wybod mai hi oedd yr olaf.

Roedd pob un o'r lleill wedi dod o hyd i ffordd allan, ac wedi gwneud hynny tra oedd amser ar ôl. Fi oedd yr unig un oedd wedi methu â chyrraedd y drws mewn pryd. Ddwy flynedd yn ôl, gallwn i fod wedi gadael a mynd ymlaen â'm bywyd. Nawr doedd gen i ddim bywyd i fynd ymlaen ag ef.

Trois 'nôl at fy nghyfrifiadur, ond roedd pob e-bost yn frwydr. Gair sydyn i fyfyriwr fyddai fel arfer yn cymryd munud neu ddwy, yn llyncu chwarter awr. Rhwbiais fy llygaid a mynd i nôl coffi. Ond roedd tawelwch y coridor a'r grisiau a'r caffi wedi dwysáu wedi ymadawiad Sioned. Gafaelais yn fy nghoffi a ffoi 'nôl i'r swyddfa. Yno, parhaodd y tawelwch i bigo.

> **Heledd:** Sut ma pethe?

Gwyliais y neges yn cyrraedd ffôn Sioned. Ond doedd dim arwydd ei bod hi wedi ei ddarllen. Ochneidiais a gorfodi fy hun i roi'r ffôn i un ochr.

Pum e-bost yn ddiweddarach, roedd Ieuan yn y drws. Doedd y pum e-bost yn sicr ddim yn adlewyrchiad teg o'r amser oedd wedi pasio.

'Good afternoon, Heledd.'

'Helô!'

'Good day so far?'

'Not bad,' atebais. 'Busy with emails mostly. You?'

'I'm nearly there with the edits on my book!'

'Congratulations, that's fantastic news.'

'Diolch, Heledd.'

Rhaid ei fod e mewn tymer dda i fentro dweud '*diolch*'. Neu ddim yn poeni am y gosb.

'That's why I'm here, actually. I need to check some references for my book.'

Roeddwn i'n nodio a chodi cyn iddo fe orffen y frawddeg.

Roedd yna fwrlwm anarferol ar Lefel 5. Digon anarferol i'm peri i anwybyddu'r rheol 'no loitering in the corridor'. Roedd Pennaeth Ysgol y Dyniaethau yn gwarchod y drws, ei freichiau wedi eu plethu.

'Ga i weld eich ID?' roedd e'n holi dau ddieithryn.

Roedd y ddau ohonyn nhw'n gwisgo dillad cyffredin ond o'r cardiau wnaethon nhw eu chwifio o flaen wyneb y Pennaeth roeddwn i'n dyfalu mai'r heddlu oedden nhw. Roeddwn i wedi fy synnu gormod i esgus mod i ddim yn gwylio. Doeddwn i erioed wedi gweld heddlu yn Y Tŵr o'r blaen. Roeddwn i wedi dod mor gyfarwydd â gweld y 'security team', roeddwn i wedi dechrau anghofio nad heddlu go iawn oedden nhw.

Nodiodd y Pennaeth yn anfodlon. 'Wel, does gen i ddim syniad am yr hyn rydych chi'n holi, mae arna i ofn.'

Roedd y dyn yn gwylio'r Pennaeth yn ofalus, ond roedd y fenyw wedi troi ac wedi 'ngweld i ar y grisiau. 'Efallai gallet ti helpu?' gofynnodd.

Cymerais gam petrus ymlaen ond y funud honno cyrhaeddodd y 'security team'.

'Can we help?' gofynnodd un.

Wrth i'r fenyw ymateb, gafaelodd un arall yn fy mraich a'm tynnu i gyfeiriad Lefel 4. 'Move along.'

* * *

Archebais wydraid arall o win. Doedd pedwar ddim mor wael â hynny, perswadiais fy hun – roedd gwydrau caffi/bar Y Tŵr yn fach iawn. A doeddwn i ddim yn yfed ar fy mhen fy hun fan hyn. Ddim yn yfed gyda neb chwaith. Ond ddim ar fy mhen fy hun yn dechnegol.

Doedd dim byd ar unrhyw wefan newyddion i egluro presenoldeb yr heddlu yn Y Tŵr. Treuliais amser yn sgrolio'n ofer trwy bob gwefan, yn chwilio am enw Sioned ar waelod unrhyw erthygl. Dim byd. Dim byd ar y cyfryngau cymdeithasol chwaith. Roedd pythefnos gyfan wedi pasio ers i mi ffarwelio â hi ar Lefel 19. Roeddwn i wedi disgwyl clywed rhywbeth erbyn hyn – roedd hi wedi bod mor bendant ei haddewid i ddatgelu gwirionedd Y Tŵr i'r byd. Efallai bod y tân wedi diffodd wrth iddi flasu melyster y byd go iawn. Doedd hi'n dal heb ddarllen fy neges ddiweddara chwaith. Debyg ei bod hi'n mwynhau ei bywyd gyda Cathy.

Agorais fy negeseuon a dechrau edrych trwy'r holl sgyrsiau roeddwn i wedi eu distewi. Grŵp yoga bore Sul. Sawl neges yn sôn am ryw gystadleuaeth dal planc am ddwy funud. Fyddai ddim gobaith gen i – doeddwn i heb fynychu dosbarth yoga ers dros flwyddyn. Debyg na fyddai'r menywod eraill yn fy nghofio i.

Yna roedd y grŵp o ffrindiau coleg. Roeddwn i'n teimlo'n waeth am eu hanwybyddu nhw. Roedd y grŵp wedi bod yn ddistaw yn ddiweddar. Efallai eu bod nhw wedi ffurfio grŵp arall nad oeddwn i'n rhan ohono.

Llion. Roedd pob un o'i negeseuon ar fy ffôn o hyd. Roeddwn i wedi dod yn agos at eu dileu sawl gwaith, wedi ceisio perswadio fy hun y byddai dalen lân yn fy helpu i ddechrau o'r newydd. Ond doeddwn i dal heb wneud.

Roedd y neges olaf yn fy nhrywanu i bob tro. Efallai dyna pam doeddwn i ddim yn gallu ei dileu. Roeddwn i eisiau arteithio fy hun. Oherwydd doeddwn i ddim wedi ffeindio fy ffordd. Roeddwn i ar goll yn llwyr.

Efallai'r mai gwin oedd yn gyfrifol, ond am y tro cyntaf ers dros flwyddyn, codais y ffôn a chlicio enw Llion. Arhosais wrth i signal ofnadwy Y Tŵr arafu'r broses.

Gwasgais y botwm coch cyn y caniad cyntaf.

* * *

'Here we are again,' datganodd Ieuan. 'These are your worst results yet, Heledd. Pretty serious stuff. Failure to upload preparation work on time, slow in responding to emails, insufficient feedback on assignments... I'm getting the impression that you've let your work slide this semester.'

Estynnodd Ieuan ar draws y ddesg a gafael yn fy llaw. Brwydrais i stopio fy hun rhag tynnu fy llaw yn ôl. Nid Simon Edwards oedd Ieuan, atgoffais fy hun.

'Heledd, ga i siarad yn blaen?' gofynnodd yn ddifrifol.

Edrychais i fyny'n syn. Doedd e ddim eisoes yn siarad yn blaen? Neu ai cod am 'siarad Cymraeg' oedd 'siarad yn blaen' i Ieuan erbyn hyn?

'Rwyt ti'n boddi.'

Caeais ac agorais fy llygaid sawl gwaith, yn benderfynol o'u clirio.

'Does dim cywilydd yn hynny. Fel rwy'n dweud, rydyn ni i gyd o dan bwysau anferthol. Does neb yn gwadu hynny. Ond nid pawb sydd â'r cymeriad i ymdopi â'r pwysau.'

Roedd e'n dal i fwytho fy llaw. Tynnais yn rhydd.

'Wyt ti wedi ystyried toriad gyrfa, Heledd?'

Doeddwn i ddim yn ddigon cryf i stopio'r dagrau.

'Neu efallai newid gyrfa yn llwyr? Dyw'r gwaith yma ddim i bawb, a does dim cywilydd yn hynny.'

Sychais fy mochau a chymryd anadl ddofn.

'Dydw i ddim yn gallu stopio'r anochel mwyach. Rwyt ti wedi treulio tair wythnos ar waelod y tabl. Mae arna i ofn bod y Swyddfa Disgyblu eisiau dy weld fel mater brys.'

'Pryd?' Roedd llonyddwch annisgwyl wedi disgyn dros fy meddwl, a'm llygaid yn rhyfeddol o sych.

'Mater brys, Heledd. Nawr.'

Nodiais a chodi, heb yngan gair o hwyl fawr. Roeddwn i'n weddol sicr bod y fwyell wedi dod o hyd i mi o'r diwedd, felly beth oedd pwynt ffugio cwrteisi? Doedd dim rhaid imi esgus fy mod i'n hoffi Ieuan bellach. Gadewais e'n eistedd yno, yn fy swyddfa i, yn fy nghadair i, wrth fy nghyfrifiadur i.

* * *

Baglais ar y gris olaf. O'm pengliniau gyda'm breichiau ar led, edrychais i fyny ar yr arwydd hyll ar y drws. Level 19. Cropiais i ben arall y landin, mor bell i ffwrdd o'r drws â phosib.

Pwysais fy mhen yn erbyn y wal, fy ngwallt chwyslyd yn glynu at gefn fy ngwar, fy nillad glân yn teimlo'n anghyfforddus ar fy nghroen brwnt. Rhaid mod i wedi anghofio ymolchi bore 'ma. Ond doeddwn i ddim yn cofio golchi fy nillad chwaith. Archwiliais y siwmper lwyd. Ai fy siwmper i oedd hi hyd yn oed? Doeddwn i ddim yn cofio ei phrynu.

Caeais fy llygaid.

Yn groes i'r disgwyl, doedd gen i mo'r gallu i arteithio fy hun trwy ailchwarae'r sgwrs gydag Ieuan yn fy mhen. Ai sgwrs oedd yr hyn a ddigwyddodd rhyngon ni? Ydy sgwrs yn sgwrs o hyd os yw dau berson yn bresennol, un yn traethu a'r llall yn nodio? Am ryw reswm, roedd darganfod yr ateb yn bwysig. Wrth lwc, roedd y WiFi yn gryfach ar y llawr hwn. Yn ôl *Geiriadur Prifysgol Cymru* un o ystyron gwreiddiol 'sgwrs' oedd 'anerchiad neu araith anffurfiol' – ffaith y dylwn i, darlithydd yn y Gymraeg, fod wedi ei chofio mae'n debyg.

Sgwrs a fu rhyngon ni, felly.

Dim mod i'n cofio gair o'r sgwrs.

Doedd y geiriau eu hunain ddim yn bwysig. Doedd ei eiriau erioed wedi bod yn bwysig, sylweddolais yn sydyn. Y ffordd roedd e wedi eistedd, y ffordd roedd e wedi taflu ei lais, y ffordd roedd e wedi mynegi ei hun – dyna oedd wedi bod yn bwysig. Y mynegiant oedd wedi perswadio eraill i 'w godi i ucheldiroedd. Doedd neb yn cofio ei sgwrs. Ond roedden nhw'n cofio bod gan y dyn hwn bresenoldeb, bod gan y dyn hwn *gravitas*, bod y dyn hwn yn un i wrando arno.

Teimlais yn falch iawn ohonof fi fy hun am agor fy llygaid, er yn rhy hwyr. A fyddwn i erioed wedi bod yn ddigon dewr i wneud defnydd o'r hyn roeddwn i'n ei weld…

… a'i deimlo?

Roedd ei sgwrs wedi hen fynd yn angof.

Ond roedd ei law wedi aros. Ei law yn ymestyn ar draws y bwrdd i afael yn fy llaw i.

Eisteddais ar fy nwylo brwnt, er mwyn eu cuddio o'r golwg. Agorais fy ngheg i sgrechian ond doedd dim sŵn.

Y parti.

Llaw ddiniwed ar fy ysgwydd, a llaw arall yn gwthio diod doeddwn i heb ofyn amdani o'm blaen. Y llygaid glas yn chwincio cyn fy rhybuddio i gadw'm pellter. Roeddwn i'n hardd, eglurodd, ac yn rhyfeddol o alluog am rywun mor ifanc. Penelin yn lled-gyffwrdd â'm penelin i. Beth oedd fy oedran, os oedd e'n cael holi'r fath gwestiwn dyddiau hyn? O! Ffug-syndod. Rhy ifanc ar ei gyfer e, yn sicr. Peth da nad oedd ganddo ddiddordeb mewn dechrau rhamant yn y gweithle!

Deuddydd cyn y gusan yn y swyddfa.

Pwysais fy mhen yn erbyn y wal. Ai'r blinder neu'r alcohol oedd yn gyfrifol? Yr alcohol yn arwain at ddiffyg cwsg yn arwain at…

… y wisgi yn y gwydr. Y llaw ar fy nglin.

Symudais i ffwrdd o'r wal. Roedd gormod o atgofion yn y wal…

… yn erbyn y wal.

Codais i'm pengliniau ac yna gostwng fy mhen yn fy mreichiau ar y llawr o'm blaen. *Child's pose.* Roeddwn i wedi arfer mwynhau yoga.

Y sgwrs olaf wrth y bwrdd brecwast. Pam wnaeth e adael? Pam oedd rhaid iddo adael? Byddai popeth wedi bod yn iawn petai e ond wedi aros. Byddwn i wedi dysgu sut i rannu.

Tor calon.

Edrychais i fyny ar arwydd hyll Level 19. Roedd rhaid i mi symud. Ond rhywsut, o weddillion briwsionllyd fy nghalon ar y llawr, roedd gwrthryfel wedi tanio. Gwrthryfel pitw; gwrthryfel a ddaeth yn rhy hwyr i wneud gwahaniaeth. Ond gwrthryfel a olygai bopeth i mi. Oherwydd fy mywyd i oedd hyn. Roedd y camau nesaf eisoes wedi eu pennu gan eraill, ond gallwn i o leiaf newid fy ymateb i'r camau hyn. Roedd gen i reolaeth dros hyn o hyd.

Gorfodais fy hun i godi a sefyll yn dal, gan anwybyddu cwynion fy nghefn. Des i â'm dwylo ynghyd, cledr wrth gledr a chau fy llygaid, gan baratoi i gyfarch haul dychmygol (doedd dim ffenest ar y landin). Codais fy mreichiau uwch fy mhen, heb boeni am feirniadaeth y camera'n y gornel o'r staeniau chwys.

Emyr oedd wedi ymddwyn yn amhriodol yn y parti. Daeth y sylweddoliad yn sydyn, yn rhodd gan yr haul am ei gyfarch. Ond doedd neb wedi ei herio. Arwydd o gyfeillgarwch a thymer dda oedd ei gyffyrddiadau diniwed a'r rhodd o alcohol; jôc oedd ei sylwadau am fy ymddangosiad a'm hoedran. Dyna'r fath o berson oedd Emyr. Doedd neb wedi ei herio erioed. Petai rhywun wedi ei herio, a fyddai wedi sylweddoli pa mor amhriodol oedd ei ymddygiad? A fyddai wedi ymdrechu i newid?

Gadewais i ran uchaf fy nghorff ddisgyn yn llipa a lapio fy mreichiau o gwmpas fy nghoesau. Roedd Ieuan wedi newid. Wedi hoelio ei olwg ar yr ucheldiroedd ac ail-greu ei hun ar wedd y rhai a drigai yno. Roeddwn i wastad wedi pendroni ynghylch y rhai a ddewisai ddringo'r ysgol. Beth oedd yn gyrru'r awydd i gyrraedd y brig arbennig hwnnw? Oedd eu cymeriadau nhw'n newid wrth ddringo? Roedd ei wylio ef wrthi wedi amlygu ambell ateb. Roedd yr ysgol yn anodd i'w phlesio, doedd dim lle arni ar gyfer amrywiaeth o gymeriadau. I aros ar yr ysgol, roedd rhaid ymddwyn mewn ffordd benodol. Ac felly roedd e wedi dynwared yr ymddygiad hwnnw.

Codais yn araf nes bod fy nwylo'n gorffwys ar fy nghluniau a'm cefn yn sgrechian o dan y pwysau.

Doeddwn i ddim yn ei feio fe, ddim go iawn. Roedd e'n ddyn amhleserus, doedd dim dwywaith am hynny. Ond doedd e ddim wastad wedi bod felly. Cafodd ei ddysgu i fod yn ddyn amhleserus er mwyn dringo. Ac roedden ni'n bodoli mewn diwylliant lle mai dringo oedd yr unig ffordd i aros yn ddiogel. Mewn ffordd, roeddwn i'n teimlo trueni drosto. Debyg y byddai wedi chwerthin o glywed hynny.

Gostyngais yn araf i'r llawr. Dyma oedd y rhan waethaf. Doedd dim ffordd roeddwn i'n mynd i allu dal planc. Codais ar fy nwylo. Doeddwn i ddim yn pwyso llawer, ond roedd y pwysau'n ormod i'm hysgwyddau a'm breichiau a'm garddyrnau. Gorweddais ar fy mlaen am eiliad. Caeais fy llygaid.

Na.

Wedi cau llygaid, ni fyddai dychwelyd. Gorfodais fy hun 'nôl ar fy nwylo. Un. Dau. Tri.

Digon.

Gostyngais i'r llawr a chodi rhan uchaf fy nghorff i wynebu'r camera.

Simon Edwards. Roeddwn i yn ei feio ef.

Roedd e wedi fy ngham-drin i'n fwriadol; roedd e wedi fy mrifo i'n fwriadol; roedd e wedi fy ninistrio i'n fwriadol.

Oedd cam-drin menywod fel fi yn hen arfer ganddo, tybed? Trawodd y cwestiwn yn annisgwyl.

Oedd Simon Edwards wedi cam-drin menywod o'r funud iddo gamu ar y campws a dechrau dringo'r ysgol? Neu ai efelychu ymddygiad ei gyd-ddringwyr a wnaeth?

Roedd yr opsiynau'n anghyfforddus ill dau. Un dyn oedd e, wedi'r cyfan. Efallai rhywbryd yn y dyfodol y byddai menyw arall yn llwyddo i'w gosbi a'i yrru i alltudiaeth. Ond yn amgylchedd Y Tŵr, roedd yr un dyn hwn wedi ffynnu. Ni fyddai alltudio Simon Edwards yn datrys y broblem. Byddai eraill yn ffynnu yn ei le.

Codais ar fy nwylo eto gan ymdrechu i wthio'm corff i siâp pont gron. Roedd y symudiad hwn yn haws na'r planc, er doedd dim gobaith i'm sodlau gyrraedd y llawr.

Byddai'n braf gweld Llion eto. Tybed a oedd e'n gweithio yn yr un lle? Sut fyddai'n ymateb petawn i'n ymddangos wrth ddrws ei swyddfa? Gyda charedigrwydd, mae'n debyg. Roedd e wastad wedi ymateb gyda charedigrwydd, er doeddwn i ddim wedi adnabod ei ymateb fel caredigrwydd ar y pryd. Doeddwn i ddim wedi gallu ymdopi gyda charedigrwydd ymarferol, caredigrwydd oedd wedi ceisio gwella fy sefyllfa, caredigrwydd oedd wedi ceisio fy mherswadio i wella fy sefyllfa fy hun. Roeddwn i wedi dyheu i rywun ddal fy llaw, dim byd mwy. Heb sylweddoli fy mod i'n teithio i fan lle roedd hi'n annheg disgwyl iddo fy nilyn.

Codais yn araf i orffwys fy mreichiau ar fy nghluniau eto. Byddai'n braf ei weld. Ond caredigrwydd oedd cadw draw. Roedd e'n haeddu hynny gen i.

Gostyngais hanner uchaf fy nghorff yn llipa a lapio fy mreichiau tu ôl i'm coesau unwaith eto.

Arhosais felly am amser maith. Beth am yr holl bobl roeddwn i wedi eu gadael lawr? Byddai'n gelwydd honni bod eu wynebau bob un wedi fflachio o flaen fy llygaid yn yr ennyd honno. Yr hyn a deimlais, yn hytrach, oedd clytwaith o brofiadau o euogrwydd. Brawddegau ddylwn i ddim fod wedi eu dweud; tawelwch y dylwn i fod wedi ei dorri.

Doedd hyn ddim yn newydd. Roeddwn i wedi ymdrochi yn yr euogrwydd hwn ers amser maith. Roeddwn i'n euog. Doeddwn i ddim yn mynd i wadu hynny.

Ond roeddwn i'n ddioddefwr hefyd. A beth bynnag fy nhroseddau, doeddwn i ddim wedi haeddu'r dioddefaint hwn.

Codais yn araf.

Sefais yno yn syllu ar y drws i Lefel 19. Roedd yr amser wedi dod i'r fwyell fy hawlio. Ond doedd hynny ddim yn teimlo mor ddychrynllyd bellach. Doedd gen i ddim byd ar ôl tu hwnt i'r Twr, ond doedd gen i ddim byd ar ôl tu fewn i'r Twr chwaith. Parhau oeddwn i ar beiriant, yn rhedeg i unman. Beth fyddai'n digwydd petawn i'n camu o'r peiriant?

Des i â'm cledrau ynghyd o flaen fy mynwes a theimlo, am y tro cyntaf ers amser maith, eglurder.

* * *

Hedfanodd y drws ar agor. Doedd dim derbynfa gonfensiynol, dim ond rhes hir o beiriannau o dan oruchwyliaeth aelod o'r 'security team'. Cyfeiriodd fi ymlaen.

'ID,' datganodd y peiriant, mewn llais oedd yn rhy uchel o lawer ar gyfer y gwacter.

Ymbalfalais am fy ngherdyn, a'i gynnig i'r peiriant.

'Stand on the cross.'

Yr eiliad imi gyrraedd y man cywir fflachiodd y camera.

'Staff Number 01200929 How might we assist you today?'

'I'm looking for the Disciplinary Committee Office,' datganais, fel petai hynny'n ddewis. Efallai mai dewis oedd hyn. Hunan-ddifrod – neu hunan-achubiaeth.

'Take the door to the left, last door on the right.'

Disciplinary Committee Office. Astudiais y llythrennau aur ar gefndir gwyrdd, ynghyd â logo Y Tŵr. Yng nghanol y drws roedd twll ysbïo. Doedd dim arwydd o fwlyn drws yn unman.

Cnociais.

Llithrodd y drws i un ochr, i mewn i'r wal.

'Heledd Owen?'

'Ie.'

Er bod yr ystafell yn enfawr, un dyn oedd yno, tu ôl i un o'r 'desgiau sefyll' ffasiynol a ddominyddai'r llyfrgell erbyn hyn. Roedd sgrin fawr yn llenwi'r ddesg, a bysedd y dyn yn dawnsio ar ei hyd, ei dalcen yn crychu.

Roedd hwn yn amlwg yn ddyn prysur, felly ciliais yn ôl i'm meddyliau. Byddai'n braf cael eistedd. Wrth chwilio am gadair, sylwais ar welydd yr ystafell. Sgriniau. Roedd pob wal yn sgrin. A phob sgrin yn gannoedd o sgriniau bach. Taniodd hyn fymryn o ddiddordeb ynof – diddorol, roedd gen i'r gallu i deimlo diddordeb o hyd! Rhyw fath o system CCTV? Ond dim delweddau oedd ar y sgriniau. Na, roedd rhes ar ôl rhes o destun yn ymddangos ar bob sgrin. Oeddwn i wedi gadael y brifysgol a chrwydro i ganolfan cynhyrchu cod cyfrifiadurol neu bencadlys ysbïwyr ar ddamwain?

Ond o graffu yn fwy gofalus ar y sgrin oedd agosaf ata i, roeddwn i'n gallu hanner darllen y testun. Rhyw ddarlith oedd yn ymddangos fesul llinell, ar gyfraith cyflogi.

Y *chips*.

Dyma lle roedd cynnwys y *chips* yn cael ei uwchlwytho. Roedd pob gair a ddeuai o geg gweithwyr Y Tŵr yn cael ei recordio a'i ddadansoddi yma.

Edrychais i ffwrdd. Doeddwn i ddim eisiau tarfu ar fywydau eraill.

'Heledd Owen,' ailadroddodd y dyn o'r diwedd, gan dynnu ei sylw o'r sgrin. 'It is regrettable that we were required to call you here.'

We?

Oedodd ac edrych arna i. Llwyddais i nodio.

'We've been reviewing your record this morning and it doesn't look good. You've now spent three weeks at the bottom of the table. That alone qualifies you for a disciplinary. But that isn't the last of it. Several red cards for unprofessional conduct, and your Head of Research has lodged an official expression of concern over your progress.'

Caeais fy llygaid. Ond doedd dim byd yn y tywyllwch ond wyneb Simon Edwards ac arogl ei wisgi.

'You understand that Y Tŵr cannot tolerate this sort of behaviour – it can seriously damage our recruitment strategies. Already we are seeing our numbers in the Arts declining, a decline for which you are certainly partly responsible.'

Roedd wyneb Simon Edwards yn dal yno. Agorais fy llygaid. Roedd y dyn wedi troi'n Simon Edwards gan siarad â llais Ieuan.

Caeais fy llygaid eto. 'Your breaches of contract are so serious that the Executive Board have personally reviewed your case. They would like to see you.'

Agorais fy llygaid yn syn. Roeddwn i'n mynd i fyny i Lefel 20.

* * *

Dilynais y Swyddog yn ufudd. Un set ychwanegol o risiau oedd rhwng Lefelau 19 ac 20 ond roeddwn i'n teimlo fel chwaraewr mewn gêm o nadroedd ac ysgolion oedd newydd lithro yr holl ffordd i waelod y bwrdd ac yn gorfod dechrau eto. Sganiodd y Swyddog ei gerdyn a'm harwain i mewn i ystafell. Doedd dim coridor ar Lefel 20. Ystafell fawr wag gyda sgriniau mawr ar un wal. Roedd dau aelod o'r 'security team' yn aros i'n cyfarch. Roedd hi'n oerach yma.

Cyfeiriodd y Swyddog imi sefyll ar groes goch ar y llawr, yn wynebu'r wal gyda'r sgriniau. Roeddwn i'n crynu nawr. A oedd rhaid i'r ffenest fawr ar wal bella'r ystafell fod ar agor?

'Staff Number 01200929,' datganodd y Swyddog.

I bwy?

Ond yna neidiodd pob un o'r sgriniau yn fyw gyda rhesi a rhesi o linellau. Mwy o sgyrsiau wedi eu huwchlwytho o'r *chips*? Na. Roedd y llinellau'n edrych mwy fel cod cyfrifiadurol y tro hwn.

'Staff Number 01200929,' adleisiodd llais peiriant o'r sgrin, ddim yn annhebyg i lais y peiriant yn nerbynfa Lefel 19. 'Your performance is not of the standard expected from employees of Y Tŵr. Y Tŵr thanks you for your loyal service and wishes you all the best.'

'Ro'n i'n meddwl bod y Cyngor Gweithredol eisiau fy ngweld?' gofynnais i'r Swyddog, fy mhengliniau'n wan.

'And so they have,' atebodd y Swyddog, wrth i'r sgriniau droi'n dywyll. 'Hand over your lanyard, pass, and name badge.'

Ymbalfalais am y tri pheth a'u gosod yn ei law. Roedd popeth yn digwydd mor gyflym. Doeddwn i ddim wedi disgwyl i bopeth ddigwydd mor gyflym. Cymerais gam petrus tuag at y drws. Roedd rhyw emosiwn rhyfedd wedi disgyn drosta i. Rhyddhad? Roeddwn i wedi camu o'r peiriant. Roedd fy mherthynas i â'r Tŵr ar ben.

'No, this way out,' pwyntiodd y Swyddog at y wal bellaf.

Cymerais gam i'r cyfeiriad hwnnw cyn stopio. Rhaid bod camgymeriad. Doeddwn i ddim yn gallu gweld drws. Ond yna roedd y ddau aelod o'r 'security team' wedi dod i sefyll bob yn ochr imi, a doedd gen i ddim dewis ond eu caniatáu i'm hebrwng at y wal. Teimlais eu dwylo ar fy mreichiau wrth i mi stopio o flaen y ffenest agored. O flaen y llithren blastig goch.